박재삼 문학 연구

박진희 지음

지식과교양

머리말

코로나바이러스19로 인한 공포가 우리 사회를 압도하고 있다. 전문가들은 이러한 사태가 자연 그 자체보다는 인간의 탐욕으로부터 비롯된 것이라 진단한다. 이 바이러스의 원인은 박쥐에서 나온 것으로 알려져 왔다. 박쥐는 높은 체온과 특수한 면역체계로 바이러스와 공생관계를 유지하고 있었지만 인간에 의해 서식지를 빼앗기자 그 균형이 깨지면서 발생했다고 보는 것이다. 낯선 환경에 내몰린 박쥐와 그것을 숙주로 삼고 있는 바이러스는 살아남기 위해 변종을 발생시킬 수밖에 없었고 그것이 새로운 중간숙주를 감염시키게 되면서 전 세계 인류의 건강을 위협하는 상황에까지 이르게 된 것이다.

이는 인간 사회의 진보과정과 무척이나 흡사해 보인다. 근대 이전에 자연은 인간에게 있어 두려움과 숭배의 대상이었다. 아도르노에 따르면, 근대 이후 인간은 자기보존을 위해 관계의 전복을 꾀할 수밖에 없었다. 자연에 굴복할 것인가, 자연을 지배할 것인가 하는 선택에서 인간은 위협적인 자연으로부터 벗어나 자연을 지배하는 길을 걷게 된 것이다. 이것이 바로 이성에 의한 계몽의 과정인 셈이다. 인간이 야만과 미개에서 벗어나 신의 자리에 위치하게 된 것이 바로 계몽이고 진보였던 것이다.

그렇다고 계몽이 곧바로 균형의 파기로 이어진다는 의미는 아니다. 여기에 개입된 것이 자본주의와 맞물린, 통어할 수 없는 인간의 탐욕이다. 인간 중심의 사유는 인간 이외의 모든 것을 경제적 이익으로 환원시키게 되고 결국 인간까지도 도구화 내지는 사물화되기에 이른다. 이윤 창출과 효율성만을 추구하는 세계에서 인간의 탐욕은 빠른 속도로 균형을 파괴해 갔다. 그 결과 인류는 자연의 역습에 놓이게 되었고 인간은 다시 '두려워하는' 존재로 퇴화하게 된 것이다.

진보 과정에서 인간이 괄목할 만한 발전을 이뤄낸 것은 분명하지만, 이와 비례해서 상실된 가치 또한 그 정도를 가늠하기 어려울 정도이다. 정서의 고갈, 곧 슬픔과 같은 정서의 상실도 그중 하나다. 이는 인간존재의 물화, 타자의 소외와도 관계가 깊다. 타자의 고통에 대해 슬픔이 아니라 손실, 불편, 공포, 혐오로 느끼는 것에 우리는 점점 익숙해지고 있다. 이러한 관계 속에서 우리는 모래알처럼 파편화될 것이고 세계는 그러한 모래로 이루어진 불모의 사막으로 자리하게 될 것이다.

지금 여기의 현실에서 타자는 불안과 공포의 대상일 뿐이고, 나아가 혐오의 대상이 되기도 한다. 우리의 안전을 담보받기 위해서는 타자와의 단절, 격리, 고립이 필요하다. 막막한 것은, 이와 같은 상황이 이미 반복되어 왔으며 미래에는 더 높은 빈도로 철저한 단절을 요구받게 될 것이라는 사실이다. 인류에게 극단의 파편화라는, 이 같은 암울한 현실이 도래하게 된 까닭을 지금 우리는 다시 한 번 돌이켜보아야 할 때이다.

파편화된 존재들이 서로에게 스미도록 하는 매개 중 하나가 슬픔이라는 정서이다. 일제 강점기나 아우슈비츠의 학살에서 보듯 인간의 잔인성은 타자의 고통에 무감각한 것에서부터 비롯된다. 슬픔은 나의 내면을 들여다보는 행위이자 타자의 고통에 공감하는 위무의 포즈이다. 그러하기에 슬퍼하는 존재, 슬퍼할 줄 아는 존재는 타자와 슬픔을 공유하면서 유대의 공동체를 이루게 된다. 슬픔이란 상대와 내가 공유하는 감각이다. 나만을 위한 이기적인 정서가 아니다. 요즘 대중매체를 통해 우리 사회에 언표되고 있는 정서가 불안, 공포, 혐오에 경도되어 있으되 슬픔은 찾아볼 수 없다는 사실을 경계하는 이유도 여기서 찾을 수 있다.

박재삼 문학의 특징은, 문학의 본질 중 하나라 할 수 있는 미적 가치를 슬픔에서 찾는다는 데 있다. 박재삼은 "가장 슬픈 것을 노래하는 것이 가장 아름다운 것을 노래하는 것"이라고 했다. 이는 곧 슬픔과 아름다움을 등가로 여기고 있다는 방증이라 할 수 있다. 시인으로서 할 수 있을 법한 그럴싸한 말장난 같기도 하지만 그의 삶이나 시를 들여다보게 되면, 그 의미가 결코 얕지 않다는 것을 알 수 있다.

박재삼을 상기할 때, '한'의 정서를 전통과 관련지어 특징짓는 것이 일반적이지만 그의 시세계를 꼼꼼히 읽어가다 보면 '한'에 수용되지 않는, 결이 다른 다양한 층위의 정서와 마주치게 된다. 그 정서들의 주름 속에는 박재삼 시의 한계로 지적되어왔던 문제점들을 재고할 단서도 자리하고 있다. 이러한 이유로 이 책에서는 주로 정서적인 측면이 어떻게 언어적 표현으로 나타나게 되었는가를 집중적으로 살펴보게 되었다.

박재삼은 1930년대의 일제 강점기에서부터 해방, 전쟁, 산업화, 독재 등 한국 근현대사의 가파른 변모를 매우 낮은 위치에서 체험했던 시인이다. 그가 자연과의 동일성을 끊임없이 확인하고 지향하고자 했던 까닭은 이런 시대적 상황과 무관하지 않을 것이다. 따라서 박재삼이 슬픔의 정서를 기저로 해서 사랑이나 연민, 그리고 한 등을 끝끝내 붙잡고 있었다는 사실에 주목할 필요가 있다.

박재삼은 근대가 필연적으로 지시하는 욕망의 행보를 뒤로 하고 시인이라는 궁벽한 타자의 길을 선택했다. 그 도정에서 시인은 가장 아름다운 것, 가장 슬픈 것을 노래하는 일에 자신의 정열을 바쳐왔다. 오늘날, 고립된 타자들의 사막화된 세계에서 그의 삶과 문학이 갖는 의미가 다대한 것은 바로 이런 정서적 숭고와 무관하지 않을 것이다.

꽃이 피는 것을 보니 봄인 줄 알겠다. 우리의 사막에도 어서 봄이 왔으면 좋겠다. 그런 봄이란 박재삼이 평생 일구어내고자 했던 슬픔의 정서, 다시 말해 공유의 정서가 상호간에 스며들 때 가능할 것이다. 여린 풀이 헐거운 땅을 뚫고 고개를 내밀 듯, 우리도 서로의 결계를 풀고 호흡을, 체온을 나눌 수 있는 때가 빨리 오기를 기원하고 또 기원해 본다.

박 진 희

| 목차 |

1장

한의 정서와 삶

한의 정서와 삶

1. 아버지의 자리와 '핏빛' 한

박재삼(朴在森, 1933~1997)은 1933년 4월 10일, 아버지 박찬홍(朴贊洪)과 어머니 김어지(金於之)의 차남으로 일본 동경에서 출생하였다. 박재삼이 일본에서 출생하게 된 까닭은 가난에서 연원한다. 조국에서는 살기 어려웠기에 그의 부모가 살길을 도모하고자 일제 강점기 때 오히려 적국인 일본으로 건너가게 된 것이다. 이는 「어머님 전상서」라는 시의 "당신은 박씨 가문의 / 지지리도 못 사는 집에 / 시집왔다가 나중엔 / 쫓겨가듯 일본 땅에 가 살"았다는 대목에 잘 표현되어 있다. 일본에서 아버지는 모래 채취 인부로 일했고, 어머니는 그런 노동판에서 밥장사를 했다. 그러나 일본에서의 삶도 녹록지 않았는지 결국 박재삼이 4세 되던 해 다시 돌아와 어머니의 고향인 경남 삼천포에 자리 잡게 된다.

옹기전에는

안개다
가랑비다
해질녘 어둠이다

된장 고추장 냄새가
아련한 창호지 가에 비치듯
밀양 박씨 어느 한 파의
그 중의 한 집안이
죽지 못해 죽지 못해
억울하게 귀양살이하며
고향을 생각는고나.

–「옹기전에는」 전문(『천년의 바람』, 1975)

인용한 시는 박재삼 가족의 일본에서의 삶을 단편적으로 보여주는 작품이다. 이 시에서 '옹기전'은 "밀양 박씨 어느 한 파의 / 그 중의 한 집안", 즉 시인의 부모를 중심으로 한 가족공동체를 표상한다. 이러한 '옹기전'이 "안개다 / 가랑비다 / 해질녘 어둠이다"라고 하는 것은 이들의 삶이 전혀 희망을 기대할 수 없는 상태임을 형상화한 것이다. 이를 보다 직접적으로 표현하고 있는 것이 "죽지 못해 죽지 못해 / 억울하게 귀양살이"한다는 대목이다. "된장 고추장 냄새가 / 아련한 창호지 가에 비"친다거나 "고향을 생각는"다는 시구에서 엿볼 수 있듯, 이들의 일본에서의 삶은 고향을 사무치게 그리워하며 핍진한 삶을 견뎌내는 것이 전부였던 듯하다. 결국 이들은 '억울한 귀양살이'같은 일본에서의 삶을 정리하고 고향으로 돌아오게 된다. 이러한 상황에서 가장인 시인의 아버지가 느꼈을 심정을 구체적으로 그리고 있는 시가 「진달래꽃」이다.

한 이십몇년 전 사업(事業) 실패한
울아버지 상(相)을 하고
이 강산에 진달래꽃 피었다.

목젖 떨어지는 곡(哭)은 남부끄럽던가,
죄 없는 가려운 살을
긁어버려 긁어버려 벌건 피를
내 콧물 흘린 소견으로 보던 것이나,
시방 눈부신 햇살 속에 진달래꽃을
흐리게 멍청하게 보는 것이나.

안 어기고 돌아오는 어지러운 봄을 두고
앓앓이 말못하고 속속들이 병들어
울아버진 애터지고
진달래꽃 피던가.

일본 동경 갔다가
못살고선 돌아와
파버리지도 못한 민적(民籍)에 가슴 찢던
이 강산에 진달래꽃 피었다.

—「진달래꽃」 전문(『春香이 마음』, 1962.)

「어떤 귀로」, 「어머님 전 상서」, 「어머니의 하루」, 「돌아오지 않는 엄마」 등 박재삼의 시에는 '어머니'를 소재로 한 시가 많다. 이에 비해 '아버지'는 '어머니'와 함께 언급되는 경우가 있기는 하지만 단독적인 소재로 등장하는 경우로는 위 시가 유일하다. 집안에서 살림을 도맡아 하는 일반적인 어머니와는 달리 '생선 도붓장수'로 가정의 생계를 돕던 '어머니'의 부재가, 유년의 박재삼에게는 가난에 대한 인식과 함께 강한 결핍감으로 각인되었을 것이다. 또한 가난으로 인한 '한'은 표현을 잘 하지 않는 '아버지'보다는 '어머니'에게서 더 잘 발현되었을 터, 이것이 박재삼의 시에 '어머니'가 주요 소재로 등장하는 반면 '아버지'는 부수적으로 언급되는 경우가 대부분인 까닭이 아닌가 한다. 위 시에서 이러한 '아버지'의 성격을 간취해볼 수 있는데 "목젖 떨어지는 곡(哭)"은 '남부끄러워' 소리내어 드러내지 못하고 "죄 없는 가려운 살을 / 긁어버려 긁어버려 벌건 피를" 낸다는 것이나 "앓앓이 말못하고 속속들이 병들어 / 울아버진 애터"진다는 대목이 그것이다.

박재삼의 시에서 '아버지'를 전면화하고 있는 유일한 시가 바로 위 시인데 이 시에서 현현되고 있는 아버지의 '상'과 그 한은 '어머니'의 그것보다 훨씬 비극적이고 강렬한 것으로 드러난다. 이는 시인의, '아버지'에 대한 이해와 공감, 그로 인한 애틋함에서 비롯된 것으로 보인다. 박재삼은 아버지에 대해 "비록 하고픈 공부를 제대로 시켜주시지는 못했지만 그보다 더 값진 인생의 유산을 남겨주셨다. 그것은 아버지가 평소 늘 그러하셨던 '열심히 일한다'라는 것"[1]이라 밝힌 바 있다. 즉 '아버지'는 가족을 위해 '늘', '열심히' 일했지만 끝끝내 가난을 벗어

1) 박재삼, 「나의 아버지」, 『삶의 무늬는 아름답다』, 도서출판 경남, 2006, 213쪽.

날 수 없었던 것이다. 시 「小曲」의 어조는 이러한 맥락에서 이해될 수 있다.

먼 나라로 갈까나
가서는 허기져
콧노래나 부를까나

이왕 억울한 판에는
아무래도 우리나라보다
더 서러운 일을
뼈에 차도록 당하고 살까나

고향의 뒷골목
돌담 사이 풀잎모양
할 수 없이 솟아서는
남의 손에 뽑힐 듯이 뽑힐 듯이
나는 살까나

-「小曲」 전문(『햇빛 속에서』, 1970.)

이 시의 시적 배경은 「진달래꽃」에 드러난 상황과 동일한 맥락에 놓이는 것으로 볼 수 있다. 또한 이러할 때 이 시에 발현되고 있는 심정은 시인 아버지의 그것이라 할 수 있을 것이다. 위 시에서 "먼 나라"로 가고자 하는 것이 결코 잘 먹고 잘 살기를 바라는 마음에서 비롯된 것이 아님이 드러난다. 가도 '허기질' 것임을 시적 자아가 이미 예상하고 있기 때문이다. 그럼에도 "먼 나라"로의 이주를 고민하는 까닭은 2연에 제시되어 있다. "우리나라"에서의 삶이 '억울'하다는 것, "우리나라보다 / 더 서러운 일을 / 뼈에 차도록 당하고" 사는 곳이 있을까 하는 생각에서다.

이와 같은 극대화된 '서러움'과 '억울함'의 까닭은 두 가지 측면에서 유추해 볼 수 있다. 하나는 박재삼의 아버지가 도일(渡日)을 고민하고 실행했던 때가 1930년대, 즉 일제의 수탈이 극심했던 때였다는 점에서 찾을 수 있다. 아무리 "먼 나라"에서의 삶이 서럽다 하기로 나라를 빼앗은 자들의 수탈과 횡포를 견디는 일보다 더 하겠는가 하는 심정인 셈이다. "억울한 판"의 또 다른 원인은 전언한 바 있는 '열심히' 일하는 태도에서 찾을 수 있다. 아무리 열심히 일해도 삶은 벼랑 끝에 서 있는 듯 위태롭기만 하니 이 세계가 시적 자아에게 "억울한 판"일 수밖에 없는 것이다.

「진달래꽃」은 "고향의 뒷골목 / 돌담 사이 풀잎모양 / 할 수 없이 솟아서는 / 남의 손에 뽑힐 듯이 뽑힐 듯이" 살았던 아버지의 절박한 심정을 핏빛으로 형상화한 것이라 할 수 있다. 가족을 데리고 "일본 동경 갔다가" 그마저도 "못살고선 돌아"오게 된 가장은 "파버리지도 못한 민적(民籍)에 가슴"을 찢는다. 시인은 이러한 '아버지'의 처절했을 심정을 아프게 돌이키고 있다. 여기에는 또 하나 시인 자신이 '아버지'에게, 그리고 집안에 힘이 되지 못했다는 자책감 또한 함의되어 있는 것으로 보인다.

박재삼은 어느 글에서 "그렇게 집이 가난했으면 달리 돈을 버는 쪽으로 나갔어야 하지 않느냐 하겠지만, 나는 문학 중에도 돈과는 거리가 먼 시를 택한 것을 그러나 오늘날에 와서 후회하지 않는다. 후회하기는커녕 백번 잘했다고 본다. 한때 고등고시를 쳐서 검사나 판사

노릇을 하며 때로는 시도 쓰리라 생각했으나, 그것을 작파하고 말았다."[2]라고 쓰고 있다. 물론 글에서는 가난한 환경에서 시를 선택한 것을 후회하지 않으며 오히려 백 번 잘했다고 생각한다고 밝히고 있지만 분명한 것은 시인이 집안 경제의 책임에 대한 부채의식에서 자유로울 수 없었을 것이라는 사실이다.

「진달래꽃」에서 '아버지'의 "벌건 피"를 "콧물 흘린 소견으로 보던" 유년의 무력함과 "진달래꽃을 / 흐리게 멍청하게 보"고 있는 현재 시적 자아의 그것이 오버랩되는 부분은 시인의 내면에 자리하고 있는 이 부채의식을 형상화하여 드러낸 것이다. 결국 이 시에서 '진달래꽃'은 '아버지'뿐만 아니라 '아버지의 자리'에 있는 시적 자아의 한, 나아가 "앞앞이 말못하고 속속들이 병들"어 가는 "이 강산"의 모든 '아버지'들의 한을 표상하는 것이라 할 수 있다.

2. '어머니'를 통한 한의 원체험

일본에서 돌아온 후 박재삼의 가족은 시인 어머니의 고향인 경남 삼천포에 자리 잡게 된다. '삼천포시 서금동 72번지',[3] 1937년 일본에서 돌아와 마련한 집인데 2016년 지금까지도 시인의 형 일가가 거주하고 있으니 역사가 꽤 깊은 셈이다.[4] 박재삼은 고등학교 졸업할 때까

---

2) 박재삼, 「八浦, 슬픔과 허무의 바다」, 『슬픔과 그 허무의 바다』, 예가출판사, 1989, 19쪽.

3) 박재삼, 「나의 어머니」, 『샛길의 誘惑』, 태창문화사, 1982, 35쪽. 현재 도로명 주소는 '박재삼길 17번지'이다.

4) "그의 누이동생의 증언에 의하면 대지는 사십여 평 남짓한 것으로 당시 초가삼간이

지 이곳에서 성장하였다.

진주 장터 생어물전에는
바닷밑이 깔리는 해다진 어스름을,

울엄매의 장사 끝에 남은 고기 몇 마리의
빛 발하는 눈깔들이 속절없이
은전만큼 손 안 닿는 한이던가
울엄매야 울엄매.

별밭은 또 그리 멀리
우리 오누이의 머리 맞댄 골방 안 되어
손 시리게 떨던가 손 시리게 떨던가.

진주남강 맑다 해도
오명 가명
신새벽이나 밤빛에 보는 것을,
울엄매의 마음은 어떠했을꼬.
달빛 받은 옹기전의 옹기들같이
말없이, 글썽이고 반짝이던 것인가.

-「追憶에서 67」 전문(『追憶에서』, 1983.)

었는데 6.25 때 불탄 것을 당시의 모습대로 다시 지은 집이었다는 것이다. 현재의 모습은 도로로 개설되면서 그가 살던 집의 대지도 일부 도로로 편입됨에 따라 옛 모습은 찾을 수 없게 되었다. 현재 남은 집터에 그의 큰형 박봉삼이가 협소하나마 2층집으로 개축하여 살고 있다."(차영한, 「박재삼의 삶과 문학 - 절망의 그림자 딛고 다시 핀 달개비 꽃」, 『작은문학』37호, 작은 문학사, 2009.)

일본에서 다시 돌아온 후에도 가난한 삶은 달라지지 않았다. 박재삼의 아버지는 일정하지 않은 노동을 했고 어머니는 위 시에 묘사된 바와 같이 생선장사로 생계를 꾸려갔다. 어머니가 귀국 후 바로 장사를 시작한 것은 아니었다. 박재삼의 남동생이 병에 걸렸는데 집안에는 돈 한 푼이 없었고 이웃에서도 빌려주는 데가 없어 결국 병원에도 가보지 못하고 죽게 되었다. 어머니는 "없으면 문둥이보다 더 더럽다"면서 이를 계기로 장사에 나서게 되었다. 처음에는 물건을 이고 지고 이리저리 다니며 파는 도붓장수로 시작해서 나중에는 진주 어시장에 자리를 마련해 생선을 팔게 된 것이다.[5] 위 시의 공간적 배경인 "진주장터 생어물전"은 이처럼 뼈아픈 경험을 한 뒤에야 간신히 취할 수 있었던 가족의 생계터였던 셈이다.

해가 다 지도록 팔지 못한 생선의 "빛 발하는 눈깔"에서 '은전'을 떠올린 것일까. 팔리지 않은 생선 몇 마리의 '눈깔'과 손에 닿지 않는 '은전'은 '빛을 발하는' 물체라는 점에서, 그리고 실질적으로 생어물전에서는 생선과 돈이 가치환원되는 관계라는 점에서 등가를 이루며 '울엄매의 한'에 긴밀하게 연결되고 있다. 남아있는 것과 가질 수 없는 것, 빛과 한의 길항 관계에서 발현되는 이 아이러니가 박재삼 시에 드러나는 '한'의 특징이 아닌가 한다.

그렇다면 이러한 '한'의 성질은 어디에서 비롯된 것일까. 이는 '한'의 원체험이랄까, 바로 어머니를 통한 '한'의 체험에서 발로한 것으로 보인다.

---

5) 박재삼, 「나의 어머니」, 35쪽 참조.

당신은 박씨 가문의
지지리도 못 사는 집에
시집왔다가 나중엔
쫓겨가듯 일본 땅에 가 살면서
거기서 어린 우리를 등에 업고
굽이굽이 한풀이 노래를
혼자서 불렀던 것을
나는 기억의 뒤안에서 어렴풋이 헤아려 낸다.

-「어머님 전 상서」16연 부분 (『어린것들 옆에서』, 1976.)

위 시의 서정적 자아가 "기억의 뒤안에서 어렴풋이 헤아려" 내고 있는 것은 어머니가 "굽이굽이 한풀이 노래를 / 혼자서 불렀던 것"이다. 기억은 언어와 긴밀하게 연결되어 있다. 박재삼이 일본에서 태어나 4세 때까지 살았다고 할 때 3~4세이면 언어를 한창 습득할 때이다. 이렇게 언어를 습득할 시기에 어머니가 혼자서 부르는 "굽이굽이 한풀이 노래"를 일상적으로 들었다는 것은 이것이 박재삼의 '한'에 대한 원체험으로 각인되었을 것임을 말해주는 것이라 할 수 있다.

그런데 어머니가 이런 노래를 "어린 우리를 등에 업고" 불렀다는 대목에 주목할 필요가 있다. 박재삼의 '한'에 대한 원체험에 어머니의 사랑, 보살핌, 따듯함에 대한 감각이 내재되어 있다는 의미이기 때문이다. 박재삼 시에 드러나는 '한'이 슬픔, 설움 등에 한정되지 않고 반짝임, 빛남, 아름다움 등의 이미지로 발현되거나 대상에 대한 사랑, 애틋함을 포회하는 복합적인 정서로 드러나는 까닭이 여기에 있다. 애초에 한을 경험함에 있어 '어머니의 한풀이 노래'를 통한 인식의 차원과 함께 '어머니의 등'을 통해 전해오는 따듯함이라는 감각의 차원이 동시에 구동되고 있기 때문이다.

다시 보면
산은 억만의 침묵을
고운 주름살 속에 감추고 있고
바다는 헤아릴 수 없는
술렁거림과 노래와 설움을 안고 누워 있노니,
이 알 듯 모를 듯한 것을
우리로 하여금 사무치게
사랑하게 한 힘이 당신 속에는 당신도 모르게
충만해 있었음이여.
당신의 바다처럼 넓은 앞가슴이
우리의 요람이 되고
당신의 산처럼 아득한 등뒤에서
우리의 꿈을 키워 왔음은
그것이 이제 뒤돌아보아
큰 바다 큰 산을
내 몸 안에 정신 안에
받아 넣는 일의
한 시작이 아니었을까 몰라.

-「어머님 전상서」 4연

인용한 부분에서는 '한', '설움', '침묵' 등과 융화된 사랑을 시인의 "몸 안에 정신 안에 받아 넣는 일"에 '어머니'가 깊게 관련되어 있음이

보다 구체적으로 진술되어 있다. 이 시에서 '산'과 '바다'는 설움과 사랑을 양가적으로 내재하고 있는 '어머니'를 표상한다. "억만의 침묵을 / 고운 주름살 속에 감추고 있"는 것이 '산'이고 "헤아릴 수 없는 / 술렁거림과 노래"와 함께 "설움을 안고 누워 있"는 것이 '바다'라는 대목에서 이를 확인할 수 있다. "이 알 듯 모를 듯한" 양가적 양태를 시인은 "사무치게 / 사랑하게" 될 수밖에 없다. 그것 자체가 바로 '어머니'이자 '어머니' 내면에 '충만해 있는 것들'이기 때문이다.

3. 가난을 초월하는 가족 간의 사랑

한과 서러움 등이 사랑이나 아름다움과 혼융되어 발현되는 양상은 박재삼의 시의 특징이라 할 수 있는데 그것은 '어머니'로부터 연원하는 것이었다. 제 나라도 아닌, 제 나라를 강점한 일본에서 겪게 되는 설움과 가난으로 인한 한을 '노래'로 삭이며 자식들에게는 따스한 '가슴'과 '등'을 내어주는 어머니였다. 외부적 환경으로 인한 슬픔 속에서 더욱 애틋해지는 혈육에 대한 사랑은 시인뿐만 아니라 그 가족 모두가 공유하는 정서였음을 여러 시편을 통해 확인할 수 있다.

> 국민학교를 나온 형이
> 화월(花月)여관 심부름꾼으로 있을 때
> 그 층층계 밑에
> 옹송그리고 얼마를 떨고 있으면
> 손님들이 먹다가 남은 음식을 싸서

나를 향해 남몰래 던져 주었다.
집에 가면 엄마와 아빠
그리고 두 누이동생이
부황(浮黃)에 떠서 그래도 웃으면서
반가이 맞이했다.
나는 맛있는 것을
많이 많이 먹었다며
빤한 거짓말을 꾸미고
문득 뒷간에라도 가는 척
뜰에 나서면
바다 위에는 달이 떴는데
내 눈물과 함께
안개가 어려 있었다.

-「追憶에서 30」 전문(『追憶에서』, 1983.)

『追憶에서』(현대문학사, 1983.)에 수록되어 있는 시들은 박재삼이 '삼천포'에 살던 유년 시절의 추억을 그린 것으로 전기적 사실을 바탕으로 하고 있다. 위 시 또한 이에 해당하는데 실제로 박재삼의 형 박봉삼은 "국민학교를 나"와 "화월(花月)여관 심부름꾼"으로 일한 바 있다. 박재삼 또한 '국민학교'를 졸업하고 바로는 중학교에 진학하지 못한 채 신문배달을 했던 것을 보면 매우 극빈한 집이었음을 알 수 있다.

"시인은 '삼천포'를 두고 "고향이 내게는 오늘을 있게 한 정신의 주된 무대"였으며 "고향을 떠나 살더라도 그곳에 애틋한 연정같은 것을 느끼"게 된다고 진술한 바 있다.[6] 유년의 추억이 스며있는 '고향'에 대한 그리움은 타향에서 삶을 영위하고 있는 사람이라면 누구나 느낄 법한 보편적 정서일 것이다. 그러나 또 한편으로는 중학교 진학은커녕 굶주림으로 "부황에 떠"있을 만큼의 극심한 가난에 처해있었던 기억이 있는 곳이라면 사정은 달라질 수도 있다. 돌이켜 추억하고 싶지 않은 곳일 수도 있다는 의미이다. 그럼에도 시인이 "그곳에 애틋한 연정같은 것을 느끼"게 되는 것은 가난으로 인한 설움과 한이 깊은 만큼 그것과 비례해 크게 느껴졌을 가족에 대한 사랑과 연민, 애틋함 때문일 것이다. 한 또는 설움 속에서의 애틋한 사랑이라는 정서는 어머니로부터의 원체험에서 비롯되었는바 박재삼의 시심을, 나아가 그의 시세계를 관류하는 근원적 정서라 할 수 있다.

위 시는 서러운 현실 속에서의 가족 간의 사랑과 연민을 잘 드러내고 있는 시편이다. '형'은 "화월(花月)여관 심부름꾼으로" 일하면서 가족을 위해 손님이 먹고 남긴 음식을 몰래 싸서 동생인 서정적 자아에게 건네주고 서정적 자아는 그것을 받아 집으로 가져간다. 집에 있는 "엄마와 아빠 두 누이동생"은 굶주림으로 부황에 떠 있으면서도 "그래도 웃으면서 반가이" 맞아준다. 서정적 자아 또한 굶주린 것은 마찬가지이지만 "나는 맛있는 것을 / 많이 많이 먹었다며 / 빤한 거짓말"을 하고는 자리를 비켜준다. 뜰에 나서서 멀리 바다 위에 떠 있는 달을 바라보는 서정적 자아의 눈에는 눈물이 고인다. 이 눈물의 원인은 일차적으로는 지독하게 가난한 서러운 현실에서 찾을 수 있겠지만 그보다 더 근본적인 원인은 그러한 현실에 처해있는 가족에 대한 연민, 서로에게 보내는 혈육 간의 애틋한 정에 있을 것이다.

인간에게 있어 본질적인 것은 가난한 현실과 같은 외부적 환경이

---

6) 박재삼, 「八浦, 슬픔과 허무의 바다」, 앞의 책(1989), 18쪽.

아니라 그것으로도 손상될 수 없는 존재에 대한 애틋한 마음, 사랑임을 보여주고 있다. 이러한 시의식을 더욱 명징하게 드러내고 있는 시가 「홍부 부부상」이다.

홍부 부부가 박덩이를 사이하고
가르기 전에 건넨 웃음살을 헤아려 보라.
금이 문제리,
황금 벼이삭이 문제리,
웃음의 물살이 반짝이며 정갈하던
그것이 확실히 문제다.

없는 떡방아소리도
있는 듯이 들어 내고
손발 닳은 처지끼리
같이 웃어 비추던 거울면(面)들아.

웃다가 서로 불쌍해
서로 구슬을 나누었으리.
그러다 금시
절로 면(面)에 온 구슬까지를 서로 부끄리며
먼 물살이 가다가 소스라쳐 반짝이듯
서로 소스라쳐
본(本)웃음 물살을 지었다고 헤아려 보라,
그것은 확실히 문제다.

–「홍부 부부상」 전문(『春香이 마음』, 1962.)

인용한 시의 제목은 '흥부 부부상'이다. '흥부 부부'의 모습, 더 구체적으로는 '흥부 부부'의 얼굴 내지 표정이 이 시를 이해하는 중요한 요소가 된다고 할 수 있겠다. 가장 먼저 드러나는 '흥부 부부'의 표정은 '웃음'이다. 그런데 이것은 "흥부 부부가 박덩이를 사이하고 / 가르기 전에 건넨" 웃음이다. 박을 타서 부자가 된 것과는 관계가 없는 '웃음'이라는 의미이다. 이들은 "손발 닳"도록 일을 해야 할 만큼 가난하지만 이들 부부에게 '문제'가 되는 것, 즉 중요한 것은 '금'이나 '황금 벼이삭'이 아니다. 이들은 이미 "없는 떡방아소리도 / 있는 듯이 들어내"는, 초월의 경지에 자리하고 있기 때문이다. 이들에게 가장 중요한 것은 경제적 여건이 아니라 서로가 서로에게 보내는 "반짝이며 정갈하던" '웃음', 즉 서로를 향한 마음이다.

이들은 이렇게 웃다가도 "서로가 불쌍해" 눈물을 흘린다. "서로 구슬을 나누었"다는 대목이 바로 그것인데 여기에서 '구슬'은 눈물방울의 은유적 표현이기 때문이다. 주목할 점은 이들이 "절로 면(面)에 온 구슬", 즉 자기도 모르게 흘러내린 눈물에도 소스라치게 놀라며 부끄러워한다는 사실이다. 이들이 놀라며 부끄러워하는 이유는 서로에 대한 애틋한 마음에서 비롯한다. "서로가 불쌍해" 흘리는 눈물임에도, 이 눈물을 보게 되는 상대의 마음까지 헤아리게 되니 소스라치게 놀라며 본래의 '웃음'으로 돌아가게 되는 것이다.

이 시에서 '본(本)웃음'의 의미는 두 가지로 해석할 수 있는데 그 하나가 이처럼 웃다가 울다가 다시 '본래의 웃음'으로 돌아간다는 맥락에서의 해석이다. 또 다른 한편으로는 인생에 있어 중요한 것은 가변적 조건이라 할 수 있는 외부 환경이 아니라 존재를 애틋하게 여기는 마음과 같은 근본적인 무엇이라는 의미에서의 해석이다. 또한 일반적으로 '웃음'과 '눈물'은 서로 상반된 정서를 표상하지만 위 시에서는 서로에 대한 연민과 사랑에서 비롯된다는 점에서 등가에 놓이는 것으로 볼 수 있다.

4. 가장으로서의 무게와 한

박재삼의 시에서 '가난'은 그것 자체로 '한'의 원인이 된다기보다는 어머니, 아버지, 누이, 형 등 가족에 대한 연민과 사랑이 매개가 될 때 '한'으로 연결되는 양상을 보인다. 이러한 양상은, 부(富)와 같은 외부적 환경보다 존재에 대한 마음, 사랑이 인간 삶에 있어서 더욱 중요한 근본적 요소라는 시인의 시의식에서 비롯되는 것이었다. 이는 유년을 그리고 있는 시편들에서 더욱 두드러지게 드러나고 있다. 아내와 자식이 등장하는, 현실을 그리고 있는 시에서도 이러한 시의식이 변한 것은 아니지만 '한'에 대한 표현이 보다 직접적이라는 차이점을 보인다.

해방된 다음 해
魯山 언덕에 가서
눈 아래 貿易회사 자리
홀로 三千浦中學校 입학식을 보았다.
기부금 三천 원이 없어서
그 학교에 못간 나는
여기에 쫓겨 오듯 와서
빛나는 모표와 모자와 새 교복을

눈물 속에서 보았다.

그러나 저 먼 바다
섬가에 부딪히는 물보라를
또는 하늘하늘 뜬 작은 배가
햇빛 속에서 길을 내며 가는 것을
눈여겨 뚫어지게 보았다.

학교에 가는 대신
이 눈물 범벅을 씻고
세상을 멋지게 훌륭하게
헤쳐 가리라 다짐했다.

그것이 오늘토록 밀려서
내 주위 너무 많은 것에 지쳐
이제는 내가 어디에 있는지
그것만 어렴풋이 배웠다.

-「追憶에서 31」 전문(『追憶에서』, 1983.)

박재삼은 삼천포초등학교를 졸업하고 곧바로 중학교에 진학하지 못했다. 위 시는 이 사건을 배경으로 그때의 심정을 그린 작품이다. 시인은 당시를 "아버지가 지게를 지고 막벌이 노동을 하고 어머니가 어물장수를 해 근근이 살아간 우리 집은 가난 그것으로 일관하고 있었다."[7]라고 쓰고 있다. 해방된 다음 해 중학교가 생겼으나 위 시에 나와

7) 위의 글, 19쪽.

있는 것처럼 시인은 "기부금 3천원이 없어서" 진학하지 못하고 대신 삼천포여자중학교에 사환으로 들어가게 된다. 다행히 그 다음 해 생긴 야간중학교에 입학하여 사환을 하면서 공부를 이어갈 수 있게 되었다.

이 시에는 가난으로 인해 중학교에 진학하지 못한 소년 박재삼의 내면이 잘 드러나 있다. "여기에 쫓겨 오듯 와서 / 빛나는 모표와 모자와 새 교복을 / 눈물 속에서 보았다."는 대목이 그러한데 타인의 시선을 의식하는 데서 오는 수치심, 진학하는 친구들에 대한 부러움, 이와 대조되는 자신의 처지에 대한 서러움이 복합적으로 드러나 있다. 그러나 시적 자아는 절망에 함몰되지 않는다. "섬가에 부딪히는 물보라"와 "작은 배가 / 햇빛 속에서 길을 내며 가는 것을" 보며 "눈물 범벅을 씻고 / 세상을 멋지게 훌륭하게 / 헤쳐 가리라 다짐"하고 있기 때문이다.

눈여겨 볼 점은 과거를 회상하는 시적 자아의 현실에 대한 인식이다. "그것이 오늘토록 밀려서 / 내 주위 너무 많은 것에 지쳐" 있다는 대목에서 보듯 소년기에 겪었던 설움이 현재에도 이어지고 있음을 알 수 있다. 소년기의 시적 자아는 설움을 떨쳐내고 "세상을 멋지게 훌륭하게 헤쳐 가리라 다짐"하지만 현실의 시적 자아는 그마저도 할 수 없다. "이제는 내가 어디에 있는지 / 그것만 어렴풋이 배웠다."는 진술에서 시적 자아의 정서가 앞날에 대한 희망보다는 체념에 기울어져 있음이 드러나고 있기 때문이다.

위 시는 제7시집 『추억에서』에 수록된 작품으로 이 시집은 박재삼이 50세 되던 1983년에 발간되었다. 박재삼은 1967년 35세 되던 해 처음 고혈압으로 쓰러진 후 평생 고혈압과 위궤양으로 고생한다. 1972년부터는 직장생활에서 완전히 벗어나 바둑관전기나 산문 등의 원고료로 생활비를 충당하게 된다. "이제는 내가 어디에 있는지 / 그것만 어렴풋이 배웠다."는 서정적 자아의 자조 섞인 한탄은 이러한 실존적 고난에서 비롯된 것이다.

솔잎 사이 사이
아주 빗질이 잘된 바람이
내 뇌혈관(腦血管)에 새로 닿아 와서는
그 동안 허술했던
목숨의 운영을 잘해 보라 일러 주고 있고……

살 끝에는 온통
금싸라기 햇빛이
내 잘못 살아온 서른여섯 해를
덮어서 쓰다듬어 주고 있고……

그뿐인가.
시름으로 고인 내 간장(肝臟) 안 웅덩이를
세월의 동생 실개천이
말갛게 씻어주며 흐르고 있고……

친구여,
사람들이 돌아보지도 않는
이 눈물나게 넘치는 자산(資産)을
혼자 아껴서 곱게 가지리로다.

–「정릉(貞陵) 살면서」 전문(『햇빛 속에서』, 1970.)

"뇌혈관", "그 동안 허술했던 / 목숨의 운영", "내 잘못 살아온 서른 여섯 해" 등에서 알 수 있듯이 위 시는 병원생활 후 쓰인 작품이다. 죽음의 문턱에서 살아 온 시인에게 있어 삶에 대한 감각은 그 어느 누구보다 예민할 수밖에 없었을 것이다. "아주 빗질이 잘된 바람", "금싸라기 햇빛" 등 서정적 자아의 시선에 들어오는 자연은 더할 수 없이 찬란하다. 비록 경제적 궁핍에 건강까지 잃었지만 죽음에 대한 체험은 삶을 생생하게 인식하도록 하는 계기가 되었다. "사람들이 돌아보지도 않는" 지극히 일상적인 자연이, 서정적 자아에게는 "눈물나게 넘치는 자산(資産)"이며 "혼자 아껴서 곱게 가지"기를 욕망하는 대상이 되는 까닭이 여기에 있는 것이다.

1976년에는 『어린것들 옆에서』가 발간된다. 시집의 제목에서도 유추할 수 있듯 이 시집에 수록된 작품들은 주로 시인의 아내와 아이들을 소재로 하고 있다. 『추억에서』가 가난했던 유년의 한을 그리고 있지만 그 한이 가족에 대한 애틋한 마음, 사랑에서 비롯되었다고 하였다. 이러한 현상은 『어린것들 옆에서』에서도 확인된다. 차이점이 있다면 서정적 자아가 어린 아이가 아니라 가정을 책임을 지고 있는 가장이라는 사실이다.

이십오 평 게딱지 집 안에서
삼십몇 도의 한더위를
이것들은 어떻게 지냈는가
내 새끼야, 내 새끼야,
지금은 새벽 여섯시
곤하게 떨어져

그 수다와 웃음을 어디 감추고
너희는 내게 자유로운
몇 그루 나무다,
몇 덩이 바위다.

-「한여름 새벽에」 전문(『어린것들 옆에서』, 1976.)

박재삼 시에서 빠지지 않는 시적 대상이 자연이다. 죽음의 고비에서 살아와 가장 먼저 눈에 들어온 것 또한 "사람들이 돌아보지도 않는" 자연이었다. 인용한 시에서도 자연이 등장하고는 있지만 아이들에 대한 은유로 작용하는 것이 전부다. 현실에 대한 묘사가 주를 이루고 있다. 이것이야말로 『추억에서』와의 차이, 즉 유년기의 서정적 자아와 가장으로서 서정적 자아의 시선 차이를 드러내 보여주는 대목이라 할 수 있을 것이다.

위 시에서 전경화하고 있는 것은 역시 가난한 현실에 놓여 있는 피붙이에 대한 애틋함이다. "내 새끼야 내 새끼야"라는 표현에는 "이십오 평 게딱지 집 안에서 / 삼십몇 도의 한더위를" 견뎌야 하는 자식에 대한 안쓰러운 마음과 애정이 응축되어 있다. 서정적 자아에게 있어 아이들은 '자유로운 나무'이자 '바위'이다. 전자는 아이들의 관점을, 후자는 서정적 자아의 관점을 내포하고 있는 은유다. 고달픈 현실에 대한 의식이 없는, "수다와 웃음" 속에서 성장하고 있는 것이 '자유로운 나무'가 함의하고 있는 바라면 꼼짝할 수 없는 무게, 압박 등을 형상화하고 있는 것이 '바위'이기 때문이다.

이 시기 박재삼의 시에서는 가족에 대한 안타까움과 애정을 드러내면서도 또 한편으로는 가족과 거리화되어 있는 서정적 자아를 확인할 수 있다.

아기야 네가 꾸는 꿈의 나뭇가지는
네 야들야들한 살끝에까지 벋어
시방 한창 물기가 오르고 있는데,
오, 성스러운 나라의 잠꼬대여,
나는 네 아름다운 그늘에도
묻힐 수 없네.

그러면 아내여,
그대의 꿈의 나뭇가지는 어떤가.
싹이 틀 염도 안하는 채
마른 코만 골고 있는데,
이 장돌뱅이의 눈길,
나는 쉴 데가 없네.

-「잠결 옆에서」 전문(『어린것들 옆에서』,1976.)

"야들야들한 살끝", '한창 물기가 오르고 있는 꿈', "성스러운 나라의 잠꼬대" 등 이 시에서 '아기'는 여리고 성스럽고 생명력 넘치는 존재로 의미화되어 있다. '아내'의 경우 "꿈의 나뭇가지"가 "싹이 틀 염도 안하는 채/마른 코만 골고 있"는 것으로 그려져 있어 '아기'와는 대조적이다. 고단한 삶을 영위하고 있는 아내에 대한 서정적 자아의 인식을 드러내고 있는 것이다.

'잠결 옆에서'라는 제목에서도 드러나듯 '아기'와 '아내'는 모두 잠들어 있지만 서정적 자아는 잠들어 있는 가족 하나하나에 시선을 두고 있을 뿐 잠들지 못하고 있다. 이는 단순히 잠이 오지 않는 상황을 의미하는 것이 아니다. 서정적 자아는 가족을 바라보고 있는 눈길을 스스로 "장돌뱅이의 눈길"이라 표현하고 있거니와 이어 "나는 쉴 데가 없네."라고 직접적으로 심정을 진술하고 있다. 불안정한 현실에 대한 걱정으로 마음 편히 쉴 수 없는 내면을 드러내 보이고 있는 것이다.

이처럼 박재삼 시에서 서정적 자아는 가족에 대한 애틋한 정을 드러내면서도 가족과는 다소 거리화되어 있는 양상을 확인할 수 있다. 이는 박재삼이 무겁게 느끼고 있었을 가장으로서의 책임감에서 비롯된 것으로 보인다.

> 내일 어머님이 시골에서 오시는데,
> 한달 보름만에 오시는데,
> 우리 집 뜰에 와서 처음으로 핀
> 木蓮의 마지막 꽃잎마저 다 져버렸네요.
> 눈물 흘리듯이 져버렸네요.
>
> 그러나 시방 한창
> 山棠花가 잘 피어 있고
> 라일락이 피기 시작했거든요.
> 다만 木蓮의 그 맏며느리 같은
> 탐스러운 꽃잎이 아니고
> 끼니 없는 사람에겐 더 아프게 보일
> 밥알로만 피어 있거든요.
> 그러면서 결국은
> 꽃이 피었으니 신기하거든요.

그런데 하나 걱정이 남았어요.
이 좋은 봄날,
내 팔다리에서는 꽃이 피기는커녕
저리고 막막한 高血壓만 再發한 걸
어쩔 수 없이 보여 드려야 하거든요.

-「病床에서 1」 전문(『대관령 근처』, 1985.)

인용한 시는 1985년에 발간된 『대관령 근처』에 수록되어 있는 작품이다. 박재삼은 35세에 처음 고혈압으로 쓰러지고 46세에 재발을 경험한다. '30대에는 그나마 쉽게 나을 수 있었지만 40대에는 손발의 마비현상이 쉽게 낫지 않았고 언어신경마저 마비되어 말도 어눌하고 서툴게 되었다.'[8] 인용한 시는 이때를 배경으로 하고 있다.

위 시에서도 자연이 주요 소재로 등장하고 있으며 서정적 자아의 내면을 드러내는 매개로 기능한다. 서정적 자아는 "어머님이 시골에서 오시기" 전에 '목련'이 다 져버린 것에 대해 안타까워한다. '산당화'가 한창이고 '라일락'은 이제 피기 시작했건만 유독 '목련'이 진 것에 대해 안타까워하고 있는 것이다. '목련'이 "맏며느리 같은 탐스러운 꽃잎"인데 반해 다른 꽃은 "밥알로만 피어" 있고 그 모습은 "끼니 없는 사람에겐 더 아프게 보일" 것이라 생각하기 때문이다. "끼니 없는 사람"이 오기로 한 '어머님'임은 물론이다. 더욱이 고혈압이 재발해 손발이 자유롭지 못한 모습을 어머니에게 보여야 하니 서정적 자아의 마음은 이래저래 무겁기만 하다.

---

8) 「鬪病記」, 『샛길의 誘惑』, 태창문화사, 1982. 55~56쪽.

유년을 그린 시에서도, 중년에 접어든 가장으로서의 시인을 그린 시에서도 가난과 그로 인한 슬픔이 주요 소재로 등장하고 있다. 차이점이 있다면 유년의 한과 슬픔이 아름다움, 영롱함 등의 이미지로 발현되고 있는 데 반해 후자의 경우 현실적인 면이 강조되고 있다는 것이다.

5. 삶에 대한 의지와 성실성

박재삼의 생은 고달팠다. 그는 모태에서부터 가난했으며 평생 가난에서 벗어나지 못했다. 물론 1930년대에 태어나 전쟁을 겪은 세대의 대부분이 가난을 경험했던 것은 사실이지만 박재삼의 경우 시인 스스로도 밝힌 바 있듯 자신의 선택도 경제적 상승과는 거리가 먼 것이었다.

> 중학교 때 국어 선생으로 초정 선생이 계셨다. 시골 중학 선생의 시가 교과서에 실려 있는 것이 아주 대단하게 생각되었고, 또 선생이 퍽 우러러 보였다. 나도 〈봉선화〉와 같은 훌륭한 시를 쓰고 싶다.—이것이 이 길에 접어들게 된 동기라고 할 수도 있다.[9]

> 그전에도 나는 아버지가 지게질로 어떤 아는 사람의 짐을 지고 가는 장면에 부딪혀, 시를 버리고 다른 길을 택해서 아버지를 편히 해 드리리라 마음먹었고, (중략) 그러나 스무 살을 넘긴 나이는 편안하고 무사

9) 「간단한 詩的 前歷」, 『빛과 소리의 풀밭』, 108~109쪽.

한 삶 쪽을 택하기보다는 무엇인가 이 세상에 태어났다가 보람 있고 값진 일을 해야 한다는 쪽으로 기울어진 것이 결국은 시를 하게 된 까닭이라.[10)]

박재삼의 산문이나 시를 통해서도 잘 알려져 있듯 그는 궁핍한 가정환경으로 인해 중학교 진학을 포기하고 삼천포여자중학교 사환으로 들어갔다. 그곳에서 교사로 있던 시조시인 김상옥을 만나게 된다. 삼천포고등학교를 수석으로 졸업할 만큼 성적이 좋았던 박재삼은 주위에서 판 · 검사가 되어 집을 일으켜야 한다는 말을 많이 들었지만 그의 선택은 문학이었다. 결국 고려대 국문학과에 입학한 박재삼은 김상옥의 주선으로 『현대문학』 편집사원으로 들어갔지만 등록금을 감당할 수 없어 학업을 끝내 마치지 못했다.

결혼 후 슬하에 남매를 두고 있을 때 대한일보 기자로 들어가게 되면서 가난에서 벗어나는 듯했으나 박재삼은 고혈압 등의 지병으로 직장생활을 지속하지 못했다. 이처럼 박재삼은 현실의 안정성보다 추구하고자 하는 가치를 선택했지만 현실의 무게는 녹녹지 않았으며 운도 따라주지 않았다.

지금까지 시집은 12권을 냈다. 그 중에서 뽑은 것이지만, 어쩐지 수확이 변변찮다. 결국 아무리 열심히 한다고 해도 잘 안 되는 것이 이 길의 허망함만 느낄 뿐이라고 하겠다. 그러나 아무리 그렇다고는 하지만 또다시 새로 시작하는 마음으로 신들메를 고칠 수밖에는 없다. 그리하여 마지막에는 내 초라한 주머니가 조금은 넉넉해지기를 바란다. 이 이

10) 「문학을 하기까지」, 위의 책, 54쪽.

상 무슨 말을 하겠는가.[11)]

인용한 글은 1991년에 발간한 시선집 『울음이 타는 가을江』의 서문이다. 그의 작품집 서문에는 '창작을 열심히 한다고 해도 잘 안 된다, 허망하다, 그럼에도 더 열심히 할 수밖에 없다.'라는 내용이 자주 등장한다. 그리고 그 이유는 시(詩)에는 완성이 없기 때문이라고 적고 있다. 그런데 위의 서문에는 "내 초라한 주머니가 조금은 넉넉해지기를 바란다."는 경제적인 문제를 언급하고 있다. 김강태의 박재삼 시인에 관한 글에서도 유사한 내용을 확인할 수 있다.[12)] 이 무렵 박재삼의 경제적 상황을 짐작해볼 수 있는 대목이다.

그럼에도 시인은 그러한 삶에 대한 의지와 희망을 놓지 않았다. 비슷한 시기 발간한 산문집에서 그는 "세상을 열심히 살아가는 것 이상으로 돋보이는 것은 없다 …… 세상 살 맛이 없는 경우도 더러는 있을 것이다. 그러나 오랜 경험의 눈으로는 '세상은 살 값어치가 있는 곳'이라는 것이 옳을 줄 안다."[13)]라고 밝히고 있다. 이러한 시인의 의식은 아버지에 대한 관점에서도 드러나듯 일관된 것이었다. 그는 아버지가 비록 가난으로 인해 자식 교육도 제대로 시켜주지 못했지만 '열심히 일하'는 성실성을 유산으로 남겼다고 밝힌 바 있다.

---

11) 『울음이 타는 가을江』, 미래사, 1991.

12) "나는 박 시인의 책을 갈무리하는 중에 덤핑 판을 많이 만났다. 개중에는 시인의 직인이 날인된 무명 출판사도 보였다. '그래도 책을 내어 준다는 출판사가 내게는 고맙기 짝이 없다. 적지만, 인쇄('인세印稅'의 오기誤記)라는 것을 만져볼 수 있기 때문이다' 1989년에 나온 어느 무명 출판사의 수필집 서문이다." (김강태. 「박재삼, 그 서러운 아름다움」, 『현대시』. 1997, 6.)

13) 박재삼, 「자살에 대하여」, 『슬픔과 그 허무의 바다』, 예가 출판사, 1989, 260~262쪽.

한여름을 향해 치닫고 있는
이 철을 만나면
마치 한창 때의 젊은이처럼
숨이 헐레벌떡 차고
기운이 넘치는
짙푸른 녹음에 싸인다.

이 따가운 햇볕 아래
지내기가 그렇게
무지무지하게 어려운 것 같아도
거기에 지지 않고
더 힘을 내게 되는
이 이치가 참으로 용하구나.

정말로 우리가 살아 있다는 것은
지겹고 엄청난 무더위에
지지 않고 굳세게
그를 극복하는 것이
언제나 주어진 과제이거늘

아, 거기서 지지 않는다는
굳센 각오가
결국은 아득한
청산을 넘게 하네.

-「한 여름 뙤약볕에서」 전문(『다시 그리움으로』, 1996.)

인용시에서는 고난에 응전하는 시인의 태도가 잘 드러나 있다. 서정적 자아는 "무지무지하게 어려운 것 같"은 일에 "지지 않고" 오히려 "더 힘을 내게 되는 이치"를 자연을 통해 터득하고 있다. 나아가 이를 삶에 적용하여 "정말로 우리가 살아 있다는 것"이란 생의 과제, 곧 "지지 않고 굳세게 / 그를 극복하는 것"을 무던하게 해 나가는 것으로 인식하고 있다. 이러한 "굳센 각오"가, 불가능할 것 같은 일을 '결국은' 가능케 하는 기제로 작용한다는 것이다.

밤낮없이 구름처럼 일렁일렁
떠돌아다니는 것이
어느덧 떨어질 수 없는
팔자 소관이 되었건만
그러나
영원한 나그네가 되기에는
아직도 멀었는가.

문득 새로 단장을 한
산봉우리가 더없이
성스럽고 아름답게만 비쳐
욕심 속에 다가가거늘,
아, 그 욕심 하나를
오늘토록 졸업 못했기 때문에
무궁한 하늘 복판에서
씩씩거리기만 하구나,
숨소리가 가쁘기만 하구나.

-「욕심 하나를 졸업 못하고」 전문(『해와 달의 궤적』, 1990.)

살아가는 데 있어 "굳센 각오"가 필요하다는 것은 그만큼 녹녹지 않은 현실을 노정하고 있다는 의미이기도 하다. 또한 마음을 다잡을 각오, 그것도 "굳센 각오"가 요구된다는 것은 내면의 흔들림이나 그것에 대한 의식이 전제되어 있는 것이다. 위 시에는 이러한 내면에 대한 시인의 인식이 잘 드러나 있다.

"밤낮없이 구름처럼 일렁일렁 / 떠돌아다니는 것"이란 일정한 직업 없이 생계를 영위해야 했던 시인의 처지를 떠올리게 한다. 지병으로 직장생활을 유지할 수 없었지만 억울해도 소용없는 일이다. '팔자소관'으로 여긴다지만 때때로 고개를 드미는 욕심은 완전히 체념하지 못한 시인의 내면을 인식하게 한다. "오늘토록 졸업 못"한 욕심은 긍정적 결과로 이어지지 않는다. "무궁한 하늘 복판에서 / 씩씩거리기만 하"고 "숨소리가 가쁘기만" 할 뿐이다.

시인의 삶에 응전하는 태도는 이러한 내면의 갈등과 다스림의 반복으로 형성된 것이라 할 수 있을 것이다.

이렇게 더울 때는
잘 먹고 잘 입어
세상을 멍청하게 바라보는 것보다야
많이는 굶어보고
그 설움에
속울음을 곁들이고 나서야
切切히 느끼고 깨닫는 일을 거쳐

한결 세상을 옳게 보리라.

겪어 놓고 보면
고생이 지긋지긋하게 많던
지난날이 이제
그것이 어느새 구슬이 되어
방울방울 맺혀
살아가는 힘을
음으로 비축해 준
고마움이다.

-「살아가는 힘」 전문(『다시 그리움으로』, 1996.)

박재삼은 입신양명과 문학이라는 갈림길에서 후자를 선택하고 평생 그 길을 걸었다. 그의 가난이 이 선택과 밀접하게 관련되어 있음은 물론이다. 위 시에는 그 선택에 대한 시인의 긍정적 인식이 드러나 있다. 물론 "고생이 지긋지긋"하기도 했지만 그것은 시인으로 하여금 세상을 "절절히 느끼고 깨닫는 일을 거쳐 한결 세상을 옳게 보"도록 했다. 스스로 옳다고 생각하는 길을 가고 있기에 '초라한 주머니가 조금은 넉넉해지기를 바란다'는 소박한 바람도 내비칠 수 있었던 것이 아닐까. 이러한 인식은 가난과 그로 인한 설움이 오히려 "살아가는 힘을 / 음으로 비축해 준" 요인으로 작용했다는 데에까지 이르고 있다.

시인은 물질이 아닌 불변의 가치를 선택했고 그것은 완성에 이를 수 없는 절대의 경지를 내포하고 있다. 때론 미완성일 수밖에 없는 길을 가는 것에 허무함을 느끼기도 하지만 또 한편으로는 그러하기에 오히려 굳센 의지를 다지게 되는 것이다. 고통에 응전하는 이러한 시인의 태도는 죽음에 대한 인식에도 연결된다.

눈앞에 무성한 잎을 보고
푸짐한 상을 받은 듯
이 현란한 꿈 같은 잔치를
햇빛 속에 누리는 호사가
얼마나 아름다운 것인가를
그대는 헤아려 보았는가.

그러나 그것을 지탱하기 위하여
그 뿌리께에서는
눈에 안 보이는 무수한
숨어 있는 재보를 쏟았겠는가,
다만 그것을 없는 듯이
받치고 있어 귀한지고.

아, 우리는 기껏해야 칠십 년을
이승에 머물다가 가지만
따지고 보면 그것은 잠깐이고
무한대의 세월을
허무 속에 묵묵히 묻혀 있어야 하는데,
그때 거름이 실하게 풍족해야만
윤택이 좋은
한 잎사귀라도 되어
멀리서나마 참례할 일이 아닌가,

그대에게 이르노니.

-「마지막 소원」 전문(『사랑이여』, 1987.)

일반적으로 죽음은 인간이 극복할 수 없는 한계로 인식된다. 젊어서부터 투병생활을 해왔던 박재삼의 경우 죽음에 대한 의식은 더욱 각별했을 것이 분명하다. 위 시에서 죽음의 세계에 대한 시인의 의식을 간취해볼 수 있다. 햇빛 속에 무성하게 피어 있는 '잎'은 이승, 즉 삶의 세계를, 이에 대비해 땅 속의 '뿌리'는 죽음의 세계를 표상한다. 서정적 자아는 죽음의 세계를 '귀한' 것으로 인식하고 있다. '무성한 잎'을 위하여 보이지 않는 곳에서 "무수한 숨어있는 재보를 쏟"고 있기 때문이다.

주목을 요하는 것은 이러한 이치를 인간의 삶과 죽음에 적용하고 있다는 사실이다. 이승에서의 삶은 "기껏해야 칠십 년"이라는 잠깐의 시간이지만 그것을 떠받치고 있는 죽음의 세계는 '허무 속에 묵묵히 묻혀 있어야 하는 무한대의 세월'이다. 그런데 이 시간은 인간이 어쩌지 못하는 무(無)의 세계가 아니다. "그때 거름이 실하게 풍족해야 / 윤택이 좋은 / 한 잎사귀라도" 된다는 대목에서 드러나듯 죽음의 세계는 삶의 세계에 영향을 미친다는 것이다.

이를 불교의 윤회의식으로 설명할 수도 있겠지만 중요한 것은 죽음을 삶의 세계로 끌어들이고 있다는 점이다. 죽음을 부정하거나 배척하는 것이 아니라 죽음을 삶의 일부로 인식하고 있다는 것이다. 그렇다면 죽음의 세계에 거름을 주는 행위란 무엇일까. 죽음은 그야말로 그 누구도 알지 못하는 세계이므로 그것에 거름을 준다는 것은 결국 삶에서 할 수 있는 행위들일 것이다. 그것은 시인이 역설해왔던 '고난에 찬 삶일지라도 오히려 더욱 굳센 의지로 열심히 살아내는 것'이 아닐까.

새는 마음대로 하늘을 날 것 같지만
자세히 보게,
그것도 한정이 있고
결국은 죽지가 처지고 마네.

저 넓고도 눈부신
바다의 물결을 헤쳐
너는 원대로 가고 싶지만
어딘가에서 허망하게 막히고 마는
이 빤한 것을 알면서도
그러나 움직이는 기쁨에
이 짓을 그만둘 수 없네.

아, 이것을 보면,
무엇보다도 요긴한 것은
어떠한 종교의 가르침에 앞서
자기가 살아 있는
이 세상에서만
가장 귀한
그 아름다움을 느낄 따름인가 보다.

-「無題」 전문(『꽃은 푸른빛을 피하고』, 1991.)

인용한 시는 하늘을 날고 있는 '새'를 통해 유한한 삶에 대한 통찰을 보여주고 있다. 활기차게 날고 있는 '새'도 결국은 '죽지가 처지는 때'를 맞게 된다. "원대로 가고 싶지만 / 어딘가에서 허망하게 막히고" 만다. 서정적 자아는 "이 빤한" 이치를 알고 있음에도 새가 비상을 멈추지 않는 것은 "움직이는 기쁨" 때문이라 판단한다. "움직이는 기쁨"이란 두 가지 의미를 내포한다. 움직임이 주는 즐거움이 그 하나이고 다른 하나는 살아있음에 대한 기쁨이다. 유한한 삶에 대한 의식으로 인해 삶을 소중하고 기쁜 것으로 여기게 되는 것이다.

이는 곧 박재삼의 삶에 대한 인식 및 정서의 흐름과 일치한다. 죽음을 늘 가까이 의식할 수밖에 없었던 시인은 그만큼 삶에 대한 의미를 되새겼을 것이다. 자연에서 느끼는 황홀경은 그 자체로 죽음에 대한 허무를 초월한다. 또한 이러한 아름다움을 경험할 수 있는 것은 살아있기에 가능한 것이다. 살아있다는 것에 대한 감각은 아이러니하게도 죽음에 대한 의식으로 예민해진다. 유한한 삶에 대한 의식은 생의 가치를 재고하게 한다. 이것은 "어떠한 종교의 가르침에 앞서"는 시인 자신의 삶에서 체득된 인식과 정서인 것이다.

6. 죽음을 수용하는 태도

유한한 삶이기에 더욱 소중하고 그 소중한 삶이기에 어떠한 고난이 와도 그것에 지지 않고 열심히 살아내야 하는 것, 이것이 시인이 견지해온 삶에 대한 태도이다. 이와 같은 태도를 부단히 결의할 수밖에 없었던 것은 잘 알려진 대로 병과 가난으로 점철된 그의 삶 때문이었다.

35세에 고혈압으로 쓰러진 박재삼은 그 후유증으로 언어 장애가 왔고 평생 지병으로 인한 위태로운 삶을 살아야 했다. 가난은 당연지사였던 셈이다.

박재삼 생전 마지막 인터뷰를 했던 김강태에 따르면 박재삼은 1995년 11월부터 복막 투석을 했다. 그 후유증으로 혈액순환이 안 되어 다리가 썩기 시작했고 급기야는 발가락 절단까지 해야 했다. 1997년엔 신체 기능 마비와 혼수상태로 입원과 퇴원을 반복하기에 이른다. 인터뷰 할 당시의 상황을 그대로 옮기면 다음과 같다.

> 지금은 신장 기능을 완전히 상실, 2천cc짜리 'Baxter'라는 노란색 용액을 6시간마다 부인이 직접 하루 4번씩 남편 몸에 넣고 빼곤 한다. 배 한쪽 몸에 박은 호스를 통해. 약값이 비싸지만 다행히도 80%의 장애 보험 혜택을 받아 한숨 돌린 중이라며 고마워한다. 박스 안에 약이 좀 쌓여 있다. 이 약은 그의 콩팥 구실을 철저히 대행한다. 그는 전혀 소변도 누지 못하니까.[14]

박재삼이 죽음에 이르는 과정은 참혹하다. 그는 신체 기능이 하나씩 마비되어 가는 과정을 온전히, 그리고 천천히 치러내야 했다. 그러한 와중에도 그는 1996년 마지막 시집 『다시 그리움으로』를 상재한다. 그가 견지해온 삶에 대한 태도를 다시 상기해봄직 하다.

늘 돈은 조금만 있고
머리맡엔 책만 쌓이고

---

14) 김강태, 앞의 글.

그 책도 이제는
있으나마나한데
땅 밑에
갈 생각만 하면
나는 빈 것뿐이네.

－「虛無의 내력」 전문(『다시 그리움으로』, 1996.)

마지막 시집 『다시 그리움으로』에는 위 시와 같이 '허무'를 주제로 하는 작품이 많다. 시집 해설에서 민영은 "이번 시집에 유난히 '허무'란 단어가 붙은 제목과 '무제(無題)'라고 붙인 시제가 많은 것"을 지적하고 이를 병약해진 의지에서 비롯된 것이라 판단한다. 물론 충분히 설득력 있는 해석이다. 그러나 이 시집에는 그 외에도 자연에 대한 감탄, 삶에 대한 성찰을 주제로 하는 시편들도 상당수 있거니와 앞에서 인용한 「살아가는 힘」이나 「한 여름 뙤약볕에서」도 이 시집에 수록된 작품이다. 이들 두 시는, 고난은 오히려 '살아가는 힘'이 된다는 것과 그것에 지지 않고 "굳세게 극복"하는 것이 삶에 "주어진 과제"임을 내용으로 하고 있다.

박재삼, 그는 비록 병약해진 의지로일망정 삶에 "주어진 과제"를 마지막까지 성실하게 수행했다. 삶이 요구하는 고통을 묵묵히 치러내고 나서야 비로소 경계를 넘어 허무의 세계로 들어설 수 있었다.

"가장 슬픈 것이 가장 아름다운 것"이라는 시의식은 관념적인 것이 아니라 그의 삶에서 연원하는 것이었다. 그리고 그것은 다시 "옳게 세상을 바라보는" 삶에 대한 윤리적 태도로 이어졌다. 그러한 태도 중 하나가 삶에 대한 성실성이라 할 수 있다. 삶에 대한 관점이 죽음을 수용하는 태도에 영향을 미침은 물론이다. 유한한 삶에 대한 부단한 의식이 때로 허무에 이르게 할 때도 있지만 마지막까지 시인은 그에게 주어진 고난을 의지 삼아 시와 삶에 최선을 다했다고 할 수 있다.

2장

사랑의 정서와 세계인식

사랑의 정서와 세계인식

1. 시세계와 정서 고찰

박재삼은 1953년 11월 『문예』에 시조 「江물에서」가 모윤숙에 의해 추천되고, 1955년 6월 『현대문학』에 시조 「攝理」가 유치환에 의해, 같은 해 11월 시 「靜寂」이 서정주에 의해 추천완료 되어 등단했다. 등단 후 활발한 활동으로 등단 7년 만인 1962년, 그의 첫 시집 『春香이 마음』을 시작으로 1997년 타계[1)]하기 전까지 14권의 시집[2)], 1권의 시조

1) 박재삼은 그의 나이 35세 되던 1967년, 남정현의 〈분지〉 사건 공판을 보고 충격을 받아 고혈압으로 쓰러졌다. 그 이후 평생 고혈압과 위궤양, 신부전증 등으로 고생하다가 1997년 6월 8일 영면에 들었다.

2) 박재삼, 제1시집 『春香이 마음』, 신구문화사, 1962 ; 제2시집 『햇빛 속에서』, 문원사, 1970 ; 제3시집 『千年의 바람』, 민음사. 1975 ; 제4시집 『어린 것들 옆에서』, 현현각, 1976 ; 제5시집 『뜨거운 달』, 근역서재, 1979 ; 제6시집 『비 듣는 가을 나무』, 동화출판사, 1981 ; 제7시집 『追憶에서』, 현대문학사, 1983 ; 제8시집 『대관령 근처』, 정음사, 1985 ; 제9시집 『찬란한 미지수』, 오상사, 1986 ; 제10시집 『사랑이여』, 실천문학사, 1987 ; 제11시집 『해와 달의 궤적』, 신원문화사, 1990 ; 제12시집 『꽃은 푸른 빛을 피하고』, 민음사, 1991 ; 제13시집 『허무에 갇혀』, 시와 시학사, 1993 ; 제14시집 『다시 그리움으로』, 실천문학사, 1996.

집[3], 14권의 시선집[4], 10권의 수필집[5]을 냈다.

박재삼이 시단 활동을 시작한 1950년대는 해방 후의 혼돈이 채 수습되기도 전에 발발한 전쟁으로 기존 질서를 유지해오던 모든 가치관이 붕괴되었던 시기였다. 문학사적으로는 이러한 무질서와 폐허의 현실을 우리의 전통적 사상이나 정조의 계승을 통해 극복하고자 했던 전통지향의 흐름과 이에 대한 반발로 일어난 모더니즘 경향의 흐름이 있었다.

1950년대의 모더니즘 시운동은 〈후반기〉 동인을 중심으로 전개되었는데 이에 해당하는 시인으로는 박인환, 조향, 김경린, 김규동, 이봉래 등이 있다. 부조리한 현실에 대한 고민을 새로운 시적 형식을 통해 드러내고자 했던 시도는 의미 있는 것이었지만 그 고민 자체가 현실에 밀착된 것이었다기보다는 관념의 지적 조작에 그치고 있다는 비판이 따랐다.

전통서정시의 경우, 서구 유입의 생경한 시적 어법이 난무하던 때에 우리시의 전통적인 정서와 시적 체계를 견지하였다는 측면에서 의

---

3) 박재삼, 『내 사랑은』, 영언문화사, 1987.
4) 박재삼, 『아득하면 되리라』, 정음사, 1984 ;『거기 누가 부르는가』, 행림출판, 1984 ; 『간절한 소망』, 어문각, 1985 ;『바다 위 별들이 하는 짓』, 문학사상, 1987 ;『박재삼 시집』, 범우사, 1987 ;『가을바다』, 자유문학사, 1987 ;『울음이 타는 가을 江』, 미래사, 1991 ;『햇빛에 실린 곡조』, 지성문화사, 1988 ;『아름다운 사람』, 시세계, 1993 ; 『사랑하는 이의 머리칼』, 미래문화사, 1993 ;『친구여 너는 가고』, 미래문화사, 1993 ;『나는 아직도』, 오늘의 문학사, 1994 ;『박재삼 시 전작선집』, 영하출판사, 1995 ;『사랑하는 사람을 남기고』, 오상, 1997.
5) 박재삼, 『슬퍼서 아름다운 이야기』, 경미문화사, 1977 ;『빛과 소리의 풀밭』, 고려원, 1978 ;『노래는 참말입니다』, 열쇠, 1980 ;『샛길의 유혹』, 태창문화사, 1982 ;『숨가쁜 나무여, 사랑이여』, 오상, 1983 ;『너와 내가 하나로 될 때』, 문음사, 1984 ;『아름다운 삶의 무늬』, 어문각, 1986 ;『차 한잔의 팡세』, 자유문학사, 1986 ;『울밑에선 봉선화』, 자유문학사, 1986. ; 『미지수에 대한 탐구』, 문이당, 1989. ; 『아름다운 현재의 다른 이름』, 1994.

미가 있지만 현실인식의 결여, 현실 도피적 태도 등에 대한 비판이 뒤따랐다. 이에 해당하는 50년대 전통서정 시인으로는 김관식, 이동주, 이원섭, 박용래, 박재삼 등을 들 수 있다. 이들 중 가장 활발하게 활동한 시인이 박재삼이다.

박재삼 시에 관한 평가에서 가장 먼저, 그리고 가장 많이 언급된 것이 전통 서정에 관련해서이다. 이러한 논의로는 고은[6], 조남익[7], 김재홍[8], 권영민[9] 등의 글을 들 수 있다. 고은은 당대의 한국시가 서구시의 어법을 무리하게 접합시키는 무모함을 보여준 것과는 다르게 박재삼은 '천연적인 언어조립'[10]의 기술을 가지고 있었으며, 한국시의 전통적인 체계에 회귀함으로써 서구적인 제스처에 매달리고 있던 당대 시인들의 자기기만으로부터 벗어나 있었다고 평가한다. 김재홍과 권영민 또한 박재삼의 전통 서정성에 주목하고 있는데 이러한 전통 서정성이 서정주의 전통의식과 청록파의 자연을 계승하는 것으로 판단하였다.

박재삼 시의 전통 서정성에 관한 논의는 주로 '한', '설움' 등 전통적 정한의 특징을 밝히는 것에 집중되어 있다. 오세영[11]은 박재삼의 시가

---

6) 고 은,「실내작가론 (10) - 박재삼」,『월간문학』, 1970. 1.
7) 조남익,「박재삼 · 김관식의 詩」,『현대시학』, 월간문학사, 1987. 4.
8) 김재홍,「순간과 영원의 사이에서」,『박재삼 시전집 1』, 민음사, 1998.
9) 권영민,『한국현대문학사』, 민음사, 2002, 161쪽.
10) 박재삼이 김기중, 고형진과의 대담에서 "우리말을 잘 다듬어야 좋은 시가 된다는 생각을 했고, 그래서 그런 면에서 제 초기작에는 말을 잘 만들어 썼고, 사투리도 대담하게" 썼다고 밝혔듯이 이러한 평가는 박재삼의 시에 대한 철학과 의지의 결과라고 할 수 있다. (고형진, 김기중, 박재삼 대담,「오, 아름다운 것에 끝내 노래한다는 이 망망함이여」,『문학정신』, 1992. 1.)
11) 오세영,「아득함의 거리」,『20세기 한국시인론』, 월인, 2005. 295쪽.

한국인의 내면에 깔린 한의 정서를 통속적 혹은 육감적으로 표출하지 않고 순수하고 투명하게 승화시키는데 성공하고 있다고 평가하고 이는 한의 정서를 인간의 차원에서 번뇌하지 않고 자연의 차원으로 끌어올린 데서 가능했던 것으로 보았다. 정삼조[12]는 박재삼의 시세계가 일관되게 삶에서의 설움을 토로하고, 그 설움의 극복을 꾀하고자 하는 데 있다고 보았다. 박재삼 시에서 설움은 가난에서 출발하여 결국은 삶의 허무에 이르는 것이며 박재삼은 그 설움을 사랑과 자연과 허무에의 깨달음에 의지하여 극복하려 한 것으로 보았다.

이러한 논의들은 박재삼 시의 전통적 정한에 대한 긍정적 평가에 해당한다고 할 수 있다. 이와는 달리 김주연은 박재삼 시에 드러나고 있는 정한의 한계를 지적하고 있다. '울음' 혹은 '눈물'에 대한 시의식의 "관습적 타성"[13]과 한이라는 전통적인 정서의 미학적 명제에 독자적인 길을 제시해 주지 못하고 있다[14]는 견해가 그것이다. 그는 또한 "현실에 대한 이해를 자신의 무기력함과 자연에의 존숭, 절대 권력에 대한 추종이라는 습성 속에서 행사하여 온 한국문학의 일반성을 가장

12) 정삼조, 「박재삼 시에 나타난 설움과 그 극복 양상」, 『경상어문』 2집, 진주경상대학, 1996.

13) "시인이 정서의 근원으로 깔고 있는 감정이 「울음」, 혹은 「눈물」일 때, 그것은 시인이 얼마나 생명의 근원현상과 밀착되어 있는가 하는 것을 말해주지만, 아울러 그의 의식이 지향하고 있는 관습적 타성을 반증한다." (김주연, 「1945年 이후 詩人 槪觀」, 『現代韓國文學의 理論』, 민음사, 1972, 248쪽.)

14) "朴在森은 이미 四 代에 들어선 착실한 시인으로 평가된다. 그러나 간단히 개괄해 본 것처럼 그가 지닌 문제점이 아주 단순한 것만은 아니다. 무엇보다 그의 시적 관심이 恨이라는 전통적인 정서의 受容에서 출발하고 있고, 그것은 아주 독자적이며 긍정적인 展開를 요구받고 있는 우리 문학의 주요한 미학적 명제와 결부된다. 그러나 在森이 특별한 길을 제시한 바는 아직 없다." (김주연, 「恨과 그 以後」, 『千年의 바람』, 민음사, 1975, 16쪽.)

충실하게 따르고 있는 시인"[15]이라고 평가하기도 한다. 이는 박재삼 시의 현실인식 내지 역사의식 부재라는 평가와도 그 맥락이 닿아있는 경우라 할 수 있다.

박재삼 시의 전통 서정성에 준한 또 다른 맥락으로 설화적 모티프에 주목한 논의들을 들 수 있다. 박재삼 시에 드러나는 정한의 한계를 지적한 김주연의 경우 박재삼의 자연이나 설화 친화적인 태도에 대해서는 그 속에 함몰되지 않고 그것을 이용하는 '자기 견제'를 보여주고 있다고 평가한다. 박재삼은 자연이나 설화를 다뤄나가는데 능숙한 지적 조작을 행하고 있으며, 이를 통해 그의 시에서 유보(留保)의 미학, 여백(餘白)의 미학을 보여주고 있다는 것이다.[16]

박재삼 시의 설화 '이용'에 대해 보다 구체적으로 상술한 논의로는 양혜경[17], 오세영[18], 김종호[19] 등의 글을 들 수 있다. 대표적으로 양혜경의 글을 살펴보면 그는 박재삼의 시에서 설화적 상상력과 표현법, 그 속에 들어 있는 사상과 정서가 어떤 방식으로 수용되고 있는지를 고찰하였는데 그 특징으로 재구성, 자기 체험화, 변형, 상징성을 꼽았다. 이를 통해 박재삼은 그의 시에 설화나 고전소설을 수용함에 있어 변형과 재구성 등 재창조의 과정을 거쳐 현실에 적용함은 물론, 다원적 의미로 상징화하고 있음을 밝히고 있다.

한편 박재삼 시의 '자연'의 의미와 자연으로 대변되는 '이미지'에 관

---

15) 위의 글, 11쪽.
16) 위의 글, 12쪽.
17) 양혜경,「비애미와 설화 수용 - 박재삼」,『한국현대시인론』, 새문사, 2003.
18) 오세영,「고전의 시적 변용」,『현대시와 실천비평』, 1983.
19) 김종호,「설화의 주술성과 현대시의 수용양상 서정주와 박재삼 시를 중심으로」,『한민족어문학』46권, 한민족어문학회, 2005.

한 연구 또한 상당한 양에 이르고 있다. 김현[20], 오탁번[21] 등의 논의와 학위논문으로 이상숙[22], 오정석[23], 홍성란[24] 등의 연구가 이에 해당한다.

이상숙은 박재삼 초기시에 나타나는 중심이미지로 '물'에 주목하여 분석하였다. '물'이미지는 박재삼 시의 이미지 체계의 주축(主軸)이 되고, '빛', '구름', '바람', '식물'이미지들은 '물'이미지에 통합되는 양상을 보이고 있음을 고찰했다. '빛', '구름', '바람', '식물' 등의 이미지는 '물'이 나타내는 설움과 한의 정서를 지지하는 한편 '죽음', '영원', '인생의 무상'이라는 박재삼 시의 변모를 예비하는 기능을 하고 있다고 보았다. 또한 '물'이미지는 의지, 초월, 부활의 의미로 이어지고 있으며, 이러한 '물'이미지의 상징성에 바탕해 그의 세계관이 낙관적인 것에 기초하고 있다고 보았다.

오정석의 경우 박재삼 시의 중심 이미지로 '빛', '사랑', '죽음'의 이미지를 분석하고 이를 통해 자연의식, 인간의식, 죽음의식 등의 변모 양상을 고찰하였다. 박재삼의 시는 자연성의 탐구를 통해 자연의 영원성과 생명성, 규범성을 지향하고 그것을 인간 속에서 탐구해내려고 노력하였으며 초기시에서는 비관적 현실 인식을, 후기시에서는 그것이 절망을 거쳐 허무의식으로 전환되고 있다고 보고 있다.

---

20) 김현, 「詩와 詩人을 찾아서 - 朴在森篇」『심상』, 1974. 3.
21) 오탁번, 「모성 이미지와 화합의 시정신」, 『현대문학』, 1997. 8.
22) 이상숙, 「박재삼 시의 이미지 연구 - 초기시에 나타난 '물'을 중심으로」, 고려대 대학원 석사논문, 1994.
23) 오정석, 「박재삼 시 연구 - 세계인식의 변모양상을 중심으로」, 경희대 대학원 석사논문, 1998.
24) 홍성란, 「박재삼 시 연구 - 죽음 인식과 죽음 이미지의 변모양상을 중심으로」, 경기대 대학원 석사논문, 1998.

홍성란 또한 박재삼 시의 죽음인식과 죽음 이미지의 변모양상을 전기시와 후기시로 나누어 고찰하였다. 그에 따르면 전기시의 죽음 인식은 자아의 죽음과는 거리가 있는 객관적 죽음 인식으로 드러나며 이때 죽음은 물 이미지와 빛 이미지가 융합한 밝고 아름다운 서정공간에서 미적으로 형상화되는 양상을 보인다. 그러나 후기시의 죽음 인식은 유한자로서의 자신의 현실적 죽음에 대한 인식으로 드러나며 차갑고 어두운 공간에서의 허무와 비애의 죽음이미지를 표출하고 있다고 보았다.

이상의 논의들을 통해 공통적으로 추출할 수 있는 의미는 다음과 같다. 첫째 박재삼 시의 중심 이미지로 '물'이미지를 상정할 수 있다. 둘째 이 '물'이미지가 '빛'의 이미지와 융합할 때 아름답고 낙관적인 시공간을 현현하는 양상을 보이며 셋째 이는 영원성, 생명성 등과 같은 자연의 속성과 연결된다는 점이다.

한편, 박재삼 시에 나타나는 시간의식, 공간의식에 대한 분석 또한 박재삼 시인 타계 후 꾸준히 이루어지고 있는 연구 분야 중 하나이다. 박재삼 시의 시간의식에 관한 분석으로는 송기한[25], 조상경[26], 김강제[27]의 논의를 들 수 있다. 송기한의 경우 한국 전후시에 대한 시간의식을 분석하면서 박재삼의 경우 지속의 흐름인 한의 정서를 해방적 관점에서 읽어내고, 이를 통해 전후라는 인식의 단절성과 전후적 현실을 극복하고 있음을 긍정적으로 평가했다. 전후라는 특정한 시기에

25) 송기한, 『한국 전후시와 시간의식』, 태학사, 1996.
26) 조상경, 「박재삼 시의 시간 의식 연구 - 기억의 구조를 중심으로」, 서울여대 대학원 석사논문, 1996.
27) 김강제, 「박재삼 시에 나타난 시간의식 연구」, 『국어국문학』제17집, 동아대학교, 1998. 12.

있어서의 박재삼 시의 의의를 밝히고 있다는 점에서 의미가 있는 경우이다.

조상경은 박재삼 시에 자주 등장하는 과거에의 미화와 집착을 죽음의식과 소외의식의 발로로 해석하고 있다. 김강제의 경우 박재삼의 시간의식은 자아의 정체성을 찾고 죽음에 대한 공포를 이겨내기 위한 차원에서 이루어지고 있는 것으로 보고 있다. 두 논의는 박재삼 시에 발현되고 있는 시간의식에 영향을 미치는 주요한 요인이 죽음에 대한 인식이라는 점에 대해서 의견을 같이 하고 있는 셈이다.

공간의식에 관해서는 장만호[28], 정분임[29]의 논문을 참고할 만하다. 장만호는 박재삼의 초기시를 중심으로 박재삼 시에 나타나는 공간의 유형과 그 의미를 분석하고 이를 통하여 각 공간에 내재되어 있는 시의식을 규명하고자 하였다. 그는 박재삼 시의 공간을 '부재의 공간', '확대되는 공간', '결정화되는 공간'의 세 가지 측면에서 고찰하여 박재삼의 시적 공간이 관습적이고 기호론적인 공간 의미와 시인의 창조적 상상력이 길항하며 탄생시킨 의미의 결정체임을 밝히고 있다.

정분임은 박재삼 시의 근간을 이루는 정서는 '한'이지만 궁극적으로 의도하는 것은 그 한을 처리하고 극복하는 것이며, 이를 통해 낙관적이고 긍정적인 시의 공간을 구축하고 있는 것으로 보았다. 이는 이미지의 상징성을 바탕으로 박재삼의 세계관이 낙관적인 것에 기초하고 있다고 분석한 이상숙의 논의[30]와도 일맥상통하는 것이라 할 수 있다.

---

28) 장만호, 「박재삼 시의 공간 상상력 연구 - 초기시를 중심으로」, 고려대 대학원 석사논문, 2000.
29) 정분임, 「박재삼 시의 공간인식 연구」, 중앙대 대학원 석사논문, 2001.
30) 이상숙, 앞의 논문.

이 외에 박재삼 시의 시형식에 관한 연구로는 이광호[31), 윤석진[32)의 연구가 있다. 이광호의 연구는 박재삼 시의 시형식에 관한 최초의 학위논문으로, 이에 따르면 박재삼의 시는 음성적 자질과 섬세한 운율 효과에 대한 집착으로 의미구조의 내포를 확대했으며 모국어의 섬세한 질감을 드러내는 가치있는 슬픔의 세계를 보여준다.

윤석진은 박재삼 시의 문체적 특징과 그 의의를 조망하고 있는데 그 중에서도 전통시가와 현대시 사이의 문체적 단절 극복과 현대시의 지평 확장이라는 측면에서의 의의에 주목할 만하다. 박재삼 시에 관한 연구에서 이와 같은 시형식에 관한 연구가 차지하는 비율은 극소수에 해당한다. 또한 이들은 예외 없이 연구 범위를 초기시에 한정하고 있다. 뚜렷하다 할 만한 형식적 특징이 초기시에 집중되어 나타나고 있는 것은 사실이나 연구 범위를 전시기의 작품으로 확장하여 시형식의 변모와 그 의미를 살피는 작업 또한 수행되어야 형식적 차원에서의 온전한 의미가 구축될 것으로 보인다.

기왕의 연구들을 종합해보면 초기, 전통 서정성에 주목한 연구에서 점차 다양한 시각에서의 연구가 이루어지고 있어 바람직한 현상이라 생각된다. 그럼에도 불구하고 박재삼 시에 관한 연구의 한계로 두 가지를 지적할 수 있을 것이다.

그 하나는 정서에 관한 연구가 미미하다는 사실이다. 문학 연구에 있어서 정서 고찰의 중요성에 대해서는 양현승의 글[33)을 참고할 만하

---

31) 이광호, 「박재삼 시 연구 - 초기 시의 어조와 운율분석」, 고려대 대학원 석사논문, 1988.
32) 윤석진, 「박재삼 시의 문체 연구 - 초기 시를 중심으로」, 전남대 대학원 석사논문, 2005.
33) 양현승, 「'정서'의 문예미학적 접근」, 『문예운동』37, 문예운동사, 1987. 6.

다. 이에 따르면 정서는 인식의 일종이다.[34] 인간의 사물 및 정황에 대한 인식방법을 크게 '감각적 인식'과 '이성적 인식'으로 나누면 '정서'란 감각적 인식에서 이성적 인식으로 옮아와 그 대처방법을 찾는 과정에서 일어나는 '중간자적 인식현상'[35]으로 종합 지적(知的) 성격을 갖는다 할 수 있다. 즉 감각적 인식이 이성적 인식으로 진행하는 과정에서 인간은 유기적이며 총체적인 인식을 하게 되는데 이것이 곧 정서적 인식이라는 것이다. 작품은 이러한 정서 현상의 결정체라 할 수 있다. 따라서 정서에 대한 연구는 그 작품 속에 표현된 것들의 현상에 대한 총체적이고도 유기적인 고찰의 한 방법이 될 수 있다.[36] 그런데 박재삼 시의 정서에 관한 연구는 주로 전통 정한으로서의 '한'이나 '설움'에 한정되어 있는 것이 사실이다. 보다 다양한 관점에서 보다 세밀한 고구가 필요하다는 판단이다.

또 다른 한편으로는 연구 범위의 한계를 지적할 수 있다. 박재삼 시에 관한 연구는 살펴본 바와 같이 학위논문의 경우에도 그 연구의 범위를 초기시에 한정하는 경우가 많은 것이 사실이다. '박재삼의 초기

---

34) 스피노자는 정서를 신체의 활동 능력을 증대시키거나 감소시키고 촉진하거나 저해하는 신체의 변용과 관련된 사유양태 내지는 인식작용이라 정의한다. 즉 정서란 단순한 느낌이나 감각에 불과한 것이 아니라 그것에 부합되는 필연적인 사유가 작용한 결과라는 것이다. (B. 스피노자, 『에티카』(강영계 역), 서광사, 1990, 117쪽, 130~131쪽.)

35) 중간자적 인식유형으로서의 정서는 부분적인 것과 전체적인 것 사이, 외연적인 것과 내포적인 것 사이, 특정의 상황과 보편적인 원리 사이, 구체적인 사실과 추상적인 관념 사이, 즉흥적인 감각과 항구적인 정조(情調) 사이, 주관적인 것과 객관적인 것 사이, 개인적 차원과 집단적인 차원 사이, 일회적인 것과 영구적인 것 사이에 존재하여 상호 대립적·상충적인 것들로 보이는 감각적 인식유형과 이성적 인식유형을 유기적으로 보완하여 주는 위상을 갖는다. (양현승, 앞의 글, 132쪽.)

36) 위의 글, 129~133쪽.

시'에 대한 개념 또한 애매하다. 연구자들마다 박재삼의 초기시로 규정짓는 범위가 다르기 때문이다. 실제로 이상숙은 연구범위를 제3시집 『천년의 바람』으로 한정하면서 그 이유로 먼저 시적 경향의 상이함을 들었다. 또한 "초기시에 이미 물이미지를 중심으로 한 박재삼 시의 이미지 체계를 구축할 수 있을 뿐만 아니라 이후의 변모 양상을 설명할 수 있을 정도의 우수한 시들이 포함되어 있다"[37]고 밝혔다.

장만호 또한 연구 대상을 초기시로 한정하면서 그 이유로 시적 경향과 대상의 상이성을 들고 "박재삼의 후기시는 완성도에서 초기시의 그것을 능가하지 못할 뿐 아니라 시의식에 있어서도 퇴보하는 양상을 보이는 것이 보다 중요한 이유"[38]라고 밝혔다. 연구대상을 초기시로 한정하는 이유는 이상숙의 그것과 다를 바 없지만 장만호는 초기시를 제4시집 『어린것들 옆에서』까지로 보았다. 물론 연구하는 관점에 따라 그 기준이 다르기 때문에 나타나는 현상이라 할 수 있겠으나 아직까지 박재삼의 창작활동과 그가 이룩한 시적 성과에 비해 박재삼 시에 대한 연구가 그리 많지 않음을 감안할 때, 박재삼의 전체 시를 대상으로 폭넓고 다양한 시각의 연구가 계속 된다면 이를 통해 귀납적으로 추출되는, 좀 더 객관적인 '박재삼 시의 시기구분'[39] 내지 시의식의

37) 이상숙, 앞의 논문, 7쪽.

38) 장만호, 앞의 논문, 22쪽.

39) 오정석은 앞의 논문에서, 박재삼의 시집은 시집을 간행할 때 창작 발표순이 아니라 주제별로 편집하였기 때문에 시집 출간 시기를 기준으로 시세계를 연구하는 것은 오류를 낳을 수 있다고 주장하고 개별 작품의 발표시기를 기준으로 중심적인 주제와 형식의 변화를 따라 초기, 중기, 후기 세 시기로 구분하였다. 시기 구분에 대한 새로운 접근방법이나 위의 주장대로라면 시의 발표시기가 아니라 시의 제작 시기를 기준으로 구분하는 것이 옳을 것이다. 시의 발표시기가 제작시기와 동일하다고 볼 수는 없으므로 위 연구방법은 또 다른 오류를 범하는 결과를 낳는

규명이 이루어질 것으로 본다.

이에 본고에서는 박재삼의 전 작품[40]을 대상으로 '사랑'이라는 주제를 고구해보고자 한다. '사랑'은 박재삼의 작품에 빈번하게 드러나는 주제이면서 시인의 시세계에 바탕이 되고 있는 정서임에도 매우 추상적이고 감성적인 개념으로 인식되어 있는 연유로 이미 선행 된 연구에서 간과되어 왔거나 적은 부분으로 다루어져 왔다. 본 논문에서는 박재삼의 시에 나타나는 '사랑'의 구현 양상을 살펴봄으로써 작품 전체에 흐르는 시의식의 변모과정을 고찰해보고자 한다.

2. 사랑 구현과 심층 심리

1) 자연애와 인간애

워즈워드에 의하면 시는 생의 진술이며 표출이다. 이는 시인이 자

다. 또한 박재삼의 제6시집 『비듣는 가을나무』에서 시기 구분 없이 작품을 실었다고 하나, 최근시는 4부에 따로 묶어 놓았고, 제7시집에서도 발표시기가 다른 두 작품에 대해서는 20년 전의 작품이라고 따로 밝혀두었다. 이를 제외하면 다른 시집들은 그동안의 발표시를 시집 안에서 주제별로 묶은 것이기 때문에 보편적인 방법인, 시집 출간 시기를 기준으로 삼는다 해도 시세계를 연구하는데 큰 무리가 없는 것으로 보고, 본고에서는 출간된 시집 순서를 기준으로 작가의식을 살펴보기로 한다.

40) 본 연구에서는 박재삼의 시집, 14권만을 자료로 하고 시조집 『내 사랑은』은 제외하기로 한다. 이는 형식적인 면에서의 차이도 있거니와 시인 자신도 "시원찮은 작품까지 이제 다 넣어야 할 정도로 억지로 篇數를 채운 꼴이다. 그것만이 아니고 습작기 때의 것도 다 넣었다. 「海印寺」같은 것은 활자화된 최초의 것이고 중학 2학년 때의 것이었다."라고 밝혔듯이 제작시기와, 작품수준 등의 차이로 작가의식의 흐름을 고찰하기에는 자료로써 적당하지 않다는 판단에서이다.

신의 체험과 그것을 통해 깨달은 진리랄까 혹은 어떤 내면적 진실 같은 것을 시를 통해 표출하게 된다는 의미일 것이다. 이러한 관점에서 볼 때 박재삼 시인 또한 자신의 체험과 내면적 진실을 시라는 형식을 통해 누구보다도 구체적으로 표현한 시인이라 할 수 있으며, 그 결과 시인만의 뚜렷한 색채를 지니게 되었다고 할 수 있을 것이다. 박재삼을 흔히 '전통적인 한', '눈물', '설움'의 시인이라 명명하는 것도 이와 같은 맥락에서일 것이다. 그러나 시인 자신이 밝혔듯이 박재삼의 시에는 '한' 외에도 '사랑'을 주제로 한 작품이 많다.[41] 실제로 시집을 엮을 때 '사랑'에 관한 작품을 따로 한 장(章)으로 묶는 경우[42]도 많았다.

박재삼은 "자연애와 인간애에의 바탕없이 詩를 쓴다는 것은 생각할 수도 없는 일이다. 시를 쓰기 전에 사랑의 감정이 정체되어 있다는 것은 詩心이 메말라 있음을 뜻하는 것이다. 그런 뜻에서 사랑의 감정은 항상 샘물처럼 찰랑찰랑 괴어 있어야 한다고 생각한다."[43]라고 밝힌 바 있다. 시인에게 있어 시심과 '사랑의 감정'은 등가임을, 또한 박재삼 시의 바탕에는 '자연애'와 '인간애'가 자리하고 있음이 드러나는 대목이다.

박재삼 시의 소재가 다양한 자연의 모습이나 현상에서 취해지는 까닭도, 그의 시에 혈육이나 사랑하는 대상, 설화적 인물 등 다양한 인물군이 등장하는 까닭도 여기에 있는 것이다. 동일한 맥락에서 '한', '설움', '눈물'을 형상화한 시에서도 그 기저에는 '사랑'이 자리하고 있는

---

41) 박재삼, 『빛과 소리의 풀밭』, 고려원, 1978, 93쪽.
42) 제8시집 『대관령 근처에서』, 제10시집 『사랑이여』, 제11시집 『해와 달의 궤적』, 제14시집 『다시 그리움으로』등이 여기에 해당한다.
43) 박재삼, 앞의 책, 1978, 96쪽.

것이라 하여도 틀린 말은 아닐 것이다.

한편 자연의 상징성이나 이미지, 시인의 자연관 혹은 자연인식 등 박재삼 시의 자연에 주목한 연구는 상당히 축적된 것으로 보인다. 그러나 상대적으로 '인간애' 즉 혈육이나 아내, 부재하는 임에 대한 사랑 등 인간을 대상으로 한 사랑에 주목한 연구는 아직까지 없으며 다른 주제를 다루는 과정에서 부분적으로 언급한 것이 있을 뿐이다. 이에 본고에서는 박재삼 시의 축을 이루는 근본 정서임에도, 그동안 비교적 간과되어 왔던 '사랑'이라는 주제를 연구함에 있어서 특히 '인간에 대한 사랑'에 주목하고자 한다.

사랑은 지극히 내밀한 개인적 체험의 영역이기도 하지만 또 한편으로는 그 개인이 속해 있는 사회적 · 경제적 · 문화적 상황을 반영하는 구성물이기도 하다. 다시 말해 사랑이란 인간 내면의 감정임과 동시에 외향의 사회 심리적 현상이기도 한 것이다. 이러한 맥락에서 박재삼 시에 구현되고 있는 사랑의 다차원적이고 복합적인 양상을 살펴보기 위해서는 기본적으로 의식과 무의식에 대한 고찰이 필요할 것이라 판단된다. 이를 위하여 본고에서는 융(Carl Gustav Jung)의 분석심리학 이론 중 내적 인격에 속하는 아니마(Anima) · 아니무스(Animus)와 외적 인격에 해당하는 페르조나(Persona) 개념을 원용하여 사랑의 구현 양상을 고구해보고자 한다.

2) 내적 인격과 외적 인격

융이 프로이트의 학설에 비판을 가하면서 프로이트로부터 떨어져 나와 독자적인 심리학의 길을 갔다는 것은 잘 알려진 사실이다. 융은 무의식의 발견과 관련한 프로이트의 업적은 높이 사고 있지만 "인간의 심리를 지나치게 병리적인 측면과 그 결함의 측면"[44]에서만 설명하고자 한다는 점에서 비판하고 있다. 특히 프로이트의 리비도설에 대하여서는 인간의 정신적 에너지를 "성적인 것과의 관계에서만 보고자 하거나 거기에 특정한 성격을 부여"[45]한다는 점을 들어 반론을 제기하고 있다. 프로이트의 방어기제나 외디푸스 콤플렉스 이론 또한 동일한 맥락에서 발원하는 것이라 보고 있는 것이다.

융은 "무의식이 의식에서 억압되어 이루어진 것이 아니며 성적인 욕망의 원천만이 아니라 창조적인 기능을 가진 것"[46]이라는 입장에 선다. 즉 융에게 있어 무의식은 성적인 충동뿐만 아니라 도덕적 갈등과 같은 여러 다양한 내용들로 구성되어 있는 것으로, 보다 넓고 깊은 인간 정신의 심층을 포괄하는 것이 된다. 무의식이란 우리가 가지고 있으면서 아직 모르고 있는 우리 정신의 모든 것인 셈이다.[47]

융은 무의식을 두 층위로 나눈다. 개인적 무의식과 집단적 무의식이 그것이다. 개인적 무의식이란 말 그대로 한 개인의 성격상의 특성을 이루는 것으로, 개인의 개별적이고 특수한 생활체험과 관련된 무의식을 의미한다. 이러한 개인적 특성과는 관계없이 인간이면 누구에게서나 발견되는 보편적인 내용의 무의식이 있다. 이것이 바로 집단적 무의식이다. 집단적 무의식은 인간에게 주어진 여러 유형의 원형들에 의해 구성된다. 원형이란 지리나 문화, 인종의 차이와 관계없이

44) 이부영, 『분석심리학 - C. G Jung의 인간심성론』, 일조각, 1978, 31쪽.
45) 위의 책, 33쪽.
46) 위의 책, 36쪽.
47) 위의 책, 67쪽.

존재하는 인간의 가장 원초적인 행동유형을 의미하는 것으로 이는 신화를 산출하는 그릇이자 인간 내면의 종교적 원천이 된다.[48]

인간은 누구나 사회적 존재로서 외부객체와 관계를 맺으며 살아간다. 그런데 "이러한 객체를 향해 흐르는 의식된 체험의 연속성 상에서는 증명할 수 없는, 오히려 장해를 주고 억제하며 때로는 촉진하면서 의식의 밑바닥과 뒷면에서 나타나 총체적으로 무의식적 삶을 인지하게 하는, 막연하고도 은밀한 흥분, 감정, 생각과 지각들"[49]이 있다. 이것이 바로 '내적 객체', 즉 무의식이다.

인간이 사회적 존재로 살아가기 위해서는 외부 객체와의 관계를 가능하게 하는 '외적 태도'가 있다. 이 외적 태도는 사회의 집단적 견해, 집단적 가치관 또는 그 행동규범 등의 영향 아래 형성된다. 이러한 집단적 견해, 가치관, 행동규범은 보통 자아의식에 섞여 있지만 때로는 집단이 개인에게 강요하는 가치관이나 행동규범을 자아가 마치 자기 것인 양 착각하는 경우도 생긴다. 이렇게 집단사회 속에서 살아가는 가운데 집단에 의해서 요구되는 태도, 생각, 행동규범, 역할을 분석심리학에서는 '외적 인격(Persona)' 또는 '페르조나'[50]라고 한다.

인간에게는 외부 객체에 대한 관계인 외적 태도가 있듯이 내적 객체, 즉 무의식에 대한 관계인 내적 태도가 있다. "일상적인 경험으로 외적 인격을 말하는 것이 타당한 만큼 그 경험은 내적 인격의 존재를 가정케 한다. 내적 인격이란 어떤 사람이 내적인 정신과정에 대해 취

48) 위의 책, 68~69쪽.
49) 이부영, 『분석심리학의 탐구2 - 아니마와 아니무스』, 한길사, 2001, 40쪽.
50) 페르조나란 고대 그리스의 연극에서 배우들이 쓰던 가면을 말한다. 자아는 사회생활을 하는 가운데 여러 가지 '페르조나'를 썼다 벗었다 하며 그때그때의 사회집단에 적응해나간다. - 위의 책, 30쪽 ; 이부영, 앞의 책, 1978, 81쪽.

하는 양식이다. 그것은 내적 태도이며 무의식 쪽으로 향한 그의 성격의 특성"[51]이라 할 수 있다.

다시 말해 사회적 존재로서의 인간이 외적인격을 가지고 외부세계와 관계를 맺는 것처럼, 내면세계에는 외적인격과는 대조되는 태도와 자세, 성향이 생기게 된다는 의미이다. 융은 이 '내적 인격'을 '제엘레'(Seele, 심혼)라 하였으며, 보다 구체적으로는 아니마(Anima)와 아니무스(Animus)로 명명하고 있다. 아니마란 남성의 무의식에 자리하고 있는 여성적 인격을 의미하며 아니무스란 여성의 무의식에서 작용하고 있는 남성적 인격이라 할 수 있다.

이때 남성적 혹은 여성적이라 함은 집단사회에서 통용되는 남성관, 여성관과는 다른, 인간의 가장 보편적이고 원초적인 특성을 말한다. 의식의 외적 인격으로서의 남성과 여성은 각기 다른 내적 인격의 특성을 갖추게 되고 이것이 전인격에 보충됨으로써 하나의 개체를 이룬다고 할 것이다.[52] 아니마 · 아니무스는 여러 '원형'[53] 가운데 하나이

---

51) 이부영, 앞의 책, 2001, 40쪽.

52) 이부영, 앞의 책, 1978, 87쪽.

53) 원형은 융 심리학의 중요한 개념 중 하나인데, 태어날 때부터 가지고 나오는 인간의 가장 보편적이며 가장 원초적인 행동유형의 여러 조건을 말한다. 그것은 태초로부터 인류가 되풀이하여 경험해온 모든 경험의 침전이며 인종과 문화, 지리, 시대, 시공의 차이를 넘어서서 인간이면 누구에게나 있는 가장 보편적인 행태를 일어나게 하는 선험적인 틀이다. 원형의 조건들은 체험을 통해 상(像)으로 표현된다. (위의 책, 32쪽.) 인류가 죽음에 대하여, 사랑과 미움에 대하여, 어린이에 대하여, 또한 노인에 대하여, 위대한 부모의 힘에 대하여, 어둠과 광명에 대하여 느끼고, 생각하고, 행동해 온 모든 것 - 그 태초로부터의 체험의 침전이 바로 원형이다. 여기에 이를 어린이 원형, 영웅 원형, 태모 원형, 현자 원형, 정신의 원형 등으로 부르기도 하나, 이것은 그 근원적 조건의 여러 유형의 특징을 표시하는 것으로 단순한 언어상의 개념 또는 문학적인 '용어'가 아니다. 원형은 보편적이고 반복적인 체험을 시간과 공간을 넘어 항상 재생할 수 있는 인간 속에 있는 그러한 가능성이며

다. 남성은 여성에 관해, 여성은 남성에 관해 인류태초로부터 경험한 모든 것, 선험적으로 결정된 여성상, 혹은 남성상을 가지고 반응하도록 하는 여러 행태유형의 조건들이 원형으로서의 아니마 · 아니무스인 것이다.

바슐라르는 "C. G. 융의 정신분석학이 가장 명확하게, 인간의 심리상태는 그 원초적인 상태에서 쌍성(雙性)이라는 것을 입증"해 내었다고 보고 융의 아니마를 설명하고 있다. 그에 따르면, 무의식이란 억압된 의식이나 잊혀진 추억으로 이루어진 것이 아니라, 제1의 본성으로, 무의식은 우리 속에서 남녀양성(男女兩性)의 힘을 유지한다. 성을 경쟁적으로 섞어 버리는 현대사회생활은 남녀양성의 표현을 억제하도록 만들지만 우리가 지극히 고독한 우리의 몽상 속에서, 잠재적인 대립까지도 생각하지 않을 만큼 깊게 해방될 때, 우리의 넋 전부는 아니마의 영향에 물들게 된다는 것이다. 또한 바슐라르는 '몽상의 시학은 곧 아니마의 시학'이라고 하며 몽상이 정말 심층적일 때, 우리 속으로 꿈을 꾸러 오는 존재는 우리의 아니마라고 한다.[54)]

융에 의하면 아니마의 특성은 주로 어머니에 대한 경험의 성질에 따라 다르다. 모성 '이마고'[55)]의 형태를 취한 아니마가 아내에게 옮겨

그런 가능성을 지닌 틀이다. (위의 책, 101쪽.)

54) 가스똥 바슐라르, 김현 역, 『몽상의 시학』, 기린원, 1989, 70~74쪽.

55) 이마고라는 개념은 융의 「리비도의 변형과 상징」(1911)에서 비롯되었다. 융은 주체가 타인과 맺는 관계들의 기초를 이루는 무의식적 인물의 원형이 가족 관계에서 만들어진다고 보았고, 어머니, 아버지, 형제의 이마고에 대해 기술하였다. 이 용어는 분명 '이미지'라는 용어와 관련되어 있지만, 단순히 하나의 이미지라기보다 이미 습득된 상상적 형태로서 실제 개인의 반영이 아니라 환상적인 표상이다. 시각적 표상뿐만 아니라 느낌도 포함하는 주관적 결정체라는 것이다. - 『문학비평용어사전』하, 국학자료원, 2006, 645쪽.

지며, 여기에서 확장된 의미의 여성상이 연인이나 이상형의 여인에게 투사된다. 이러한 아니마와의 관계는 집단정신의 일부인 페르조나와 자아와의 동일시가 일어날 때 깨어지게 된다.

자아에는 '우리'라는 외부의 집단의식이 있지만 이와 반드시 일치하는 것이 아님은 자명한 이치이다. 그런데 자아가 집단과의 관계를 유지하는 동안 집단정신, 즉 집단이 개인에게 강요하는 가치관이나 행동규범 등을 자기의 진정한 개성인 것으로 착각하는 경우가 있다. 이를 '페르조나와의 동일시'[56]라 한다. 페르조나와의 동일시가 심해지면 자아는 그의 내적인 정신세계와의 관계를 상실하게 된다. 즉 아니마와의 관계상실을 일으키게 되는 것이다.

박재삼의 시에 대한 특징으로 여러 평자들은 "여성적 섬세함으로 우리 시의 전통적 맥락을 잇고 있다"[57]는 것을 꼽고 있다. 박재삼 스스로도 자신의 성격이나, 시적 화자에 대해 '암뙤다'는 표현[58]을 함으로써 박재삼의 시가 여성적인 정서라는 것에 힘을 실어주고 있다. 박재삼 시에 나타나는 이러한 여성적인 정서가 지금까지 살펴 본 무의식의 원형중 하나인 아니마의 표출이라는 가정 하에, 박재삼의 시에 나타나는 사랑의 구현양상을 살펴볼 것이다.

박재삼의 시에서 사랑의 구현양상은 아니마의 특성이 뚜렷하게 드러나는 시기와 시적 자아의 페르조나가 강조되는 시기로 구분되어 나

---

56) 이부영, 앞의 책, 1978, 83~86쪽. ; 앞의 책, 2001, 46~49쪽.

57) 김영민, 「박재삼론-서정시의 새로움을 위한 구도」, 『문학사상』, 문학사상사, 1988. 6, 114쪽.

58) 제14시집『다시그리움으로』중 「암뙨사랑」, 「부끄러움의 내력」에 '암뙤다'는 표현이 나온다. 사전적 바른 표기는 '암되다'로 남자가 성격이 소극적이며 수줍음을 잘 탄다는 뜻이다.

타난다. 이는 사랑이 무의식의 형상화로 구현되는 시기와 의식의 표출로 구현되는 시기로 구분되어 나타남을 뜻한다. 아니마의 특성이 어머니에 대한 경험의 성질에 따라 다르고, 모성 이마고의 형태를 취한 아니마가 아내, 연인 등의 여인에게 투사된다고 할 때 박재삼의 시에 나타나는 아니마의 특성을 모성이마고와 연인 이마고로 나누어 고찰함으로써 무의식의 형상화로 나타나는 사랑의 구현양상을 살펴 볼 것이다. 박재삼의 시를 분석한 결과 제1시집 『春香이 마음』에서 제7시집 『追憶에서』까지가 여기에 해당한다고 보았다.

또한 자아와 페르조나와의 동일시는 아니마와의 관계상실을 일으킨다고 할 때 박재삼의 시에서도 아니마의 특성이 감추어지고 유한한 삶에 대한 인식과 그로 인한 허무감, 사회적 윤리, 도덕과 같은 집단의식과의 갈등, 시적 자아의 위치와 역할 등이 두드러지는 경향을 보이는 작품들을 확인할 수 있다. 이러한 작품들을 분석함으로써 사랑이 의식의 표출로 구현되는 양상을 살펴 볼 것이다. 박재삼의 제8시집 『대관령 근처』에서 제14시집 『다시 그리움으로』까지가 여기에 해당된다. 이를 통해 작품전체에 드러나는 작가의식의 변모과정을 규명해 볼 수 있을 것이다.

3. 무의식 층위의 사랑

1) 부재와 상실의 모성 이마고

아니마의 특성은 단지 의식에서 배제된 내용만으로 이루어지는 것이 아니고 보다 근원적인 원형, 즉 선험적 전제에서 발현된다. "아니마는 태초로부터 남성이 여성에 대해 체험해온 모든 것의 침전이며 선험적 조건"[59]이라 할 수 있다. '이마고'가 대상에 대한 무의식적 심상을 의미하는 것이라 할 때, 남성 무의식에 침전되어 있는 여성에 대한 선험적 상에는 딸의 이마고, 누이의 이마고, 연인의 이마고 등과 같은 나이에 따른 여러 유형의 여성 이마고가 포함되어 있게 된다. 아니마의 가장 최초의 운반자는 어머니며 '모성 이마고'는 아니마의 원형에 속한다.

"아니마 원형의 여러 측면은 모성 이마고를 포함하고 있지만 융이 모성의 상징을 말할 때는 모성적 인격상뿐 아니라 여러 가지 비인격적 상, 자연의 사물, 궁극적으로는 무의식 자체를 모성상으로 보고 있으므로" 두 개념, 즉 아니마와 모성 이마고는 서로 교차한다고 말할 수 있다.[60] 융은 또한 여성원형의 강력한 영향력과 그 복합성, 양면성을 밝히고 있다. 모성 이마고와 그 밖의 여러 측면의 여성원형들이 함께 어울려 남성의 무의식 속에서 작동할 때 그 영향력은 다대한 것이며, 그것이 외부에 투사 되어 일어날 수 있는 숙명적인 사건은 매우 복합적이면서 빛과 어둠, 양면성을 가진다는 것이 그것이다.[61] "어머니라는 이마고는 남성의 좌절과 실패의 쓰디쓴 삶에 위로를 주는 자이기도 하지만 동시에 위대한 환상을 자극하며 유혹하는 여인의 이마고"[62]이기도 한 것이다.

---

59) 이부영, 앞의 책, 2001, 80쪽.

60) 융은 아들이 어머니에게 무의식적으로 투사하는 요소를 모성 이마고라고도 하고 아니마, 또는 아니마로 대표되는 무의식이라 표현하기도 했다. - 위의 책, 같은 곳.

61) 위의 책, 81쪽.

62) 아들의 아니마는 어머니의 엄청난 힘 속에 붙들려 있고 흔히 일생 동안 감상적인

이러한 맥락에서 어머니에 대한 무의식적 심상을 일컫는 모성 이마고는 시적 아니마가 투사하는 정서의 선험적 조건이자 근원이 된다는 해석이 가능해진다. 따라서 박재삼의 시에 나타나는 사랑의 구현양상을 살펴봄에 있어서도 기본적으로 모성 이마고, 모성상을 찾는 작업이 선행되어야 할 것으로 본다. 또한 본고에서 모성상은 융의 의견대로 모성적 인격상뿐 아니라 여러 가지 비인격적 상을 포함하고, 모성의 폭넓은 의미까지를 포괄하여 적용함을 밝혀둔다.

먼저 모성이마고의 단서를, 박재삼의 시에서 빈번하게 등장하는 '눈물'이라는 소재에서 찾을 수 있다.

> 들이붓는 햇볕 속에 서면, 마냥 까닭없이 눈물 흘리는 일이 흔했던 것이다. 가령 햇볕 들이붓는 여름으로 치고, 무성하게 반짝이는 나뭇잎을 보아도, 나는 곧잘 눈물을 흘리곤 하였다. 남이 알기로는 어처구니없다할 만큼 나는 눈물 흘리는 도수가 잦았던 것이다. 신문배달로서도 멍드는 설움이 많았었고, 여학교 급사질을 하면서도 그 하얀 제복의 물결에 가슴 울렁이며 눈물짓던 일이 한두 번이 아니었다. 설움이란 한 사람한테서 쉽사리 소멸되지 않는 법인가보다. 그런 그 설움이 열아홉, 스무 살적에는 산에 나무하고 오면서 먼 들판, 먼 강물을 보며 눈물을 글썽이곤 하였던 것이다. 선별질이란 나 같은 체질을 두고 이르는 말일까. 누군가가 말하였다. '가장 슬픈 것을 노래한 것이 가장 아름다운 것을 노래한 것이다'라고. 이 말에 나는 제일 많은 신뢰를 걸어왔다.[63]

유대를 남기고 남성의 운명을 심각하게 침해하거나 반대로 대담한 행동을 하고자 하는 그의 용기를 부추긴다. 이것이 바로 모성이마고의 양면성이자 남성의 무의식에 미치는 영향력이라 할 수 있다. - 위의 책, 79쪽.

63) 박재삼, 「한」, 『베란다의 달』, 시와의식사, 1989, 92~93쪽.

이 글에서 시인은 자신이 눈물이 많은 원인에 대해 "쉽사리 소멸되지 않는 설움" 때문이라고 밝혔다. 그 설움은 물론 가난으로부터 비롯된 것이다. 그러나 그것이 근본적인 원인이 아니라 하나의 외적 요인일 뿐임을 '마냥 까닭 없이'와 '체질'이란 말에서 알 수 있다. 시인은 신문배달, 여학교 급사생활이라는, 눈물의 구체적인 원인을 제시하기도 하지만, 아무런 '까닭 없이' 들이붓는 햇볕, 반짝이는 나뭇잎, 먼 들판, 먼 강물 등을 보며 눈물을 흘린다고 하였다. 또한 '선병질', '체질'이라는 말로 '눈물 흘리는 일'이 자신의 의지와는 상관없이 이루어지는 행위임을 비쳤다.

그렇다면 이렇게 '마냥 까닭 없이' 흘리는 눈물, 시인의 의지와 상관없이 이루어지는 '체질적인 눈물'의 근원은 무엇일까. 이를 아니마, 더 구체적으로는 모성 이마고의 한 특성으로 해석해도 무방하다는 판단이다. "아니마는 꿈, 상상, 환상 속에 인격화되어 나타나는데 융은 그 기초를 이루는 요소가 여성적 존재의 온갖 두드러진 성질을 보여준다고 말한다."[64] 시인에게 있어 시세계란 현실과 더불어 자아의 꿈, 상상, 환상이 교호하고 있는 시공간이라는 점에서 박재삼의 '체질적인 눈물'을 아니마의 한 '두드러진 성질'로 볼 수 있다는 것이다.

그렇다면 이러한 성질은 어디에서 기인하는 것일까. 모성 이마고, 즉 어머니에 대한 무의식적인 심상이 아니마의 원형이라고 할 때 박재삼의 '체질적인 눈물'은 이 모성 이마고의 투사와 관계된 것이라는 해석이 가능하다.

인간은 누구나 모체와의 합일이라는 이상적 세계에 대한 선험적 기

---

64) 이부영, 앞의 책, 2001, 81쪽.

억을 가지고 있다. 그런데 인간 존재의 탄생은 바로 모체와의 분리라는 의미에 다름이 아니다. 결국 인간은 근원적으로 상실과 결핍을 내재한 존재로 탄생하고 존재하는 것이라 할 수 있는 것이다. 부재하는 대상, 이로 인한 결핍감 내지 상실감 등이 가장 근원적인 어머니에 대한 무의식적 심상, 즉 모성 이마고가 아닐까 한다.

박재삼이 언술한 "체질적인 눈물"에는 두 가지 원인이 복합적으로 작용하고 있는 것으로 볼 수 있다. 바로 모체와의 분리에서 기인하는 부재와 상실의 모성 이마고가 그 하나이고 어머니의 부재에 대한 유년의 체험이 다른 하나이다. 어머니의 부재에 대한 정서적 기억이 부재와 상실의 모성 이마고라는 무의식적 심상의 발현을 추동하는 요인으로 작용했을 것이다. 또한 모성 이마고라는 무의식적 심상은 실존적 차원에서의 어머니의 부재에 따른 자아의 정서를 더욱 극적인 단계로 끌어올리는 자극제로 기능했을 것이다. 이와 같은 무의식적 · 실존적 요인의 교호 과정이야말로 박재삼의 "체질적 눈물"을 이루는 동인이자 나아가 박재삼 시세계를 관류하는 정서적 특징의 근본 요체가 되는 것이 아닐까 한다.

박재삼 시에서 모성을 표상하는 여성 인물들이 다양하게 등장하는데 이들이 형상화되는 양상을 통해 모성 이마고의 특성을 확인해 볼 수 있다.

나를 지극히 아끼던 親姨母가
앞바다 물에 몸을 던져 죽고
또 그 이모의 육촌 시누이
팔촌 시누이들이 차례로

끌리듯이 물鬼神에게 홀려 목숨을 끊었다.

死地밥을 올려 달래어도
어두운 밤바다가 되어
이리 뒤채고 저리 굼틀거리는
짓밖에 딴 일을 못 하였다.

배추꽃이 핀 봄의 壯觀을
밤바다에서도 얼핏 본 것 같으나
그것은 낮에 보던 환한 꽃밭이 아니었고
匕首가 번쩍이는 무서운 바다가 되어 있었다.
갈 데 없이 이불 속에 들어도
거기까지 공갈하듯이 따라와서
그리운 혼은 바다에 뺏겼는지
텅텅 비어 있었다.

-「追憶에서 27」 전문 (제7시집, 1983.)

위 시는 첫 연에서부터 "앞바다 물에 몸을 던져 죽"은 인물들을 열거하고 있고, 또 그 죽은 인물들이 모두 '여성'이라는 점에서 청자의 주의를 끌고 있다. '친이모'라는 시어와 특히, "나를 지극히 아껴주"었다는 표현으로 인해 혈육의 진한 정과, 그로 인한 친이모의 죽음이 주는 상실감이 극대화되고 있다.

나를 아껴주던 이를 잃은 상처받은 화자는 위로 받을 데가 없다. 갈 데 없어 "이불 속에 들"지만 거기에서도 따듯한 안식을 얻지 못하고 '텅텅 비어'있는 상실감만이 커질 뿐이다. 여기에서 '이불 속'은 화자에게 따듯함을 주는 대상, 가령 집, 가정, 가족 등에 대한 환유로 볼 수 있다. 그러므로 '이불 속'이 텅텅 비어있다는 것은 큰 의미의 모성인 가정, 가족의 부재, 마땅히 '나'를 보호해 주고 '지극히 아껴' 주어야 할 대상에 대한 상실감 등을 표상하는 것으로 볼 수 있다.

박재삼 시에서 바다는 흔히 영롱하게 빛나는 밝은 이미지로 등장한다. "눈부신 화안한 꽃밭"(「봄바다에서」), "때로 때로 반짝이는 바다"(「광명」), "달빛 받아 반짝이는 바다"(「밤바다에서」) 등이 이에 해당한다. 그런데 위 시에 등장하는 바다는 밝은 이미지의 바다가 아니다. "어두운 밤바다"이고, "비수가 번쩍이는 무서운 바다"이다. 더욱이 시적 자아의 '그리운 혼'을 빼앗아 간 바다이다. 위 시에서 바다는 시적 자아의 상실의 근원으로 작용하고 있는 것이다.

그러나 또 한편으로 바다는 그리운 혼이 스며있는, 혹은 그것과 동일화 된 대상이기도 하다는 점에서 양가적이라 할 수 있다. 어떻든 시적 자아에게 있어 바다는 부재하는 이를, 그 그리운 혼을 환기하게 하는 대상인 것이다. 이 시에서 '친이모'와 바다는 모성을 표상하는 시적 대상이라 할 수 있다.

동일한 구도를 보여주는 시로 「밀물결 치마」가 있다.

> 죽은 남평 문씨 부인의
> 밀물결 치마의 사랑에
> 속절없이 묻어버리게 마련인
> 모래밭에 우리의 소꿉질인 것이다.
>
> 우리의 어린날의

날 샌 뒤의 그 부인의
한결로 새로웠던 사랑과 같이
조촐하고 닿을 길 없는 살냄새의
또다시 썰물진 모래밭에

우리는 마을을 완전히 비어버린 채
드디어는 무너질 궁전 같은 것이나
어여삐 지어 두고
눈물 고인 눈을 하고 있던 일이다.

-「밀물결 치마」 전문 (제1시집, 1962.)[65]

위 시에서는 '남평 문씨 부인'이라는 또 다른 여인의 죽음이 등장하고 있다. '소꿉질', '사랑', '살냄새' 등은 유년이라는 시기적 측면에서나 부재하는 존재라는 대상적 측면에서도 현실에서의 시적 자아가 상실의 정서를 환기하게 하는 시어들이라 할 수 있다. "우리를 그리 사랑하신" 부인은 "치마 안자락으로 코를 훔쳐주던"(「봄바다에서」) 자상한 분이었으나 지금은 '닿을 길'이 없는 부재하는 존재이기 때문이다.

시적 자아는 바닷가의 모래밭에서 소꿉질을 한다. 멋진 궁전도, 아기자기한 살림도 차렸을 것이다. 그런데 밀물이 들어와 "속절없이 묻어 버"린다. 차라리 "밀물결 치마의 사랑" 속에 속절없이 묻어버릴 땐 괜찮다. 밀물이 나가고 나면 그동안 지어 두었던 모든 것이 사라지고

65) 제1시집 ~ 제5시집에 수록된 작품은 『박재삼 시전집 1』(민음사, 1998)에서 인용하였다.

'마을'은 "완전히 비어버린"다. 썰물에 사라져 버리고 마는 것이다. 그러고 나면 화자는 그 "썰물진 모래밭에" "드디어는 무너질 궁전 같은 것"을 다시 짓는, 눈물겨운 일을 되풀이 하는 것이다.

이 시의 제목이기도 한 '밀물결 치마'란 밀물일 때의 바다의 출렁임을 형상화 한 것[66]이자 '남평 문씨 부인'의 환유이기도 하다. "죽은 남평 문씨 부인"과 바다는 등가에 놓이는 셈이다. '남평 문씨 부인'의 사랑이나 바다의 상징성을 상기하면 이 시에서 '남평 문씨 부인'과 바다는 모성의 형상화로 해석될 수 있을 것이다. 남평 문씨 부인의 밀물결 치마에 속절없이 묻어버리게 마련"이라는 시구에서 모성의 품을 환기하게 되고 바다는 익히 자궁 속의 양수를 연상시키며 우주의 모태, 만물의 어머니로 상징되기 때문이다.

그런데 이 시에서 "속절없이 묻어버리게" 되는 모성의 품은 결국 부재하는 현실임이 드러난다. '남평 문씨 부인'의 죽음과 그로 인한 "닿을 길 없는 살냄새"가 그것이다. "드디어는 무너질 궁전 같은 것"이라도 "어여삐 지어두고" "눈물 고인 눈을" 하고 있다는 시구에서 시적 자아의 체념 내지는 부재의 모성에 대한 그리움과 기다림의 심정을 읽을 수 있다. 어머니를 연상하게 하는 '남평 문씨 부인'의 죽음과 모성을 상징하는 바다의 밀물, 썰물을 통해 모성의 부재, 또 그러한 부재의 모성에 대한 기다림을 표출하고 있는 시이다.

66) 모래밭에 물결이/밀려왔다 밀려가는 것을 보고 있으면/꼭 치마 주름살을 폈다 오무렸다 하는/사실과 너무나 흡사하다고 느꼈다./ …… 중략…… /그 치마 속에서는 빨간 산호(珊瑚)를 빚기도 하고/하얀 진주(眞珠)를 뿜어내기도 하는/요컨대 눈부신 공사를 열심히 하고,/아무 것이나 마구 만진 흙장난으로/우리의 더러워진 코하며 얼굴을/치마 안자락으로 말끔히/ 꿈같이 훔쳐 주는 것이었다. (「追憶에서 41」 부분.) 이 시는「밀물결 치마」를 이해할 단서를 제공하는 작품이라 할 수 있다.

융에 의하면 "주관적 준비태세의 개입 없이 경험이란 없는 법이다. 경험한다는 것은 그 경험을 하게끔 하는 선천적 · 정신적 구조가 전제되어 있기에 가능하다. 그것이 있음으로써 어떤 것을 경험하도록 하는 마음의 준비태세가 생긴다"[67]는 의미이다. 선천적 · 정신적 구조라 함은 무의식적인 것이라 할 수 있다. 무의식에서의 '잠재적 상(像)'[68]이 경험적 사실들과 마주쳐서 의식성에 도달하게 되는 것이다. 이러한 맥락에서 위 시들에 등장하고 있는 '친이모'나 '남평 문씨 부인', 그리고 이들과 동일화 된 바다의 형상화는 시인의 무의식에서의 잠재적 상이라 할 수 있는 모성 이마고의 투사로 해석할 수 있다는 판단이다.

바닷가에 살면
좋으나 궂으나간에
바다를 보고 받들어 살아야 한다.
그것은 항상 반짝이는 빛깔을
사방에 내뿜고 있었다.
햇빛 속에서는
목숨은 빛나는 것이라고
외치고 있는 듯했고

---

67) 이부영, 앞의 책, 2001, 82~83쪽.

68) 세계의 형태는 그가 태어날 때 이미 잠재적 상으로 갖추어져 있다고 융은 말한다. 그리하여 부모, 여성, 아이들, 탄생과 죽음이 잠재적 상들로, 정신적 준비태세로서 생겨나는 것이다. 이런 선험적인 범주들은 집단적 · 보편적인 성질을 가진 것으로서 개인적인 자질은 아니며, 내용이 없기 때문에 무의식적인 것이라 할 수 있다. 이러한 잠재적 상이 내용과 영향력을 갖고 궁극적인 의식성에 도달하려면 경험적 사실들과 마주쳐서 그것이 무의식적 준비태세와 접촉하고 생명을 불러일으킴으로써 가능하다. (위의 책, 83쪽.)

달빛 속에서까지
목숨은 어지러운 것이라고
쟁쟁쟁 주장하고 있는 듯했다.
그 차이도 잘 모른 채
나이 50이 되었다.
아, 億劫전부터 이날토록
그 짓밖에는 못 배운
그것은 誕生때나 消滅때나
하나로 歸一하고 있었다.
그 물결의 반짝임과
늘 그 옆에 있고 싶어하는
이것은 살아 있는, 감당하기 어려운,
너무 큰, 우리들의 꿈이었다.
바다가 이런 것은 결론적으로
그 속에 무수한
보물이 묻혀 있기 때문이라고
짐작으로만 어렴풋이 헤아리고 있었다.

-「追憶에서 45」 부분 (제7시집, 1983.)

박재삼 시에서 바다는 모성 이마고, 즉 어머니에 대한 무의식적 상(像)으로 의미화된다. 이는 두 측면으로 설명될 수 있는데 모성 이마고의 한 유형이라 할 수 있는 '친이모'나 '남평 문씨 부인' 등의 죽음과 관련하여 이들과 동일화된 대상으로 구현되는 것이 그 하나다. 다른 하나는 바다에 함의되어 있는 보편적 상징성, 즉 생명의 근원, 만상의 모태로서 바다가 함의하고 있는 상징성의 측면에서다. 인용한 시는 후자의 측면에서 의미를 찾을 수 있는 경우이다.

위 시에서 바다는 항상 반짝이는 빛깔을 사방에 내뿜고 있는 것으로 묘사되고 있다. "햇빛 속에서"도 "달빛 속에서"도 빛나고 있다는 것이 그것이다. 그런데 시적 자아는 이를 '목숨'과 관련지어 해석하고 있다는 점에 주목할 만하다. 이러한 해석은 바다의 보편적 상징성에서 기인하는 것이며 이는 바로 선험적 조건으로서의 모성 이마고라 할 수 있기 때문이다.

시적 자아는 또한, 바다가 빛나는 이유를 그 속에 묻혀 있는 "무수한 보물" 때문으로 헤아리고 있다. 바다를 모성 이마고의 표상이라 할 때 "무수한 보물"이란 바로 탄생 · 재생 등과 관련한 생명성이나, 보호 · 안전 등과 관련한 따스함의 정서 등으로 해석해 볼 수 있다. 그런데 "물결의 반짝임과 / 늘 그 옆에 있고 싶어하는" 마음은 "감당하기 어려운, / 너무 큰, 우리들의 꿈"으로 드러난다. 현실화할 수 없는, 이룰 수 없는 꿈일 뿐이라는 의미이다.

모성 이마고의 표상으로서의 바다는 두 측면 모두 시적 자아와는 거리화된 대상이라는 공통점이 있다. '친이모'나 '남평 문씨 부인' 등의 형상으로 구현된 모성 이마고, 그리고 그것과 동일화 된 바다는 죽음을 경계로 시적 자아와는 닿을 수 없는 거리에 존재하게 된다. 또 다른 한편으로 선험적 조건으로서의 모성 이마고, 즉 만물의 어머니라는 보편적 상징성으로서의 바다 또한 닿으려야 닿을 수 없는 거리에 자리하는 이상향으로 존재하기는 마찬가지이다.

결국 박재삼 시에 발현되고 있는 모성 이마고는 부재와 상실, 그리고 그로 인한 기다림과 그리움을 수반하는 거리화된 대상으로 투사되고 있다고 말할 수 있다.

새벽 서릿길을 밟으며
어머니는 장사를 나가셨다가
촉촉한 밤이슬에 젖으며
우리들 머리맡으로 돌아오셨다.

-「어떤 귀로」 부분 (제4시집, 1976.)

아버지 어머니는
공일날도 장사하러 나가시고
혼자 남아서 집을 보았다.

-「追憶에서 32」 부분 (제7시집, 1983.)

어머니는 모래뜸질로
남향 십리 밖 사등리(沙登里)에 가시고
아버지는 어물도부(魚物到付)로
북향 십리 밖 용치리(龍峙里)에 가시고
여름 해 길다.

문득
낮닭 울음소리 멀리 불기둥 오르고
피 듣는 맨드라미 뜰 안에 피어,
내 귀를 찢는다
내 눈을 찌른다.

-「추억에서 68」 부분 (제2시집, 1970.)

시적 자아의 유년에 대한 기억을 통해 좀 더 구체적이고 사실적인 표현으로 어머니의 부재와 그로 인한 기다림을 그린 시들이다. 시적 자아의 어머니는 "새벽 서릿길을 밟으며" 장사를 나갔다가 "촉촉한 밤이슬"에 젖으며 돌아온다. "우리들의 머리맡으로 돌아오"는 어머니란 결국 '우리들'이 잠든 후에야 돌아오는 어머니를 뜻하는 것이며 이는 어머니의 늦은 귀가를 의미하는 것이다.

부모님은 '공일날'에도 장사하러 나간다. 결국 시적 자아의 기다림은 하루도 거르지 않고 이어진다는 의미이다. "남향 십리 밖 사등리"로 일하러 간 어머니와, "북향 십리 밖 용치리"로 일하러 간 아버지. '남향'과 '북향'이라는 서로 상치되는 방향과 '십리 밖'이라는 거리를 제시함으로 닿을 수 없는 아득한 거리감을 느끼는 시적 자아의 심리를 잘 드러내고 있다. "혼자 남아" 있는 자아의 고독과 긴 기다림을 "여름 해 길다"라는 표현으로 서정성 짙게 그려내고 있다.

인용한 시들은 잘 알려진 대로 박재삼 시인의 자전적 내용을 담고 있는 시들이다. 박재삼 시에서 모성 이마고의 투사가 상실감, 기다림, 그리움 등의 정서를 수반하는 양상에는 위 시들에서 묘사되고 있는 시인의 전기적 사실이 긴밀하게 관련되어 있는 것으로 볼 수 있다. 전술한 바와 같이 한 시인의 시세계란 내적 세계의 무의식적 투사와 현실 체험의 교호에서 이루어지는 것이기 때문이다. 시인에게 깊이 각인된 어머니와의 분리의 경험이 모성 이마고의 형성에 영향을 미쳤을 것임은 자명한 이치이다.

진주 장터 생어물전에는
바닷밑이 깔리는 해다진 어스름을,

울엄매의 장사 끝에 남은 고기 몇 마리의
빛 발하는 눈깔들이 속절없이
은전만큼 손 안 닿는 한이던가
울엄매야 울엄매.

별밭은 또 그리 멀리
우리 오누이의 머리 맞댄 골방 안 되어
손 시리게 떨던가 손 시리게 떨던가.

진주남강 맑다 해도
오명 가명
신새벽이나 밤빛에 보는 것을,
울엄매의 마음은 어떠했을꼬.
달빛 받은 옹기전의 옹기들같이
말없이, 글썽이고 반짝이던 것인가.
-「추억에서」 전문 (제1시집, 1962.)

인용시 또한 어머니와의 분리의 경험을 그린 작품이다. 그런데 위 시의 경우 어머니의 부재와 그로 인한 상실감 내지 기다림의 정서는 시적 자아의 고립된 그것이 아니라 혈육과 공유되는 것으로 그려지고 있다는 점에서 차질적이다. 이 시는 "우리 오누이"의 어머니에 대한 간절한 기다림을 그리고 있는 작품이기 때문이다. '울엄매', '우리 오누이' 등 '우리'를 강조하는 시어들이 반복해서 등장하고 있다는 점도 동일한 맥락에서 설명이 가능하다.

'울엄매'는 신새벽부터 밤에 이르기까지 장사를 하고도 다 팔지 못한 생선을 들고 온다. '우리 오누이'는 멀리 별빛 아래 손 시리게 떨며 '울엄매'를 기다리고 있다. '울엄매'는 맑은 진주 남강도 밝을 때엔 보지 못하고 "신새벽이나 밤빛"에서나 볼 수 있다. 여기에서 진주 남강은 단순한 강이 아니라 '손시리게 떨며 기다리고 있는 우리 오누이'가 투영된 자연 대상물이라 할 수 있다. '울엄매'에게 있어서 낮엔 보지 못하고 신새벽이나 밤에만 볼 수 있어서 안타까운 대상은 진주남강보다는 오히려 '우리 오누이'일 것이기 때문이다. "울엄매의 마음은 어떠했을꼬"라는 시적 자아의 독백은 이를 뒷받침해 준다.

동일한 맥락에서 뒤에 이어지는 "달빛 받은 옹기전의 옹기들 같이 / 말없이, 글썽이고 반짝이"는 대상 또한 '진주남강'과 '오누이' 모두에 해당되는 중의적 표현으로 해석할 수 있다. 문맥상으로는 "신새벽이나 밤빛에 보는" 진주남강을 지칭하는 것이지만, "옹기전의 옹기들"이란 '오누이'가 '골방'에서 "머리 맞대"고 '울엄매'를 기다리고 있는 형상에 다름 아니기 때문이다.

박재삼 시에서는 이 시 외에도 "우리의 소꿉질", "우리의 어린 날"(「밀물결 치마」)이나 "우리들의 꿈"(「추억에서 45」에서) 등과 같이 '우리'라는 표현이 자주 쓰인다. 여기에서 '우리'는 모성의 부재와 그로 인한 상실감에 공감하는 대상, 즉 이 시에서의 '오누이'에 해당하는 인물들이라 할 수 있다. 시적 자아는 이들을 자신과 동일시하며 '우리'에 대한 연민과 애정을 드러내는 양상을 보인다.

또 다른 한편으로는 '울엄매', '우리 오누이'라든가 '울아버지'(「진달래꽃」) 등과 같이 가족에 '우리'라는 수식어를 강조하는 것에서 공동체적 유대의 틀을 견고히 하고자 하는 시인의 의지를 확인할 수 있다. 이는 보호와 울타리라는 확장된 의미의 모성이라는 측면에서 부재와 상실의 상황을 겪는 것은 아버지와 어머니를 포함한 가족 모두에 해당되는 것이므로 공유되는 정서와 유대가 형성되기 때문이다.

한 이십몇 년 전 사업(事業) 실패한
울아버지 상(相)을 하고
이 강산에 진달래꽃 피었다.

목젖 떨어지는 곡(哭)은 남 부끄럽던가
죄 없는 가려운 살을
긁어버려 긁어버려 벌건 피를
내 콧물 흘린 소견으로 보던 것이나,
시방 눈부신 햇살 속에 진달래꽃을
흐리게 멍청하게 보는 것이나.

안 어기고 돌아오는 어지러운 봄을 두고
앞앞이 말 못하고 속속들이 병들어
울아버진 애터지고
진달래꽃 피던가.

일본 동경 갔다가
못 살고선 돌아와
파버리지도 못한 민적(民籍)에 가슴 찢던
이 강산에 진달래꽃 피었다.

-「진달래꽃」 전문 (제1시집, 1962.)

융은 주관적 준비태세의 개입 없이 경험이란 없는 법이라 했다. 시적 자아의 아버지에 대한 인식 내지는 해석 또한 부재와 상실의 모성이마고의 형상에서 크게 벗어나는 것이 아님이 위 시에서 확인된다.

시적 자아에게 '진달래꽃'은 아버지의 표상으로 인식된다. "울아버지 상을 하고 / 이 강산에 진달래꽃 피었다"라는 직접적인 진술이 그러하거니와 아버지의 피맺힌 한에 대한 묘파와 "진달래꽃 피었다"는 시구가 교차하며 등장하는 구조에서도 간취되는 바이다. 아버지는 이십몇 년 전 사업에 실패하고, 일본에 가서도 제대로 살지 못해 다시 돌아오게 된다. 이러한 아버지의 가슴 찢는 듯한 처절한 심정을, 핏빛을 연상시키는 진달래꽃으로 표현한 것이다.

그런데 이 시에서 시적 자아의 아버지가 "일본 동경 갔다가 / 못 살고선 돌아"왔다는 대목에 특히 주목할 필요가 있다. 아버지의 피맺힌 한이 표면적으로는 '사업실패'로 인한 가난 때문인 것으로 보이지만 보다 근본적으로는 이러한 개별적 특수한 상황에서 오는 것이라기보다 보편적 · 구조적 현실에서 기인하는 것이기 때문이다.

> 당신은 박씨 가문의
> 지지리도 못 사는 집에
> 시집왔다가 나중엔
> 쫓겨가듯 일본 땅에 가 살면서
> 거기서 어린 우리를 등에 업고
> 굽이굽이 한풀이 노래를
> 혼자서 불렀던 것을
> 나는 기억의 뒤안에서 어렴풋이 헤아려 낸다.
>
> -「어머님 전 상서」 부분 (제4시집, 1976.)

먼 나라로 갈까나.
가서는 허기져
콧노래나 부를까나.

이왕 억울한 판에는
아무래도 우리나라보다
더 서러운 일을
뼈에 차도록
당하고 살까나.

고향의 뒷골목
돌담 사이 풀잎 모양
할 수 없이 솟아서는
남의 손에 뽑힐 듯이 뽑힐 듯이
나는 살까나.

-「소곡(小曲)」 전문 (제2시집, 1970.)

인용한 시들에서 아버지를 비롯한 가족의 '일본 동경행'에 대한 시인의 인식을 유추해볼 수 있다. "쫓겨가듯 일본 땅에 가 살"았다는 것이 그것이다. 박재삼의 가족이 일본 동경에서 살다가 다시 귀국하여 어머니의 고향인 경남 삼천포에 정착한 것이 1936년이다. "쫓겨가듯 일본 땅에 가 살"게 된 것도, 그곳에서 "못 살고" 결국 다시 돌아오게 된 것도 일제 강점기라는 시대적 배경과 무관하지 않음은 자명한 사실이다. "굽이굽이 한풀이 노래를 혼자서 불렀던" 어머니에 대한 기억이나 "앞앞이 말 못하고 속속들이 병들어" 애 터져 하던 아버지에 대한 기억 또한 동일한 맥락에서 설명될 수 있는 것이다.

인용한 시 「소곡(小曲)」에서는 이러한 시인의 인식을 보다 구체적으로 표출하고 있다. "먼 나라로 갈까나", "할 수 없이 솟아서는 / 남의 손에 뽑힐 듯이 뽑힐 듯이" 등의 시구에서 이를 확인할 수 있다. 이 시에서는 인용한 다른 시들에서처럼 '일본 동경'이라는 명칭이 등장하지는 않지만 '우리나라'가 아닌, 다른 '먼 나라'를 선택할 수밖에 없었던 아버지의 심정을, 혹은 그러한 선택에 대한 시인의 이해의 향방을 간취해 볼 수 있다. "이왕 억울한 판에는 / 아무래도 우리나라보다" '먼 나라'에서 '당하고' 사는 것이 낫지 않겠냐는 자조와 체념의 태도가 그것이다.

물론 이를 두고 일제 강점에 대한 저항의 측면에서 해석하고자 하는 것은 아니다. 시인이 '우리'로 인식하고 있는 '우리나라', 즉 조국이 이들 가족에게 가정과 같은 정주 · 안식 · 보호 등의 의미를 담보해주지 못하는 현실을 환기하고자 할 따름이다. 시인은 이를 「진달래꽃」에서 "파버리지도 못한 민적(民籍)에 / 가슴 찢던 이 강산"으로 형상화하고 있다. '모국'이라는 표현이 있듯, 조국은 법이나 규범과 같은 관념적 측면에서는 아버지, 보호나 안정과 관련된 정서적 측면에서는 어머니로 표상될 수 있다.

시적 자아의 아버지나 어머니에게 있어서 이러한 의미의 조국이 부재한 상황과 그로 인한 서러움은 시적 자아의 어머니의 부재로 인한 그것과 상동의 관계에 놓이는 것이다. 따라서 시적 자아의 어머니 · 아버지에 대한 기억과 연민 또한 모성 이마고의 발현과 긴밀하게 연결되어 있는 것으로 볼 수 있다.

국민학교를 나온 형이
花月여관 심부름꾼으로 있을 때
그 층층계 밑에
웅송그리고 얼마를 떨고 있으면
손님들이 먹다가 남은 음식을 싸서
나를 향해 남몰래 던져 주었다.
집에 가면 엄마와 아빠
그리고 두 누이동생이
浮黃에 떠서 그래도 웃으면서
반가이 맞이했다.
나는 맛있는 것을
많이 많이 먹었다며
빤한 거짓말을 꾸미고
문득 뒷간에라도 가는 척
뜰에 나서면
바다 위에는 달이 떴는데
내 눈물과 함께
안개가 어려 있었다.

-「追憶에서 30」 전문 (제7시집, 1983.)

위 시에서도 시적 자아의 가족에게 '넓은 의미의 모성' 즉 보호와 울타리가 없는 상황이 형상화되어 있다. "엄마와 아빠"가 아닌 "국민학교를 나온" 어린 형과 그보다도 어린 시적 자아가 식구들의 굶주림을 면하기 위해 애쓰고 있는 형국이 그것이다. 시적 자아는 여관 심부름꾼으로 일하고 있는 형에게서 "손님들이 먹다가 남은 음식"을 남몰래 받아다가 집에서 기다리고 있는 부모님과 누이동생들에게 가져다주고 있다. "浮黃에 떠서 그래도 웃으면서 / 반가이 맞이"하는 가족들의 처연한 모습에 시적 자아는 "많이 먹었다"는 "빤한 거짓말"을 하고는 바다 위 달을 보며 눈물짓고 있다.

이러한 현실은 시적 자아로 하여금 "浮黃에 떠서" 자신을 기다리고 있는 가족들을 위해 "빤한 거짓말"을 꾸밀 만큼 일찍 철들도록 만든다. 이는 시적 자아가 더 이상 아이에 머무를 수 없는 상황에 놓여있음을 의미하는 것이기도 하다. 다시 말해 자의에 의해서든 타의에 의해서든 시적 자아는 '아이의 페르조나'가 아닌 '보호자의 페르조나'를 지니게 된 것이다. 이러한 상황이 시적 자아에게 부여하는 페르조나로 인해 심연에서는 오히려 분리 이전의 모성에 대한 욕망이 더욱 강해졌을 것이며, 또 다른 한편으로는 아니마 즉 부재와 상실의 모성 이마고의 작용이 더 심화되었을 것이라는 추측이 가능하다.

살펴본 바와 같이 박재삼의 시에서 모성 이마고는 부재와 상실의 의미로 발현되는 특징을 보인다. 이러한 맥락에서의 모성 이마고는 모체와의 분리라는 필연적 상실의 경험에서 오는, 보편적 · 집단적 무의식의 양상이기도 하지만 박재삼의 경우 유년기에 가졌던 외로움과 서러움에 대한 정서적 체험이 이를 더욱 심화시키는 요인으로 작용했을 것이라는 판단이다.

아니마가 투사하는 정서의 선험적 조건이자 근원이 되는 것이 모성 이마고라 할 때 시인이 언표한 "체질적인 눈물"과 그의 시에서 발현되는 이와 관련된 정서는 바로 이러한 부재와 상실의 모성 이마고에서 기인하는 것이라 할 수 있다. 박재삼 시에서 자주 등장하는 여성 인물들의 죽음, 그로 인한 시적 자아의 상실감 등은 바로 모체와의 분리로부터 형성되는 어머니에 대한 무의식, 즉 부재와 상실의 모성 이마고의 투사로 해석할 수 있다는 의미이다.

그런데 이 여성 인물들의 죽음은 모두 바다와 관련이 깊다는 공통점이 있다. 죽음을 매개로 바다와 동일화된다는 것, 시적 자아 또한 바다를 이들 여성 인물과 동일화된 대상으로 인식한다는 점에서 그러하다. 이러한 맥락에서 바다를 모성 이마고의 표상으로 해석할 수 있다. 모성이마고의 표상으로서의 바다는 '친이모'나 '남평 문씨 부인' 등과 동일화된 대상으로든, 만물의 어머니라는 보편적 상징성으로서의 의미로든 시적 자아와는 닿을 수 없는 거리에 존재하게 된다. 박재삼 시에 발현되고 있는 모성 이마고는 부재와 상실, 그리고 그로 인한 기다림과 그리움을 수반하는 거리화된 대상으로 투사되고 있다는 의미이다.

한편, 박재삼의 시에서는 '울엄매', '우리 오누이', '울아버지' 등 가족의 호칭 앞에 '우리'라는 수식어를 붙이는 특징을 확인할 수 있다. 이는 시적 자아의 가족에 대한 애정에서 비롯되는 것으로 볼 수도 있지만 모성 이마고의 투사라는 측면에서도 설명이 가능하다. 보다 구체적으로는 모성 이마고의 투사가 '우리'라는 범주로 묶이는 가족에게 확장되고 있다는 뜻이다. 시에서 묘사되고 있는 바에 의하면 시적 자아와 그 가족은 보호와 울타리라는 확장된 의미의 모성이라는 측면에서 부재와 상실의 상황에 처해 있는 것이기 때문이다. 시적 자아는 이들을 자신과 동일시하며 '우리'에 대한 연민과 애정을 드러내는 양상을 보이고 있다.

2) 눈물과 아득함의 연인 이마고

박재삼 시에서 아니마의 원형인 모성 이마고는 모성적 존재의 부재와 그로 인한 상실감 등으로 발현되고, 이는 '우리'라는 가족의 울타리를 더욱 견고히 하며 가족에 대한 연민, 애틋함, 사랑으로 확대되어 표출되고 있다. 이러한 부재와 상실의 모성 이마고는 박재삼 시의 바탕에 눈물, 한, 설움, 기다림 등의 정서를 갖게 하는 근원적인 원인이 되고 있다.

모성 이마고의 형태를 취한 아니마가 아내에게 옮겨지며, 여기에서 확장된 의미의 여성상이 연인이나 이상형의 여인에게 투사된다고 할 때 박재삼의 시에서 연애감정, 연애대상에 대한 무의식적 심상인 연인 이마고가 눈물, 설움, 한의 정서로 나타날 것임을 미루어 짐작할 수 있다.

비트겐슈타인은 철학의 목적을 설명하면서 '파리 잡는 통'이라는 예시를 통해 세계 내 존재라는 명제를 부각시킨다. 즉 파리가 유리로 된 항아리인 '파리 잡는 통' 속에 들어가게 되고, 이를 빠져나올 방도 없이 통 속에서 일생을 보내게 되는 상황에서, 항상 통 밖의 세상을 향해 염원을 투사하게 된다. 그러나 이 염원은 유리벽에 막혀 상상의 여백으로 마무리 될 수밖에 없는 것이다.[69)]

박재삼에게 있어서 유리벽 밖에 있는, 염원을 투사하는 대상은 바로 '연애(戀愛)'라 할 수 있다. 박재삼은 이에 대한 원인이 자신의 내성적 성격과 가난했던 환경에 있었음을 밝힌 바 있다.

---

69) 루드비히 비트겐슈타인, 이영철 역, 『철학적 탐구』, 서광사, 1994, 309쪽.

> 나는 어린 시절을 삼천포 바닷가에서 살았다. 또 거기서 중요한 사춘기 시절을 맞고 보냈었다. 우리집은 가난한 가운데 특히 윗자리라 할 만큼 가난하였다. 고등학교까지 거기서 다녔다. 그런데 나는 올바른 연애 한 번 못하고 말았으니, 그것이 두고두고 회한이 된다. 〈중략〉 그리하여 연애를 못하는 대신, 안으로 불이 붙어 있었다. 그래서 보는 것을 남처럼 보지 않고 순전히 연애감정으로 보고 있었던 것을 고백한다. 나의 초기의 시에 눈물이 많고 우는 일이 잦았던 것은 이 까닭이라 할 수 있겠다. 이를테면 연애에 대한 카타르시스를 한 셈이었다.[70)]

박재삼의 '가난'에 대해서는 그의 여러 산문이나 시를 통해 잘 알려져 있는 바이다. 인용한 글에서는 그 가난의 정도가 극심하였음을 밝히고 있다. "가난한 가운데 특히 윗자리라 할 만큼 가난하였"다는 대목이 그것이다. 이러한 환경에 "사춘기 시절"의 예민한 감수성이 맞물려, 그것이 시인으로 하여금 "올바른 연애 한 번 못하"게 한 원인으로 작용하게 된 것이다.

주목할 점은 시인이 "초기 시에 눈물이 많고 우는 일이 잦았던" 까닭을 '연애감정'에서 찾고 있다는 사실이다. 그렇다면 '눈물'이나 '우는 일'이 연애감정과 어떻게 관련되어 있다는 것일까. 이는 두 가지로 설명이 가능하다. 첫째는 "연애를 못하는 대신, 안으로 불이 붙어 있었"다는 표층적인 원인에 의한 것이라 할 수 있다. 시인에게 연애는 상상 속에서만 가능한 일이다. 따라서 사랑하는 대상 또한 닿으려야 닿을 수 없는, 합일 불가능한 존재일 수밖에 없다. 박재삼의 시에 "눈물이 많고 우는 일이 잦"은 까닭은 바로 시적 자아의 사랑이 부재하는

---

70) 박재삼, 『숨가쁜 나무여, 사랑이여』, 오상사, 1982, 134~135쪽.

임에 대한 사랑, 이루어질 수 없는 사랑으로 그려지기 때문인 것이다.

둘째, 심층적 차원에서 모성 이마고의 작용을 들 수 있다. 아니마상의 가장 최초의 운반자가 어머니라는 점에서 모성 이마고는 아니마의 원형에 해당한다고 할 수 있다. 이후 아니마상을 운반하는 것은 남성들의 감정을 부정적으로든 긍정적으로든 자극한 여성에 의해서다. 어머니가 아니마상의 가장 처음 운반자인 만큼 아이와 어머니와의 분리는 매우 중요한 의미를 함의하게 되는 것이다. 원시종족에서의 남성 성인식과 재생의식 등이 통과의례로서 중요한 이유가 여기에 있는 것이다. 그러나 현대인에게는 이러한 통과의례가 없다. 따라서 어머니 이마고의 형태를 취한 아니마가 다른 여성 내지는 아내에게 옮겨지게 된다.[71]

박재삼의 경우 부재와 상실의 표상인 모성 이마고가 연애 대상에 투사된 것으로 해석할 수 있다. 더욱이 이때의 연애 대상 또한 실존적으로는 부재하는 존재이므로, 모성 이마고의 특성과 개인의 실존적 경험이 교호하면서 연인 이마고를 형성하게 된 것으로 볼 수 있다. 기왕의 연구들에서 박재삼 시의 '눈물'의 이미지를 대부분 가난이나 그로 인한 '한'과 '설움' 등에 연결 지어 의미화하고 있지만 그 바탕에는 연애 감정 내지는 연인 이마고의 발현이 자리하고 있었던 셈이다.

박재삼의 시에서 연인 이마고의 투사는 두 가지 양상으로 나타난다. 하나는 연인이 아닌 특정한 인물 즉 누님, 친구, 춘향, 남평문씨 부인 등을 통한 투사로, 이들이 직접적인 연인으로서의 대상이 되는 것이 아니라 다만 연인 이마고의 정서를 느끼게 하는 이미지로서의 역

71) 이부영, 앞의 책, 2001, 85~86쪽.

할을 하는 경우이다. 다른 하나는 시인의 연인 이마고가 시적 자아의 연모의 대상에게 직접 투사되는 양상으로, 서로 합일하지 못하고 아득한 거리를 둠으로써 역시 아픔, 설움, 괴로움 등의 정서를 나타내게 되는 경우이다.

연인 이마고의 정서를 느끼게 하는 대표적 대상으로 '누님'을 들 수 있다.

누님의 치맛살 곁에 앉아
누님의 슬픔을 나누지 못하는 심심한 때는,
골목을 빠져나와 바닷가에 서자.

비로소 가슴 울렁이고
눈에 눈물 어리어
차라리 저 달빛 받아 반짝이는 밤바다의 질정할 수 없는
괴로운 꽃비늘을 닮아야 하리.
천하에 많은 할말이, 천상의 많은 별들의 반짝임처럼
바다의 밤물결되어 찬란해야 하리.
아니 아파야 아파야 하리.

이윽고 누님은 섬이 떠있듯이 그렇게 잠들리.
그때 나는 섬가에 부딪치는 물결처럼 누님의 치맛살에 얼굴을 묻고
가늘고 먼 울음을 울음을
울음 울리라.

-「밤바다에서」 전문 (제1시집, 1962.)

인용한 시에서는 '누님'이라는 인물과 '밤바다'라는 시적 대상을 통해 연정의 정서를 읽어낼 수 있다. 정삼조의 경우 위 시에 대해 "인간사인 설움과 자연이 절묘한 조화를 이루고 있는 시"라고 평하면서 이 설움이 시인의 '가난의 체험'에서 기인하는 것으로 보았다.[72] 그러나 위 시의 '울음'은 연애 감정 내지 연인 이마고와의 관련 하에서 의미화하는 것이 타당할 것으로 보인다.[73]

또한 위 시의 시적 대상인 '누님'은 실존적 대상이라기보다 연정의 심상이나 그 이미지를 발현하는 매개적 대상이라 할 수 있다. 즉 이 시에서 '누님'은 직접적인 연정이나 그리움의 대상이 되는 것이 아니라 '슬픔을 간직한 누님'에게서 느낄 수 있는 정서, 근접할 수 없는 그 신비감 등의 형상화라 할 수 있는 것이다. 혹은 '연애감정'[74] 그 자체의 형상화로 해석하는 것도 가능하다는 판단이다.

이러한 맥락에서 보면 "누님의 슬픔을 나누지 못하는 심심한 때"란 바로 시적 자아가 '연애감정'을 동일화 내지는 내면화하지 못하는 상태를 의미하는 것으로 볼 수 있다. '골목'이란 이러한 불통의 정서에 대한 공간적 표상인 셈이다. '골목'과 대립되는 의미의 공간적 표상이 '바다'이다. "골목을 빠져나와 바닷가에 서"면 "비로소 가슴 울렁이고 / 눈에 눈물 어리"게 되는데 "가슴 울렁이고 / 눈에 눈물 어리"는 것은

---

72) 정삼조, 「박재삼의 시에 나타난 설움과 그 극복 양상」, 『경상어문』제2집, 경상어문학회, 1996, 195~199쪽.

73) 박재삼이 「밤바다에서」의 시작(詩作) 경위에 대해 밝힌 바 있는데 "나에게는 누님도 없거니와, 또 그 연정은 도시 없는 셈이었다. 그런데도 나는 누님을 끄집어 내어 채우지도 못한 연정을 메울 수가 있었"다는 것이 그것이다. 박재삼은 이를 "연애의 대상 행위"라 언표한다. - 박재삼, 앞의 책, 오상사, 1982, 136쪽.

74) 위의 글, 같은 곳.

바다의 출렁임을 형상화한 것이자 '연애감정'에 대한 묘사에 다름 아니다.

"질정할 수 없는 / 괴로운 꽃비늘"이라든가 '찬란'하고도 '아픈' "천하에 많은 할말" 등도 '연애감정'과 동일한 의미망에 자리하는 기표들이라 할 수 있다. 그런데 이러한 '연애감정'에 대한 묘사가 현재 상태를 드러내는 형식이 아니라 "~야 하리"라는 당위적 의미의 종결로 이루어지고 있음에 주목할 만하다. 이는 '연애 감정'이 시적 자아의 실제적 정서가 아니라 상상 속에 존재하는 관념적 감정이라는 것을 드러내 보여주고 있는 것이기 때문이다.

3연에서 시적 자아는 비로소 "누님의 치맛살에 얼굴을 묻고 / 가늘고 먼 울음을" 울게 된다. 이를 일반적으로는 누님과 시적 자아의 동일화로 해석할 수도 있으나 상호적이 아니라는 점에서 완전한 동일화로 보기는 어렵다. '누님'은 "섬이 떠 있듯이 그렇게 잠들"어 있기 때문이다. 1연에서 시적 자아가 깨어 있는 '누님'의 슬픔에 동화되지 못하여 골목을 빠져나와 바닷가에 섰다면 3연에서는 이윽고 슬픔에 이르게 되었지만 이미 '누님'은 잠이 든 후라는 것이다. '누님'으로 표상되는 '연애감정'에 동일화되지 못하고 있는 상황은 동일하다는 의미이다.

이처럼 위 시에서 '눈물'이나 '울음'은 '가난의 체험'이라는 구체적인 현실로부터 도출된 '설움'이 아니라 연정의 정서에 연결되는 것이며 '누님'이나 '바다'는 연인 이마고가 투사된 대상이라 할 수 있다. 이때 연인 이마고가 모성 이마고의 영향 아래 있는 것임은 물론이다. 시인의 모성 이마고와 현실적 체험의 교호 과정에서 형성된 연인 이마고는 눈물, 슬픔, 어찌할 수 없는 아픔 등의 정서를 띠게 되고 이러한 연인 이마고가 이 시에서는 '누님'과 '바다'로 표상되고 있는 것이다.

마음도 한자리 못 앉아 있는 마음일 때,
친구의 서러운 사랑 이야기를
가을 햇볕으로나 동무삼아 따라가면,
어느새 등성이에 이르러 눈물나고나.

제삿날 큰집에 모이는 불빛도 불빛이지만,
해질녘 울음이 타는 가을강을 보것네.

저것 봐, 저것 봐,
네보담도 내보담도
그 기쁜 첫사랑 산골 물소리가 사라지고
그 다음 사랑 끝에 생긴 울음까지 녹아나고
이제는 미칠 일 하나로 바다에 다 와 가는
소리죽은 가을강을 처음 보것네.

-「울음이 타는 가을강」 전문 (제1시집, 1962.)

이 시를 한 장의 그림으로 그린다면 해질녘, 등성이에 서서 노을이 비치는 가을 강을 보며 눈물을 흘리는 주인공을 그리게 될 것이다. 여기에서 중점이 되는 것은 주인공 즉 시적 화자의 '눈물'과 노을이 비치는 '강'이다. 화자는 왜 노을이 비치는 강을 보며 눈물을 흘리는 것일까. 이 또한 시적 아니마의 연인 이마고의 투사로 볼 수 있다. 친구의 사랑이야기가 하필이면 '서글픈' 사랑 이야기이다. 표면적으로는 이것이 '눈물'의 원인으로 작용한다고 볼 수 있으나 그보다 앞서 서정적 자아는 "마음도 한자리 못 앉아 있는 마음"으로 이미 울 마음의 태세가 되어 있는 것이다.

2연에서의 "제삿날 큰집에 모이는 불빛"에는 중층적인 이미지가 함의되어 있다. '제삿날'이라는 시어가 주는 비장함, 슬픔 등의 정서와 '큰 집에 모이는 불빛'이 주는 따스한 정감의 이미지가 그것인데, 이러한 따스하면서도 슬픈 이미지는 그대로 "해질녘 울음이 타는 가을 강"에까지 이어지고 있다.

3연에서도 아이러니적 기법으로 아름다움과 애틋함, 슬픔이 혼융되어 있는 중층적 이미지를 극대화하고 있다. 공간적 시점이 물의 흐름을 중심으로 산골짜기에서 바다로, 즉 위에서 아래로 진행됨에 따라 슬픔은 "기쁜 첫사랑"에서 "사랑 끝에 생긴 울음", "이제는 미칠 일 하나"로 점점 고조되고 있기 때문이다. 또한 이러한 아이러니는 물의 규모와 소리와의 관계에서도 드러난다. 슬픔의 심화는 물의 규모와는 상동의 관계를 이루면서 물의 '소리'와는 반비례의 관계에 놓이고 있다. 다시 말해 샘물에서 강물, 강물에서 바다로 물의 깊이와 넓이가 점점 확대됨에 따라 슬픔은 심화되고 있지만 '소리'는 오히려 소멸에 이르고 있다는 의미다.

그렇다면 '소리의 죽음', 소멸은 무엇을 함의하는 것일까. 그것은 세월의 흐름과 그에 따른 성숙된 감정의 측면에서 설명될 수 있다. '기쁜 첫사랑'을 표상하고 있는 '산골 물소리'는 얕은 물에서 발생하는 소리로 '첫사랑'의 시기에 해당한다. 이 소리는 "그 다음 사랑 끝에 생긴 울음"을 녹여내면서 사라지게 된다. '그 다음'이나 '끝'과 같은 시어에서 드러나듯 시간의 흐름과 사랑 내지는 슬픔의 경험을 통해 깊어진 정서가 소리의 내면화로 의미화 되고 있는 것이다.

"이제는 미칠 일"이란 가장 극대화된 감정의 형상화로 볼 수도 있고 궁극적으로 이르게 되는 바를 의미하는 것으로 이해할 수도 있다. 어떠한 의미로든 가장 성숙되고 깊은 정서의 단계에 "다 와 가는" 지점이라는 사실, 그리고 그것이 "소리죽은 가을강"으로 표상되고 있다는 사실에는 변함이 없다. 이처럼 이 시는 시인의 탁월한 감각으로 아이러니라는 시적 장치를 통해 세월의 흐름과 자연 현상, 감정의 성숙을 유기적이고도 아름답게 형상화하고 있는 시라 할 수 있다.

한편, 2연에서의 "울음이 타는 가을강"은 3연에 이르러 "소리죽은 가을강"이 되고 있는데, '울음'[75]이라 함은 '눈물'에 소리를 동반하는 행위로 '눈물'을 흘리는 것보다 고조된 감정을 표현하게 된다. 이 고조된 감정이 소리로 표출된다면 내재되어 있던 슬픔이 소리를 통해 해소되는 카타르시스를 보여주게 될 것이다. 그러나 시인은 이 격한 감정에서 오히려 '소리를 죽임'으로써 아니마가 함의하고 있는, 내적으로 침잠되는 절정의 슬픔을 보여주고 있는 것이다.

이처럼 이 시에서는 아니마의 연인 이마고가 '눈물'보다 한층 심화된 '소리죽은 울음'이라는 형태로 '해질녘 노을이 비치는 강'에 투사되는 양상을 보이고 있다. 이 작품은 아니마의 원형이 인격적인 대상 뿐 아니라 비인격적인 대상, 즉 '강'이라는 자연에 투사되고 있는 예를 보여주고 있다는 점에서도 의미가 있는 경우이다.

흐느낌으로 피던 살구꽃 등속(等屬)이 또한 흐느끼며 져버린 것을

75) '울음'의 사전적 의미는 '우는 일 또는 그러한 소리'이다. 이 시에서는 '소리 죽은 가을 강'과, 시적 화자의 '눈물'과 연결시켜 볼 때 '소리를 동반하여 우는 일'쯤으로 보아야 할 것이다.

어쩌리요.
세상은 더욱 너른 채 소리내어 울고 있는 녹음을,
언제면 소득 본단 말이요.
피릿구멍 같은, 옥(獄)에 내린 달빛서린 하늘까지가 이내 몸에 파고 들어
가쁜 명(命)줄로 앓아상는 저것을 어쩌리오.
이런 때, 천지는 입덧이 나 후덥지근하고,
태장(笞杖) 끝에 피멍진 천첩(賤妾) 춘향의 전신만신(全身滿身) 캄캄한 살 위에도 병 생기는 아픔을……
만일에도 이 한밤 당신이 서서 계신다면은
어느 별만 우러러 아프게 반짝인다 하리오.

-「녹음(綠陰)의 밤」 전문 (제1시집, 1962.)

형(刑)틀에 매여 원통하던 일을 이승에서야 다 풀고 갔으련만
저승에 가 비로소 못 잊겠던가
춘향이 마음은 조롱조롱 살아 다시 열렸네.

저것은 가냘피 아파 우는 소리였던 것을,
저것은, 여릿이 구슬 맺힌 눈물이던 것을,
못 견딜 만큼으로 휘드리었네.

우리의 무릎을 고쳐, 무릎 고쳐 뼈마치는 소리에 우리의 귀는 스스로 놀라고,
절로는 신물이 나, 신물나는 입맛에 가슴 떨리어,
다만 우리는 혹시 형리(刑吏)의 손아픈 후예(後裔)일라……

그러나 아가야, 우리에게도 비치는 것은
네 눈이 포도(葡萄)라, 살결 또한 포도(葡萄)라……

-「포도(葡萄)」 전문 (제1시집, 1962.)

저 칠칠한 대밭 둘레길을 내 마음은 늘 바자니고 있어요. 그러면, 훗날의 당신의 구름 같은 옷자락이 불각(不刻)스레 보여 오는 것이어요. 눈물 속에서는, 반짝이는 눈물 속에서는, 당신 얼굴이 여러 모양으로 보여오다가 속절없이 사라지는, 피가 마를 만큼 그저 심심할 따름이어요. 그러니 이 생각밖에는요.

「당신이 오실 땐 그 많은 다른 모양의 당신 얼굴을 한 얼굴로 다스리시고, 또한 대밭 둘레길에 사무친 한의 내 눈물일랑은 당신의 옷자락에 재양(載陽)치듯 환하게 하시라」고요.

-「대인사(待人詞)」 전문 (제1시집, 1962.)

위의 작품 「녹음의 밤」, 「포도」, 「대인사」는 모두 '춘향'[76]이라는 고전적 인물을 외적 소재[77]로 한 작품인데 이 외적 소재는 보편적인 정서나 감정을 형상화시키는데 유용하다. '춘향'은 보편적으로 고난과

---

76) 박재삼의 제1시집 『春香이 마음』에는 이외에도 「수정가(水晶歌)」, 「바람 그림자를」, 「매미 울음에」, 「자연(自然)」, 「화상보(華想譜)」, 「한낮의 소나무에」, 「무봉천지(無縫天地)」등 '춘향'을 소재로 연작한 열 편의 시가 있다.

77) 캐내드 버크에 의하면 문학의 소재가 될 수 있는 것에는 두 가지가 있다. 하나는 시인 자신이 독창적으로 만들어낸 사적 소재이고 다른 하나는 시인 자신을 포함해서 독자들에게 널리 알려져 있는 공적인 소재이다. 버크는 전자를 가리켜 내적 소재라 부르고 후자를 가리켜 외적 소재라 불렀다.
Keneth Burk, "Psycology and form", Perspectives on Drama, Ed, J. L. Calderwood & H. E. Toliver(N. Y.: Oxford Univ. Press, 1968) 오세영, 「아득함의 거리」, 『20세기 한국시인론』, 월인, 2005, 283쪽에서 재인용.

역경을 이겨내고 끝까지 정절을 지키는 인물로 그리움, 기다림, 아픔의 정서를 느끼게 한다는 면에서 박재삼 시에 나타나는 연인 이마고에 부합되는 고전적 인물이라 할 수 있다.

먼저 인용한 시, 「녹음(綠陰)의 밤」은 옥에 갇힌 춘향의 임에 대한 강한 그리움과 그로 인한 아픔을 표현하고 있다. 이 시에서 춘향은 '흐느낌'으로 피었다가 "흐느끼며 져버린" '살구꽃'으로 형상화되어 있다. "세상은 더욱 너른 채 소리내어 울고 있는 녹음"은 옥에 갇혀있는 처지의 '춘향'과 상반되는 이미지로 '당신', 즉 '이도령'의 표상이라 할 수 있다. 춘향은 소리도 없이 흐느끼며 지고 있는 사이 이도령 '당신'은 너른 세상에서 소리 내어 울고 있다는 점에서 그러하다. '피릿구멍', '가쁜 명(命)줄', '태장(笞杖)', '피멍진' 등의 시어들은 춘향이 처한 상황을 드러내는 시어들로, '천지'의 '입덧'이라는 생산적 이미지와 대조를 이루며 비극성을 고조시키는 장치가 되고 있다.

「포도(葡萄)」는 춘향의 심정을 '포도'로 형상화하고 있는 작품으로 공감각적 이미지를 사용하여 복합적이고 중층적인 마음의 결을 잘 드러내고 있는 작품이다. '포도'가 "가냘피 아파 우는 소리"와 "구슬 맺힌 눈물"이라는 청각과 시각적 이미지를 동시에 함의하고 있다는 점에서 그러한데 이는 또한 춘향의 마음이 "원통하던 일"에 경도되어 있는 것이 아님으로 드러난다. 춘향의 마음에는 고통뿐 아니라 순수함까지 포회되어 있기 때문이다.

'형틀', '원통', '저승'이라는 시어는 춘향의 처연한 아픔의 세계를 나타내 주고 있지만 이러한 춘향의 아픔은 절망이나 원한으로 떨어지지 않는다. 이는 마지막 연에서 춘향의 마음으로 형상화 된 포도가 '아가'의 눈과 살결에 비유되고 있다는 점에서 확인되는 바이다. 춘향의 아픈 마음의 기저에 맑고 여린 사랑[78]이 자리하고 있음을 의미하는 것이기 때문이다.

마지막으로 인용한 시 「대인사(待人詞)」는 춘향의 독백체[79]로 쓰여진 작품으로 오지 않은 임에 대한 간절한 그리움을 드러내고 있다. 마를 날 없는 '눈물' 속에서 임을 그려보지만 그마저도 "不刻스레[80] 보여오"다가 "속절없이 사라지"고 만다. "대밭 둘레길"을 "늘 바자니고 있"는 춘향의 마음은 "피가 마를 만큼 그저 심심할 따름"이다. 임에 대한 그리움의 깊이를 간취할 수 있는 대목이다. 그러나 이와 같은 춘향의 "사무친 한"과 '눈물'도 비극적 정서로 떨어져 그것에 한정되는 것은 아님이 드러난다. 임이 오실 때 자신의 '한'과 '눈물'이 오히려 "당신의 옷자락에 재양(載陽)치듯" '임'의 존재를 환하게 하는 요인이 되기를 염원하고 있기 때문이다.

위 시들은 모두 춘향의 임에 대한 그리움과 그로 인한 슬픔과 고통의 감정을 그리고 있다. 그런데 주목해야 할 것은 화자가, 춘향이 온갖 어려움을 이겨내는 과정이나 고통을 이겨내고 임을 만나게 되는 결

---

78) 김주연은 『春香이 마음』 전편을 지배하고 있는 것은 바로 이러한 '사랑의 恨'이라고 보았다. 또한 "그 恨이 원한과 복수로까지 발전하지 못하고 울음으로 카타르시스 되고" 있는 점을 들어 이것이 바로 박재삼이 한을 처리하는 방법이라고 밝히고 있다. (김주연, 「恨과 그 以後」, 『千年의 바람』, 민음사, 1975, 14쪽.)

79) 김종호에 따르면 아니마에 의해 표출되는 여성화자를 통한 사랑의 고백이 여성작가의 사랑 노래보다 더욱 노골적이고 진솔하며 애절하다. 여성 작가들은 자신들의 이야기이기 때문에 될수록 우회적으로 표출하거나 잘 드러내지 않는 반면, 여성화자로 표출되는 남성의 작품에서는 여성의 내면의식까지도 적나라하게 표출하기 때문이다. 이는 무의식의 내적 인격인 아니마의 특징이기도 하다. (김종호, 「朴在森 詩의 여성성 考察」, 『어문연구』제108호, 2000. 12, 196쪽.)

80) "不刻스레"라는 단어는 '희미하게'로 해석할 수 있겠으나 장만호는 '刻'을 시간을 나타내는 단어로 보고 '시간도 없이 매순간', '시도 때도 없이'라고 해석했다. (장만호, 앞의 논문, 40쪽.)

과에 관심을 두고 있는 것이 아니라 춘향의, 한이 사무칠 만큼의 그리움, 기다림, 슬픔 그 자체에 초점을 맞추고 있다는 점이다. 이는 시인이 「춘향전」의 스토리가 아닌, '춘향'이라는 고전적 인물에게서 보편적으로 느껴지는 이미지를 통해 시적 아니마의 연인 이마고를 투사하고 있는 것으로 해석할 수 있다. 「밤바다에서」의 '누님'을 구체적인 인물로서가 아닌 이미지로 파악하는 것과 같은 맥락이라 할 수 있겠으나 위 시들에서는 독자들이 보편적으로 인식하고 있는 '춘향'이라는 '외적 소재'를 택했다는 것이 차질적이라 할 수 있겠다.

우리가 소시적에, 우리까지를 사랑한 남평 문씨 부인은, 그러나 사랑하는 아무도 없어 한낮의 꽃밭 속에 치마를 쓰고 찬란한 목숨을 풀어헤쳤더란다.

확실히 그때로부터였던가. 그 둘러썼던 비단치마를 새로 풀며 우리에게까지도 설레는 물결이라면 우리는 치마 안자락으로 코 훔쳐주던 때의 머언 향내속으로 살달아 마음달아 젖는단것가.

돛단배 두엇, 해동갑하여 그 참 흰나비 같네.

-「봄바다에서」 부분 (제1시집, 1962.)

겨우 예닐곱 살 난 우리를 그리 사랑하신 남평 문씨 부인은
서늘한 모시옷 위에 그 눈부신 동전을 하냥 달고 계셨던 그와도 같이
마음 위에 늘 또하나 바래인 마음을 관(冠)올려 사셨느니라.

그것 때문에,
우리를 사랑하신 그것 그 집 때문에,

어이할까나,
갈앉아지기로는,
몸을 풀어 사랑을 나누기로는,
바다밖에 죽을 데가 없었느니라.

혼도 어여쁜 혼은, 우리의 바다에 살아 바다로 구경나선 눈썹 위에서, 다시 살아 어지러울 줄이야……
밝은 날, 바다 밑이 이 세상 아니게 기웃거려지는 한려수도를 크고 너른 꽃 하나로 느껴보아라. 우리는 한시도 가만 못 있는 지껄이는 이 파리 되어, 누구에게 손 잡혀 따라가며 따라가며 크고 있는가.

-「어지러운 혼」 전문 (제1시집, 1962.)

시방도 안 죽은 것 같은
남평 문씨 부인의 마음가에 사랑일로서
햇무리로 손 잡고 놀던 날 생각하면
왜 안 기뻐, 세상은 왜 안 기뻐야.

하늘 가운데 해 있고
그 밑에 바다는 자고 있는데,
자다가도 우리 생각 해설까, 웃으시던 그 부인의
보면 알거, 보면 알거,

바다는 때로 때로 반짝이누나.

그 물살 엷은 잠 오는 바닷가에서

손가락 활짝 편, 어린 부끄럼이 해 가리고.
이승 끝이랴, 잠자는 정신이 벋은 가지 끝
우리는 눈부신 은행잎으로 달린 것일까.
-「광명」 전문 (제1시집, 1962.)

위 시들은 박재삼의 상상력이 만들어낸 허구의 인물, '남평 문씨 부인'을 소재로 한 시들이다. "예닐곱 살 난 우리를 그리 사랑하신" 부인은 "서늘한 모시옷 위에 그 눈부신 동전을 하냥 달고" 있고, "치마 안자락으로 우리들의 코를 훔쳐주는" 등 단아하고 기품 있는 인상에 인자하고 다정한 성품을 가진 인물로 묘사되고 있으며 시적 화자에게는 모성을 떠올리게 하는 존재이다.

그러나 다른 한편으로 '남평 문씨 부인'은 시인의 무의식 속에 자리한, 사랑의 한 원형으로 표상되는 인물이기도 하다. 시적 자아에게 직접적인 연모의 대상이 되는 것은 아니나 '춘향'과는 또 다른 층위의 사랑의 원형을 보여주는 인물이라 할 수 있다. "머언 항내 속으로 살달아 마음달아"와 같은 표현이나, '부인'이라는 호칭이 주는 거리감 등에서 닿을 수 없는 이성(異性)적 존재에 대한 신비감과 동경이 발현되고 있기 때문이다.

'춘향'이라는 인물을 통해 임에 대한 간절한 그리움과 슬픔을 보여주고 있다면 '남평 문씨 부인'은 임의 부재로 인한 고독과 외로움을 느끼게 하는 인물이다. "마음 위에 늘 또하나 바래인 마음을" 지니며 살았으며 결국 "한낮의 꽃밭 속에 치마를 쓰고 찬란한 목숨을 풀어헤"치는 인물이라는 점에서 확인할 수 있다. '남평 문씨 부인'이 바다에 투신한 까닭은 "사랑하는 아무도 없"고, "몸을 풀어 사랑을 나누기로는 바다밖에" 없었기 때문이다. '남평 문씨 부인'의 지독한 고독을 드러내 보여주는 대목이다.

위 시들에서 바다는 죽음의 공간이기는 하지만 절망과 비극의 공간으로 상정되어 있는 것은 아니다. 「봄바다에서」라는 작품에서는 "눈이 부시게 화안한 꽃밭", "꽃이 피는 것, 지는 것을 같이한 꽃밭", 구체적으로 "죽은 사람과 산 사람이 숨소리를 나누고 있는 반짝이는 봄바다"로 표현되고 있다. 또한 '남평 문씨 부인'이 간절하게 원하지만 끝내 "사랑하는 아무도 없는" 고독의 공간이 이승의 세계라면 바다는 "둘러썼던 비단치마를 새로 풀며 설레는 물결"을 일으키는 곳이자 "몸을 풀어 사랑을 나누는" 곳, '어여쁜 혼'으로 다시 살아 '크고 너른 꽃'이 되는 곳이다.(「어지러운 혼」) 바다의 잔잔한 물결과 그 반짝임은 저승에서도 "우리 생각해서" 웃음 짓고 있을 '남평문씨부인'의 은유이다.(「광명」)

"소리 죽은 가을 강"(「울음이 타는 가을 江」)이 결국엔 이르게 되는 곳, "누님의 슬픔을 함께 나누지 못"(「밤바다에서」)하다가 비로소 "누님의 치맛살에 얼굴을 묻고" 울음을 울게 되는 공간이기도 하다. 박재삼 시에서 바다는 이처럼 죽음의 공간이자 동시에 부활과 소생의 공간이며 동일성이 구현되는 장소로 의미화되고 있다. 이는 바다가 눈물, 울음, 아픔, 고독 등의 형태로 표출되는 연인 이마고가 절망, 비극으로 함몰되지 않고 "때로 때로 반짝이"는 '반짝임'으로 승화되는 매개로 기능하고 있는 것으로 해석할 수 있다.

우리의 바닷마을에 옛날엔 바람난 가시내가 있었다 한다. 바닷바람이 무서웠더란다. 치마 끝에도 이는 바람은 꼭 鬼神소리더란다. 사람들의 눈 흘기는 눈짓보다도 더욱 몸을 휘감고 보채는 바닷바람이었더란다. 무서워 방에 앉아 있을라치면 또한 아쉽기도 한 바람소리였더란다. 그 바람의 한 자락을 잡을락했던지는 모르지만 하루에도 몇 차례를 방문을 차고 머리 헝클어진 채 바다 쪽으로 내닫더란다. 그러나 바람에 얹힌 집채만한 물고래에 무서움 질려 집으로 돌아오곤 하더란다.

바람에 못견디는 그짓 밖에는 아궁이에 한 고래 불 때는 일이 그 全部였더란다. 부지깽이로 거둔, 불에도 홀리어 눈이 쓰린 욕보던 가시내였더란다.

그런 세월과 그런 갈증과, 그런 마을에, 바람 기운이 없는 어느날 앞바다를 섬 하나이 흘러오고 있었더란다.

마침, 불 때다 볼 붉은 그 가시내가 부지깽이를 든 채 나와선, 가슴 차도록 섬이라도 안으면 살 길이나 열리리라 믿었던가 한바다에 뛰어들어 죽었더란다.

그때부터란다. 우리의 바닷마을의 바람막이 목섬이 동백기름을 바른 머리態의 숲으로 시집살이 오래오래 살아온단다.

-「목섬 이야기」 전문 (제6시집, 1981.)

'바닷마을'에 전해 내려오는 '목섬'에 대한 전설을 풀어 쓴 시로, 옛날 "우리의 바닷마을에" 살았던 "바람난 가시내"가 죽어 '목섬'이 되었다는 내용이다. "바람에 못견"뎌 하는 '가시내'는 이 '바람'을 '무서워' 하면서도 또 한편으로는 '바람의 한 자락'이라도 잡으려고 "하루에도 몇 차례를 방문을 차고 머리 헝클어진 채 바다 쪽으로 내닫"다가 "무서움에 질려" 다시 집으로 돌아오는 일을 반복한다. '바람'에 대한 '가시내'의 강한 '갈증'을 드러내고 있지만 "사람들의 눈 흘기는 눈짓"에서 그것이 금지되어 있는 행위임을 알 수 있다.

'불을 때는 일'은 '가시내'의 일이고 삶이면서 동시에 "그녀의 몸 속에 내재한 열의 기운"[81]으로 볼 수 있다. '바람'은 '불'을 피울 때 필요한 매개로 기능하지만 그것이 '불'보다 강할 때는 '불'을 위협하는, '불'을 소멸케 하는 존재가 된다. '가시내' 또한 '바람'으로 인해 내면의 뜨거운 욕망이 끓어오르지만 결국 그것이 '가시내'로 하여금 바다에 뛰어들어 죽게 한다는 점에서 '가시내'와 '불'은 상동의 관계에 놓인다. 이는 "몸을 풀어 사랑을 나누기로는,/ 바다밖에 죽을 데가 없었"(「어지러운 혼」)던 '남평 문씨 부인'의 그것과도 동일하다.

이 시에서 바다는 정화의 매개로 기능한다. '가시내'가 바다에 뛰어든 '그때부터' 생겨난 목섬은 "바닷마을의 바람막이"로 자리하고 있고 '헝클어진' 머리였던 '가시내'는 "동백기름을 바른 머리態"의 정숙한 여인으로 거듭나고 있기 때문이다. '시집살이'라는 시어 또한 '사람들의 눈짓'이나 '바람'과 대척되는 의미를 함의하고 있는 것으로, 여인의 정숙미를 고조시키는 장치가 되고 있다.

위 시는 '남평 문씨 부인'과 흡사한 사연을 지니지만 전혀 다른 분위기와 이미지를 발현하고 있는 '바람난 가시내'를 통해 이승에서의 합일되지 못하는 사랑을 그리고 있다. 욕망은 결핍에서 비롯되는 것으로 이룰 수 없는 사랑이 그 사랑에 대한 욕망을 더욱 추동하게 된다는

81) 정분임, 앞의 논문, 35쪽.

것은 자명한 이치이다. 이 시에서 연인 이마고는 합일되지 못하는 사랑에 대한 욕망과, 그로 인한 아픔, '죽음'이 곧 '살 길'이 될 만큼의 고독 등의 형태로 투사되고 있다. '누님', '춘향', '남평 문씨 부인', '바람난 가시내' 등 그 투사 대상은 다양하게 등장하고 있지만 눈물, 아픔, 고독 등의 형태로 투사되고 있는 연인 이마고의 투사 양상은 모두 동일하다고 할 수 있다.

한편, 설화적 여성 인물이나 '누님'이라는 3인칭 대상의 사랑이 아닌, 서정적 자아의 사랑이 드러나는 시편들에서도 합일될 수 없는 사랑이라는 상황은 동일하게 적용되고 있다.

나무들은 모두 숨이 차다.
그러나 하늘의 구름들은
하나같이 평상(平床)에 누은 듯
태평(太平)이 몸짓으로
옷자락만 나부끼고 있을 뿐이다.
나무들은 구름이 그리워
연방 손을 흔들고 있지만
구름들은 어디까지나 점잖은 외면이다.

사랑하는 사람아
나는 너를 향해
지금 한창 몰아쉬는 숨인데
아직도 외면인가.

-「나무와 구름」 부분 (제4시집, 1976.)

위 시에서 사랑에 대한 갈증은 '숨'으로 의미화되고 있다. "숨이 차다"거나 "몰아쉬는 숨"이란 바로 사랑하는 대상에 대한 갈구를 형상화한 것이기 때문이다. 이 시에서 사랑의 주체는 서정적 자아이며 서정적 자아와 사랑하는 대상과의 관계를 '나무'와 '구름'의 그것에 비유하여 드러내고 있다. "나무들은 구름이 그리워 / 연방 손을 흔들고 있지만 / 구름들은 어디까지나 점잖은 외면이다."라는 시구에서 드러나듯이 시에서의 사랑은 서정적 자아의 일방적인 사랑이다. 1연에서의 비유적인 표현은 2연에서 구체적인 진술로 전화한다. '숨'과 '외면'이라는 시어를 동일하게 사용함으로써 구름의 외면을 받고 있는 '나무'가 서정적 자아의 처지와 상동의 관계에 놓이는 것임을 밝히고 있다.

「眩惑」이라는 시편에서도 위 시와 동일한 맥락의 정서를 묘사하고 있다.

어느 알뜰한 사랑인들
죽은 이들은 못다한 사랑,
머리카락 흐르듯이 햇살되어
우리의 잘 안되는 사랑을 대신하는가.

그래, 언제토록을 그대 사랑하면서 사나,
우리의 사랑은 그 끝이 안 맞는 것을,
이 사랑 이러다 만일
그대 먼저 가시면 어찌 될까.
그대의 조금은 설찬 사랑의 설움이 햇살되어
미칠 만하게 나를 그 속에 안 비출까.

-「眩惑」 부분 (제6시집, 1981.)

아무리 지극한 사랑이라 할지라도 "죽은 이"들에겐 지속될 수 없다는 점에서 "못다한 사랑"이다. 서정적 자아는 '햇살'에서 따스함을 느끼며 이 따스함이 "죽은 이들"의 "못다한 사랑"에서 기인하는 것이라 생각한다. 충만한 '햇살'로 형상화되고 있는 "알뜰한 사랑", "못다한 사랑"은 "우리의 잘 안되는 사랑"과 대조를 이루며 서정적 자아의 서러운 심정을 부각시키는 장치가 되고 있다.

"우리의 잘 안되는 사랑"이나 "언제토록을 그대 사랑하면서 사나"라는 시구에서 서정적 자아와 '그대'와의 관계를 유추할 수 있다. '나무'와 '구름'의 관계와 같이 일방적으로 사랑하는 서정적 자아와 외면하는 '그대'의 관계가 그것이다. "그대의 조금은 설찬 사랑의 설움"이'햇살'이 된다는 표현의 의미도 이러한 맥락에 닿아있는 것이다. '설찬 사랑'이란 채워지지 않은 사랑이라는 의미로 원인은 '그대의 죽음'이 그 하나이고 "잘 안되는 사랑", 즉 서정적 자아의 일방적인 사랑이 또 다른 하나라 할 수 있다. 합일되지 못하는 사랑으로 인한 설움이 서정적 자아의 가정과 상상으로 극대화되고 있는 것이다.

> 내 사랑이 저렇던가 몰라
> 바다에는 속절없이 눈이 내리네.
>
> 어지간히 참았던
> 하늘의 이마를 스친 은은한 할말이
> 겨우 생기면서는 스러져버려
> 내 목숨 내 사랑도 저런 것인가
> 억울하게 한 바다엔 오는 눈이여.
>
> -「바다에 내리는 눈」 부분 (제6시집, 1981.)

서정적 자아는 제목에서와 같이 "바다에 내리는 눈"을 바라보고 있다. 바다에 내려 '속절없이' 사라지는 '눈'을 보며 '내 사랑'의 허망함을 떠올리고 있다. 하늘에서 내리고 있는 '눈'은 서정적 자아가 "어지간히 참았던" "은은한 할말", 즉 사랑의 전언 내지 고백을 은유하는 것으로 볼 수 있다. 그것이 받아들여지는 것이라면 '바다에 속절없이 내리는 눈'으로 형상화되지 않았을 것이다. '속절없이 스러져버리는 눈'이란 결국 서정적 자아의 '사랑'을 형상화한 것으로, 그것이 사랑하는 대상에 가 닿지 못하는 사랑, 합일될 수 없는 사랑임을 간취할 수 있는 것이다.

이처럼 박재삼의 시에서는 사랑의 주체가 3인칭 대상이든 1인칭 자아이든 사랑하는 대상과의 합일될 수 없는 사랑으로 인한 설움, 슬픔, 고독 등이 발현되고 있다는 특징을 보인다. '사랑하는 사람'과의 합일을 염원하는 것은 본능에 해당하는 행위라 할 수 있다. 그러나 박재삼의 시에서는 사랑하는 대상에 대한 시적 주체의 양가적인 태도를 확인할 수 있다. 합일되지 않는 사랑으로 인한 아픔, 고독 등을 발현하면서도 또 한편으로는 사랑하는 대상과의 '거리'를 의식적으로 상정하고 있기 때문이다.

해와 달, 별까지의
거리 말인가
어쩌겠나 그냥 그 아득하면 되리라.

사랑하는 사람과
나의 거리도

자로 재지 못할 바엔
이 또한 아득하면 되리라.

이것들이 다시
냉수사발 안에 떠서
어른어른 비쳐오는
그 이상을 나는 볼 수가 없어라.

그리고 나는 이 냉수를
시방 갈증 때문에
마실 밖에는 다른 작정은 없어라.

-「아득하면 되리라」 전문 (제3시집, 1975.)

위 시에는 사랑하는 대상과의 '거리'를 담보하고 있는 서정적 자아의 의식이 잘 드러나 있는데 '사랑하는 사람'과의 거리가 해와 달, 별까지의 거리처럼 그저 '아득하면 된다'는 인식태도가 그것이다. '자'로 잴 수 있다는 것은 이성적이고 합리적인 가치체계나 그러한 관계성을 표상한다. 따라서 "사랑하는 사람과 / 나의 거리"가 "자로 재지 못할" 관계라는 것은 명징해보이나 이 시에서 주목할 점은 시적 주체의 의지가 합일보다는 '거리'에 기울어 있다는 사실이다.[82] 이 또한 박재삼

82) 오세영은 1연에 대해 '만일 아득하기만 한다면 해와 달의 거리가 될 수 있다'라고 역설적인 해석을 하면서 "자신과 해와 달 사이의 거리가 아득해지기를 바란다는 것은 결국 인간과 인간의 관계가 물신적 가치추구나 과학적 합리주의를 지양해 존재론적 삶의 평안이나 화해로운 공영체의 세계를 추구한다는 뜻"이 된다고 덧붙였다. 이것이 인간의 일일 경우 그것을 대표하는 행위가 사랑일 것이므로 '사랑하는 사람과 / 나의 거리도' 아득하면 된다고 본 것이다. (오세영, 앞의 책, 290~291쪽.)

시의 연인 이마고의 특성에서 기인하는 것이라 할 수 있다. 이러한 거리가 상정되어 있을 때 비로소 그리움, 고독, 아픔 등의 정서를 포회하고 있는 사랑이 가능해지기 때문이다.

이와 같은 메커니즘은 "저 수박덩이처럼 그냥은 / 둥글 도리가 없고 / 저 참외처럼 그냥은 / 달콤할 도리가 없는, / 이 복잡하고도 아픈 짐"(「과일가게 앞에서」)을 사랑으로 인식하고 있다는 데서도 드러나고 있다. 더 구체적으로는 "사랑이여 / 너 숨이 찬 신록(新綠)이 있고 / 너 출렁거리는 별이 있고/요컨대 괴로움이 있고 나서 / 이승에 아름다움을 보태게 되는가."(「화합(和合)」)라는 대목에서 확인할 수 있는데 즉 '사랑'이 아름다운 것은 그로 인한 고독, 아픔, 슬픔 등의 '괴로움'이 있기 때문이라는 뜻이다. 이 '괴로움'을 사랑의 본질로 인식하고 있다는 의미이기도 하다. 이러한 인식의 바탕에 '눈물과 아득함'의 연인 이마고가 자리하고 있음은 물론이다.

박재삼 시의 사랑에 '갈증'과 '허망함'이 따르는 까닭이 여기에 있는 것이다.

사랑은 만 번을 해도 미흡한 갈증(渴症)
물거품이 한없이 일고
그리고 한없이 스러지는 허망이더라도
아름다운 이여,
저 흔들리는 나무의
빛나는 사랑을 빼면

그러나 '아득하다'가 사전적으로 '가물가물할 정도로 매우 멀다'는 의미임을 기억할 필요가 있다. 거리에 대한 감각이 함의되어 있는 시어라는 뜻이다.

이 세상엔 너무나 할 일이 없네.

-「나무」 부분 (제5시집, 1979.)

닿을 수 없는 '아득한' 거리가 상정되어 있는 까닭에 "사랑은 만 번을 해도 미흡한 갈증"일 수밖에 없다. 또한 이 '갈증'은 끝내 해소되지 않는 성질의 것이기에 사랑이란 "한없이 일고", "한없이 스러지는" '물거품'과 같이 '허망'한 것일 수밖에 없는 것이다. 그럼에도 시적 주체는 '허망'한 사랑일지언정 그것에 대한 추구를 멈추지 않을 것임을 드러내고 있다. 사랑은 '빛나는' 것이고 "사랑을 빼면 / 이 세상엔 너무나 할 일이 없"기 때문이다.

위 시들에서 연인 이마고는 화자의 직접적인 연모의 대상, '사랑하는 사람'에게 투사되지만 역시 합일될 수 없는 사랑으로 인한 '허망', '아득함', '갈증'의 심상으로 발현되고 있다.

지금까지 박재삼의 시에 나타나는 사랑의 구현 양상 중 무의식의 연인 이마고가 시적 대상에 투사 되는 양상을 제1시집에서 7시집까지의 작품을 통하여 살펴보았다. 시인의 내 · 외적 환경, 즉 '부끄러움'을 많이 타는 자신의 성격과 어려운 가정환경으로, 시인에게 있어 '연애'는 '유리벽' 밖의 염원을 투사하는 대상이 된다. 이와 같이 모성 이마고라는 선험적 원인과 개인적인 체험으로 시인의 연인 이마고는 '눈물', '울음', '아픔', '그리움', '외로움', '죽음', '연약함' '허망함' 등의 형태로 시적 대상에 투사되는 양상을 보이고 있다.

특히 제1시집에서는 주로 고전적 인물인 '춘향'이나, 시인의 상상력이 만들어 낸 '누님', '남평 문씨 부인', '서러운 사랑이야기의 주인공 친구' 등이 그 고전의 내용이나, 구체적인 사건을 가진 인물로서가 아닌, 보편적으로 느껴지는 이미지나 시인에 의해 설정된 이미지로 의미를 갖게 된다. 이 이미지가 바로 연인이마고의 특징이라 할 수 있는데 사랑의 주체는 다양하지만 모두 눈물, 아픔, 설움 등의 정서를 발현하고 있다는 특징을 보인다.

제2시집에서부터 7시집까지 살펴본 '사랑'에 관한 시에서는 대체로 제1시집에서의 특정한 이미지를 내포한 인물 대신, 서정적 자아의 사랑하는 대상이 '사랑하는 사람', '그대', '너'라는 호칭으로 등장한다.[83] 이는 '춘향'이나 '남평문씨 부인'이라는, 아픔을 겪는 제3자를 통해 그 슬픔이 서정적 자아에게로 전이되는 구조에서 서정적 자아 자신이 직접 사랑의 주체가 되어 연인으로 인한 사랑의 괴로움을 겪는다는 구조로의 변화를 의미한다. 이러한 구조상의 변화는 제1시집에서의 강렬한 이미지나 상징으로의 연인 이마고의 투사를 약화시키는 결과를 가져온다. 시인은 과일, 해, 달, 별, 나무, 구름, 바다 등과 같은 자연에 견주어 사랑의 아픔, 연약함, 허망함 등을 노래하고 있다.

서정적 자아의 사랑을 그린 시편들에서는 '사랑하는 사람'과의 합일이 이루어지지 않는다는 공통적인 특징을 보이는데 서정적 자아의 일방적인 사랑이 '사랑하는 사람'의 '뒷모습'이나 '외면', '설찬 사랑' 등으로 묘사되고 있으며 이로 인한 서정적 자아의 설움과 허망함이 표출되고 있다. 다시 말해 제1시집 이후 7시집까지의 사랑에 관한 시에서는 연인 이마고가 닿을 수 없는 아득함, 아픔, 괴로움 등의 정서로 서정적 자아의 직접적인 연모의 대상에게 투사되는 양상을 보이고 있

83) 시편 「목섬이야기」는 제6시집에 수록된 작품이지만 연인이마고의 특징이라는 측면에서는 제1시집의 시편들과 동일한 맥락에 놓이는 작품이다.

다는 것이다.

4. 의식 층위의 사랑

1) 페르조나에 대한 의식과 아니마와의 갈등

박재삼의 후기시에도 사랑을 주제로 한 시편들이 상당하다. 제8시집 『대관령 근처』나 제10시집 『사랑이여』 등과 같이 시집에 사랑을 주제로 한 시편들을 따로 묶고 있는 경우도 많다. 전언한 바와 같이 제7시집까지의 박재삼의 사랑에 관한 시편들에서는 사랑의 주체가 3인칭 대상이든 서정적 자아 자신이든 사랑으로 인한 아픔, 고독, 설움 등이 발현된다는 특징이 있다. 그런데 이러한 양상은 8시집 이후로 몇 가지 뚜렷한 변화를 보인다.[84] 첫째는 분위기의 변화이다. 내재된 슬픔의 발현보다는 사랑으로 인한 기쁨이나 그리움, 그것에 대한 갈망을 표출하는 시들이 많아졌다는 점이다. 대표적인 예로 「사랑하는 이

---

84) 이건청은 박재삼의 시를 3단계로 나누고 초기시 이후, 박재삼의 오랜 병고와 그로 인한 경제적 어려움으로 박재삼의 시세계에 변화가 생겼다고 보았다. 그에 의하면 "박재삼은 초기시의 격정과 정한의 세계로부터 생활인의 세계로 눈을 돌리기 시작하였다. 가장으로서의 책무와 사회 속에서의 인간관계 속에서 자신의 모습을 파악해 내기 시작한 것이다. 그가 파악해 내는 책무와 인간관계들은 모두가 힘겹고 곤궁한 것들이었지만, 박재삼은 그런 시적 대상들을 포용하면서 화해에 이르고자 한다." (이건청, 「한국 정통 서정의 계승과 발전 - 박재삼의 시 세계」, 『해방 후 한국 시인 연구』, 새미, 2004, 172쪽.) 인용한 글에서 "생활인의 세계"라든가 "가장로서의 책무", "사회 속에서의 인간관계 속에서 자신의 모습을 파악해 내는 것" 등과 같은 언표는 바로 집단의식이나 페르조나의 개념에 그 맥락이 닿아있는 것이다.

의 머리칼」을 들 수 있다.

울창한 가운데
그늘을 드리운
한여름의 숲에서
우리는 우리의 때가 묻은
피로를 벗어 던지고
풀밭에 누워
시원한 공기를 마시자.

복된 일은 너무나 간단한가,
우리는 어느새
맑은 하늘의 복판
홀가분한 구름이 되리라.

사랑하는 이여,
그대 머리칼은 나의 숲!
치렁치렁한 가운데
저 이파리들처럼 윤이 나고
또한 햇빛과 바람에 어울려
물살로 일렁이느니,

하늘의 香을
그대 머리칼에서 머물게 한
이 아름다운 이치에 감사하며

나는 그대로 말미암아
구름처럼 그대 둘레를
돌고 돌리라.

-「사랑하는 이의 머리칼」 전문 (제8시집, 1985.)

박재삼의 전기시에서 합일될 수 없는 존재로 등장했던 '사랑하는 이'가 위 시에서는 서정적 자아와 '우리'라는 범주에서 동일화를 이루고 있다. "우리는 어느새 / 맑은 하늘의 복판 / 홀가분한 구름이 되리라."라는 대목이 그것인데 서정적 자아는 이를 '간단'하지만 '복된 일'로 여기고 있다. '시원한 공기', '맑은 하늘', '홀가분한 구름', '윤이 나는 이파리' 등 사용되는 시어 또한 경쾌하고 밝다. 2연부터는 사랑하는 이에 대한 예찬과 사랑의 다짐이 이어지고 있다. 설움의 정서 발현 대신 기쁨과 감사의 마음을 표출하고 있는 것이다.

같은 시집에 수록되어 있는 「사랑 萬里」라는 시에서는 위 시와 같이 사랑하는 대상과의 합일에 대한 기쁨을 노래한 것은 아니지만 "萬里 같이 그리운 / 사랑의 편지를 쓰고 싶었다."라고 사랑에 대한 갈망을 담담하게 진술하고 있다. 이 시 또한 '노란 개나리', '목청을 돋우는 종달새', '만정을 쏟는 아지랭이' 등과 같은 상관물들로 밝고 산뜻한 분위기로 진행되고 있다는 공통점이 있다.

둘째, 사랑으로 인한 정서의 발현보다는 사랑하고 있는 자아에 대한 성찰을 비롯하여 사랑에 관한 이성적 진술로 시를 이끌어 가는 경우가 많다는 점을 들 수 있다. 전자를 무의식의 원형인 모성 이마고의 투사로 설명할 수 있다면 후자는 의식 층위에서의 사랑의 구현으로 분석해볼 수 있을 것이다. 이러한 경향의 시편들에는 사랑을 도덕과 윤리의 관점에서 접근한 시들이 한 축을 차지하고 있다. 이는 다른 말로 하면 개인의 내밀한 감정이 아닌 사회 집단과의 관계 내에서 사랑을 의미화하고 있다는 뜻이 된다.

인간은 어떤 형태로든 사회 집단과 관계를 맺고 살아간다. 융은 집단사회를 외적 세계, 무의식계를 포함한 마음의 세계를 내적 세계라 불렀다. 의식의 중심인 자아(自我)는 한편으로는 외적 세계에 적응하면서 또 다른 한편으로는 내적 세계에 적응하며 살아가는 것이다. 자아와 외부세계가 접촉하는 가운데 자아는 외부의 집단세계에 적응하는데 필요한 여러 가지 행동양식을 익히게 된다. 이를 융은 외적 인격 또는 페르조나라 하였다.

페르조나란 내가 나로서 있는 것이 아니고 다른 사람들에게 보이는 나를 더 크게 생각하는 특징을 가지고 있다. 이는 다른 말로 하면 내가 주위의 일반적 기대에 맞추어 주는 태도라고도 할 수 있다. 페르조나는 환경에 대한 나의 작용과, 환경이 나에게 작용하는 체험을 거치는 동안 형성되며 자아와 외계와 관계를 맺게 하여 주는 기능을 한다. 이로 인해 집단적인 일반적 윤리, 도덕, 사회적 역할, 본분, 예의범절 등이 형성, 유지되는 것이다. 그러므로 페르조나의 상실은 개체로 하여금 도덕적인 혼란, 가치관의 혼란을 일으키게 하기도 하고, 반대로 자아와 페르조나와의 동일시는 아니마와의 관계상실을 가져오게 하기도 한다.[85]

이러한 맥락에서 보면 사회 집단과의 관계 내에서 사랑을 의미화하고 있는 박재삼의 시들은 집단의식의 페르조나가 표면적으로 드러나

85) 융의 이론에 관한 내용은 이부영, 앞의 책, 1978, 81~89쪽 참조.

고 있는 작품들이라 할 수 있을 것이다.

여보게
나이들면 체통이 있잖나!
머리에 비듬도 말끔히 떨어내고
여자를 탐내던 눈도 씻어내게.

그래서 나 혼자의 하늘 속에선
제발 그래지이다,
많이도 빌고 빌었건만
앞엣 것은 근근히 맑은 기상도를 보이는데
뒤엣 것은 기도만 끝나고 나면
안개비에 가려 자주 흐려지노니

이 원수야 이 원수야
이러고도
나는 고개 들고 妖邪하게
詩를 쓴다 하는가.

-「이런 체통」 전문 (제8시집, 1985.)

위 시는 정서의 발현보다는 행위에 대한 판단과 진술로 시를 이끌어가고 있다는 점에서 전기의 사랑에 관한 시와는 뚜렷한 차질점을 보이고 있다. '눈물', '울음' 등의 시어로 형상화 되었던 형이상학적 사랑이 위 시에서는 "여자를 탐내던 눈"이라는, 말초적이고 감각적인 시어로 표현되고 있다는 점에서도 그러하다. 이러한 표현은 이 시의 제목이기도 한 '체통'과 관련이 깊다.

'체통'이란 지체나 신분에 알맞은 체면을 뜻하는 것으로, 이야말로 집단의식 내지는 페르조나에 대한 인식에서 비롯되는 대표적인 개념 중 하나라 할 수 있을 것이다.[86] 이 시의 서정적 자아는 스스로의 신분을 '나이 든 사람', '시를 쓰는 사람'으로 규정하고 그것에 맞는 '체통'을 지키기를 주문하고 있다. '여자를 탐하는 마음'이란 '내면세계'에서 일어나는 욕망으로 서정적 자아는 이러한 욕망이 '나이 들고, 시를 쓰는 사람'의 체통에는 어긋나는 것으로 여기고 있다.

"기도만 끝나고 나면 / 안개비에 가려 자주 흐려"진다거나 "이 원수야 이 원수야" 등의 표현을 보면 서정적 자아의 내면은 그의 신분에 맞는 체통에 조응하지 못하고 있음을 알 수 있다. '주위의 일반적 기대'대로 '나이든 사람', '시를 쓰는 사람'의 '체통'을 인식하고 있지만 '마음'이 인식하는 대로 따라주지 않는 것이다. 이를 자아의 '내면세계'와 페르조나와의 갈등 상황이라 언표할 수 있을 것이다.

어제는 명동에서
눈이 번쩍 뜨이는 미인을 만나
사는 맛에 불을 당겼다가
오늘은 인사동에서
술을 마시고 희희 낙락하고,
요컨대

86) 우리 사회에서 '페르조나'에 해당하는 단어를 찾는다면 '체면', '낯', '면목' 등이다. 또한 '선배로서', '아버지로서'와 같이 '~로서'에 해당하는 위치, 지위, 역할 등도 페르조나를 표현하는 말이다. (이부영, 위의 책, 82쪽.)

그 일이 좋은 줄은 알지만,

그것도 패가망신의 위험선을
안 넘는 그 한도에서만
나는 인생의 무늬가
우러난다는 것을
아득하게나마 느끼고

내일은 기다리는 처자 곁에
돌아오는 쓸쓸하고도
묵직한 발걸음을
아무 일도 없는 척
부지런히 재촉하리로다.

-「無題」 전문(제11시집, 1990.)

위 시에서 '사랑'은, 「이런 체통」에서와 같이 개인적인 심상에서 한 걸음 물러나 외적 세계와의 소통으로 인식되는 양상을 보이고 있다. 이는 '패가망신'이라는 집단 공유의 보편적 윤리의식을 보여주는 시어에서도 확인되는 바이다. "패가망신의 위험선을 안 넘는 그 한도"란 바로 서정적 자아가 속해 있는 사회 집단에서 용인될 수 있는 한도라는 의미이기 때문이다. '눈에 번쩍 뜨이는 미인', '희희 낙락' 등 사랑과 관련된 표현에 있어서도 외면적 · 휘발적인 의미만을 함의하고 있음이 드러나고 있다. "기다리는 처자 곁"으로 돌아오는 서정적 자아의 '발걸음'은 "쓸쓸하고도 묵직"하다. 자아의 내면의식과 페르조나와의 갈등을 유추할 수 있는 대목이다. 이 '무거운 발걸음'을 "아무 일도 없는 척/부지런히 재촉"하는 것은 결국 자아의 외적 인격, 즉 페르조나에 의한 행위인 것이다.

그대를 짝사랑하는 것은.
결국 그대 앞에
알몸으로 당당히 나서지 못하고,
늘 옷을 입고
외면해야만 하는
답답한 나날인 데 비하여
언젠가는 죽고 나면
윤리고 도덕이고 없이
자유스러운 천지에서
그때는 설령 알몸이더라도
영원한 영원한 침묵밖에 없는
이 원통함을 어쩔꼬.

-「짝사랑의 究竟」 전문 (제12시집, 1991.)

위 시에서 서정적 자아가 사랑하는 대상 앞에 "당당히 나서지 못하고" 짝사랑할 수밖에 없는 까닭은 개인적인 성격이나 기질보다도 '윤리'와 '도덕'이라는 집단의식에서 기인하는 것이다. 죽음의 세계를 "윤리고 도덕이고 없이 / 자유스러운 천지"로 규정하고 있는 대목에서 간취되는 바이다. 이러한 맥락에서 '옷'은 '체통'이나 '체면', 즉 페르조나를 표상하는 것이라 할 수 있다. "그대 앞에 / 알몸으로 당당히 나서지 못하고, / 늘 옷을 입고 / 외면해야만 하는" 것은 결국 '윤리'와 '도덕'으로 대변되는 외적 세계에 조응하는 페르조나의 행위인 것이다. "답답한 나날"이라는 시어에는 서정적 자아의 내면에 자리한 사랑과 페르조나와의 갈등이 함의되어 있다.

그 또 중간중간에 아내 말고
예쁜 여자에게 눈정신이 홀려
어림도 없는 동침이나 꿈꾸고
설령 이것이 허망한 것이더라도
그것은 속일 수 없는 사실,
아, 일월같이 빤히
내 정신의 중천에 떠 있는 것이여.

-「일월같이 빤히」 부분 (제10시집, 1987.)

아무리 깨끗이 산다고는 하지만
어째서 여자를 사랑하는 일에서
벗어나지 않고,
바로 말하지,
아내 아닌 다른 사람에게까지
촉각을 뻗쳐야 하느냐.

이 허물이 있는 한
구제의 길은 어림도 없건만,
그것은 천만번 염치 없건만,
이 잘못은
빌어서 용서되는 일도 아니고
다만 그 그리운 도적질을 빼고 나면

가장 아름다운
무늬가 달아나고 마는
모순을 씹으며
살 수밖에는 도리가 없네.
-「그리운 도적질」 전문 (제10시집, 1987.)

위 시들에서도 '여자'를 "아내 말고 예쁜 여자", "아내 아닌 다른 사람" 등으로 규정하고 있는데 이는 남편이라는 페르조나를 강하게 인식하고 있음을 드러내고 있는 것이다. 서정적 자아에게 '사랑하는 일'이 "허망한 것"이고, "구제의 길은 어림도 없는" '허물'이자 '잘못'이며 "빌어서 용서되는 일도 아"닌, "염치 없"는 일이 되고 마는 것은 바로 사회적 관계 속에서 '사랑'을 파악하고 있기 때문이다. 그럼에도 서정적 자아는 사랑이 "이 빤한 / 결과밖에 안될지라도" 차라리 그 "속에서 / 죽네 사네 아우성"(「하늘에서 느끼는 것」, 제10시집 『사랑이여』)을 치겠노라는 태도를 보인다. 위 시에서 '사랑'이란 "내 정신의 중천에 떠 있는 것"이자 인생의 "가장 아름다운 무늬"라는 표현도 동일한 맥락의 의미로 서정적 자아의 페르조나와 '모순'의 관계에 있는 내면의식을 드러내는 대목이라 할 수 있다.

이 시의 제목이기도 한 "그리운 도적질"이란 바로 이 '사랑'이라는 인간 본연의 정서와 윤리, 도덕이라는 집단의식 내지는 그것을 내면화한 페르조나와의 모순적 관계를 표상하는 시어인 것이다. 서정적 자아는 인생이란 결국 이 "모순을 씹으며" 살아가는 것임을 통찰하고 있다.

南海岸 어디쯤이던가
夫婦바위가 마주보며
살아오고 있었다.
어느 핸가는
아내바위가 얼굴에 가득
진달래를 피우더니
곁들여 부끄러움도 타면서 어느새
저쪽 건너의 다른 숫바위에 대하여
눈짓을 주고 고개를 돌리는 것 같더니,
그래서 남편바위가
제발 그러지 말라고
달래는 것 같더니,
(이럴 때도 그 夫婦바위가
내 마음엔 예쁘게 비쳐 왔다.)
상당한 세월이 지나자
이제는 그런일이 없었던 듯
조용히 다시 마주보며
주름진 얼굴로 살아오고 있다.
(이럴 때도 그 夫婦바위는
역시 내 마음엔 아름답게 비쳐 왔다.)

-「夫婦바위」 전문 (제8시집, 1985.)

박재삼의 시에서 '사랑'을 결혼 제도 혹은 사회적 관계 내에서 인식하는 양상은 살펴본 바와 같이 제8시집 이후 오랜 시기에 걸쳐 이어지고 있다. 위 시에서도 시적 주체는 '사랑'이라는 감정보다는 '부부'에 대한 당위적 인식과 '아내'와 '남편'이라는 페르조나를 강하게 의식하는 인식태도를 보여주고 있다. 이 시는 부부바위의 이야기를 전언하는 중간 중간 시적 주체의 주관적 감상을 괄호를 통해 직접적으로 표출하고 있어 특징적이다. 이러할 경우 초점화되는 것은 이야기 자체가 아니라 그 이야기에 대한 시적 주체의 견해일 것이다.

남해안 어디쯤의 '부부바위'에게 아내바위가 남편이 아닌 다른 '숫바위'에게 "눈짓을 주고 고개를 돌리는" 일이 생기게 되고, 남편바위는 "제발 그러지 말라고" 달랜다. 그러나 "상당한 세월이 지나자" '부부바위'는 아무 일 없었다는 듯이 "조용히 다시 마주보며" 살아오고 있다. 시적 주체에게는 이러한 상황에 처한 '부부바위'의 행위 모두가 '예쁘고 아름답게' 비쳐오는 것이다. 예쁘고 아름답다는 것에는 달래고 기다리고 포용하여준 '남편바위'의 행위뿐만 아니라 한눈을 파는 '아내바위'의 행위 또한 포함되어 있는 것이다. 그것은 비록 도덕, 윤리에는 어긋나는 것이지만 그것을 빼면 인생의 "가장 아름다운 무늬가 달아"나 버리는 '그리운 도적질'이기 때문이다.

'그리운 도적질'을 하는 '아내바위'와 이를 지키고 있는 '남편바위', 또 상당한 세월이 지난 후엔 그런 일 없었다는 듯 '주름진 얼굴'로 살아가는 '부부바위', 이 '부부바위'에게 '아내바위'의 '그리운 도적질'은 얼굴의 '주름'과 같은 '인생의 무늬'로 자리하는 것이다. 시적 주체의 마음에 아름답게 비쳐온 것은 한 때의 '그리운 도적질'을 주름진 얼굴 속에 인생의 '아름다운 무늬'로 만들 수 있는 부부사이의 신뢰와 여유일 것이다. 눈짓을 보내고 고개를 돌릴 수는 있어도 그 자리에서 움직일 수 없는 부부바위처럼 시적 주체에게 있어 부부의 관계란 신뢰를 바탕으로 이루어지는 것으로 인식되고 있는 것이다.

여자가 좋다는 것을
제일 처음 밝히고

그보다 먼저
나에게 있어서는
아내 이상이 없다는
이 진리가 첫째이고,

사실 이 깨달음 뒤에
세상 이치가
슬그머니 따라오는 것이네.

-「아내에게」 전문 (제14시집, 1996.)

위 시는 '아내'와 '아내 아닌 여자'에 관한 시적 주체의 인식이 명징하게 드러나 있는 작품으로 주제에 있어서는 「夫婦바위」와 동일한 의미망에 자리한다고 할 수 있다. 에둘러 표현하고 있지만 '사랑'은 '인생의 가장 아름다운 무늬'이므로 배제할 수 없는 것이고 '부부'의 인연 또한 거역할 수 없는 것이므로 이 "모순을 씹으며"(「그리운 도적질」) 살아가는 것이 "세상 이치"임을 묘파하고 있기 때문이다.

이처럼 박재삼의 후기시에서는 '아내 아닌 다른 사람'(「그리운 도적질」), '아내', '부부'(「夫婦바위」) 등의 시어가 빈번하게 등장하고 있음을 확인할 수 있다. 이는 '사랑'을 정서나 감성의 층위에서가 아닌 '결혼'이라는 사회제도 안에서 인식하고 있다는 것을 의미하는바 이러한 인식이 페르조나에 대한 의식과 긴밀하게 연결되어 있음은 물론이다. 또한 이와 같은 경향의 시들에서는 사랑을 갈구하는 인간 본연의 욕망과 윤리 · 도덕과 같은 집단의식의 갈등 상황이 드러나고 있지만 시적 주체는 어느 한쪽에 경도되지 않고 '모순' 그 자체로 수용하는 태도를 보이고 있다. 이러한 태도는 박재삼의 '조화'에 대한 의식에서 기인한다.

> 우주의 크낙한 질서 한옆에는
> 이렇게 허접쓰레기 같은 일도
> 끼어야 하는 것인가.
> 한 사람을 사랑하는 일도
> 더러는 쉬어야 하고,
> 우리는 꼭
> 요긴한 일만 해서 되는 것도 아니고
> 아무 소용 없는 일도 섞여야
> 그 조화에 묻혀
> 세상이 더욱 아름다워지느니라.
>
> -「질서 한옆에는」 부분 (제10시집, 1987.)

> 언제나 그렇던가 몰라,
> 하나는 쓸 데가 많고
> 하나는 쓸 데가 없을 것 같은
> 이 두 가지가 용하게 어울려
> 세상은 후광을 곁들여서야 더욱
> 조화를 나타내는 저 자태여!
>
> -「후광을 곁들여서야」 부분 (제10시집, 1987.)

인용한 시들에서 '조화'에 대한 시인의 인식을 간취해볼 수 있다. 위 시들에는 이항 대립적인 관계의 의미들이 병렬적으로 제시되고 있다는 공통적인 특징이 있다. "우주의 크낙한 질서"/"허접쓰레기 같은 일", "요긴한 일"/"아무 소용 없는 일", "쓸 데가 많"은 것/"쓸데가 없"는 것 등등이 바로 그것이다. 위 시들에서 '조화'란 이 대립적인 요소들의 공존으로 의미화되어 있다.

사회의 안녕과 질서의 측면에서 보면 '아내 아닌 다른 여자'를 사랑하는 일은 긍정/부정의 이항대립적 관계에서 후자에 속하는 일일 것이다. 박재삼의 여러 시편들에서 이러한 사랑을 '허망한 일'로 표현하고 있는데 위 시들에서는 "아무 소용없는 일", "쓸데없는 일" 등이 이와 동일한 의미망에 놓이는 표현으로 볼 수 있다. 인간 사회라는 "크낙한 질서"의 관점에서 본다면 그것에 어긋나는 개인의 '사랑'이란 '아무 소용없는 일'에 속하는 것일 터이지만 이 "쓸데없는 일"도 '섞여야' '조화'가 이루어진다는 뜻이다. 이러한 조화가 담보될 때 "세상은 더욱 아름다워"질 수 있다는 것이다. 이는 아니마와 페르조나와의 '조화'로도 설명이 가능하다. 자아가 '페르조나와의 동일시'[87]에 매몰되면 내적인 정신세계, 즉 아니마와의 관계상실을 일으키게 되는데 인용한 시들을 통해 이들의 '조화'에 대한 통찰을 드러내고 있는 것이다.

한편 박재삼의 후기시에서는 '남편의 페르조나', '점잖은 사람의 페르조나' 등과 같은 윤리적 · 도덕적 주체로서의 페르조나 외에도 경제적 주체, 곧 생활인으로서의 페르조나 또한 강조되고 있다. 박재삼에게 있어 가난은 생래적인 것이라 할 수 있다. 박재삼이 일본 동경에

---

87) 이부영, 앞의 책, 1978, 83~86쪽.

서 태어나게 된 까닭도 가난에서 기인하는 것이기 때문이다. 그의 부모는 일제 강점기, 조국에서는 삶을 영위할 수 없을 만큼 가난했던 까닭으로 일본에 건너가 살 길을 도모했지만 그곳에서도 가난을 벗어날 수 없어 4년 만인 1936년 경남 사천으로 돌아오게 된다.[88] 박재삼은 이처럼 태어나기 전부터 현실을 압도하던 가난으로부터 평생 벗어나지 못했다. 그의 「追憶에서」 연작이나 「어떤 귀로」 등에는 가난으로 인한 설움과 가족에 대한 애틋한 마음이 잘 드러나 있다.

진주 장터 생어물전에는
바닷밑이 깔리는 해다진 어스름을,

울엄매의 장사 끝에 남은 고기 몇 마리의
빛 발하는 눈깔들이 속절없이
은전만큼 손 안 닿는 한이던가
울엄매야 울엄매.

별밭은 또 그리 멀리
우리 오누이의 머리 맞댄 골방 안 되어
손 시리게 떨던가 손 시리게 떨던가.

진주남강 맑다 해도
오명 가명
신새벽이나 밤빛에 보는 것을,

88) 박재삼, 「나의 어머니」, 『삶의 무늬는 아름답다』, 도서출판 경남, 2006, 106~107쪽.

울엄매의 마음은 어떠했을꼬.
달빛 받은 옹기전의 옹기들같이
말없이, 글썽이고 반짝이던 것인가.
-「추억에서」 전문 (제1시집, 1962.)

'사랑'과 마찬가지로 '가난'은 박재삼의 초기시에서부터 전 시기에 걸쳐 중요하게 다루어왔던 시적 주제 중 하나이다. 인용한 시는 박재삼의 첫 시집에 수록되어 있는 작품으로 가난으로 인한 한과 설움을 그리고 있는 시편들 중 하나이다.

보통 가정에서는 아버지가 경제를 책임지는 것이 일반적이지만 박재삼 시에서는 아버지보다는 도붓장수로 생선을 파는 어머니의 모습이 부각되고 있다는 특징이 있다.[89] 위 시 또한 생선을 팔아 가정의 생계를 잇는 어머니를 모티프로 하고 있다. '신새벽'에 나가 생선을 팔고 '밤'에나 돌아오는 '울엄매'의 '한'과 '손 시린 골방'에서 떨며 그런 '울엄매'를 기다리는 오누이의 설움을 '달빛', '밤빛', '별밭' 등과 같은 반짝임의 이미지로 아름답게 형상화하고 있는 시이다. 설움과 슬픔을 아름다움으로 승화시킨 것이다.

그런데 가난으로 인한 설움이라는 동일한 주제를 다루고 있는 경우라도 후기시에 오면 시적 경향이나 그 분위기에 있어서 많은 변화가 있음을 확인하게 된다. 위 시에서와 같이 이미지를 통해 정서를 환기하던 시적 경향이 후기시에 와서는 생각을 진술하는 방식으로 변화를 보이고 있기 때문이다. 이는 감성의 발현보다는 이성의 구동에 의해

89) 이러한 경우의 시편들에는 「어떤 귀로」, 「어머니의 하루」, 「젊은 날의 아득한 청승」, 「돌아오지 않는 엄마」 등이 있다.

시가 진행된다는 의미도 된다. 제12시집 『꽃은 푸른 빛을 피하고』에 수록되어 있는 「紅柿에서 받은 추억」과의 비교를 통해 이를 확인할 수 있다. 이 시 또한 가난으로 인한 설움을 소재로 하고 있지만 위의 시 「추억에서」와는 매우 다른 국면에서 시적 의미가 구현되고 있기 때문이다.

다음날 해는 짧은데,
아버지 어머니는 장사를 나가시고
캄캄해져야 돌아오는데,
혼자서 집을 보며
서러움에 북받쳐
오직 우리는 왜 못살까만
골똘히 느끼고 생각하고 있었다.

눈물이 글썽이던 것을
더욱 찬란한 것으로만 모두우며
감나무 끝에
홍시들이 빨갛게 익어
그것은 전적으로
햇빛과 바람이 빚은
덕택이란 것을 알고
이것이 부잣집이라고
많이 내리고
가난한 집이라고 하여
적게 내리는 것이 아님을

똑똑히 보며
만가지 수심을 지울 수가 있었다.

아, 그러나
가난에 배인 심정일수록
그것은 제자리를 찾아 내린다는
대전제만 하늘처럼 믿다가
그것이 오늘까지 와서
세상에서 제일 착하게
나를 맨발로
역사의 현장에 서게 했더니라.

-「紅柿에서 받은 추억」 전문 (제12시집, 1991.)

1연과 2연은 과거의 가난에 대한 체험과 인식을, 3연은 그러한 과거를 바탕으로 이루어진 현실의 자아를 드러내고 있다. 서정적 자아는 '장사를 나가' "캄캄해져야 돌아오"는 부모님을 혼자 기다리다가 "서러움에 북받"치던 어린 날을 회상하고 있다. 시편 「추억에서」와는 유년시절 장사 나간 어머니 혹은 부모를 기다리던 상황을 배경으로 하고 있다는 공통점이 있다. 그런데 동일한 상황을 배경으로 하고 있음에도 두 시는 전개되는 시의 내용이나 분위기, 시적 주체의 태도 등에서 매우 대조적인 양상을 보인다.

"달빛 받은 옹기전의 옹기들같이 / 말없이, 글썽이고 반짝이던 것인가."라는 시구에서 보듯 「추억에서」의 시적 주체는 그 상황을 서럽지만 애틋하고 아름다운 순간으로 회감하고 있다. 슬픔과 아름다움의 양가적 이미지가 감각적으로 발현되고 있으며 이러한 유년의 순간에 대한 시적 주체의 정서적 감응이 이 시의 요체라 할 수 있을 것이다.

이에 반해 위 시는 유년의 동일한 상황에 대한 시적 주체의 비판적 분석이 이 시를 이끌어 가는 주요 동력이 되고 있다. "오직 우리는 왜 못살까만 / 골똘히 느끼고 생각하고 있었다."는 대목에서도 확인할 수 있듯 정서적 감응이 아닌 이성적 판단이 주조를 이루고 있으며 비유적이고 함축적인 묘사 대신 객관적이고 논리적인 어조로 진술되고 있다. 이는 감성보다는 이성에 기대어 세계를 해석하고 있다는 의미이기도 하다.

이러한 양상은 자아의 페르조나에 대한 의식에서 비롯되는 것이라 할 수 있다. '경제 활동을 하는 생활인'으로의 페르조나가 바로 그것이다. '체통 있는 점잖은 사람의 페르조나'(「이런 체통」), '남편의 페르조나'(「無題」, 「그리운 도적질」, 「짝사랑의 究竟」, 「夫婦바위」, 「아내에게」)에 이어 위 시에서는 생활인으로서의 페르조나가 강조되고 있는 것이다.

서정적 자아의 가난으로 인한 '서러움'과 "만가지 수심"은 자연의 섭리에 대한 깨달음을 통해 해소된다. 잘 익은 홍시를 '빚어내는' 햇빛과 바람은 빈부의 차이에 관계없이 공평하게 내린다는 사실에서 진정 추구해야 할 삶의 가치가 부(富)에 있는 것이 아니라, 자연의 섭리와도 같은 진리에 있다는 깨달음인 것이다. 그러나 마지막 연을 보면 서정적 자아의 그러한 삶에 대한 태도가 "세상에서 제일 착하게 / 나를 맨발로 / 역사의 현장에 서"있게 만들었다고 토로하고 있다. 치열한 경쟁에서 한 발 물러나 있는 서정적 자아와 그러한 자아로 인하여 여전히 곤궁할 수밖에 없는 저간의 사정을 유추하기란 그리 어려운 일이 아니다.

"그런 공간 속에 / 아무리 자유로이 동화되는 체하다가도 / 문득 소스라쳐 / 새가 날개에 묻은 / 물기라도 떨쳐버리듯 / 뒤주에 쌀이 얼마나 남아 있는가 / 아이들이 일어나 칭얼거리지나 않는가 / 자질구레한 걱정으로 돌아"(「어느 순환」, 제10시집, 1987.)오게 된다는 표현에서나 "늘 돈은 조금만 있고 / 머리맡엔 책만 쌓"인다는(「虛無의 내력」, 제14시집, 1996.) 시구에서도 경제적 주체로서의 시적 자아를 확인할 수 있다. 시적 자아는 경제행위와는 무관한 한 가정을 책임지고 있는 가장으로서, 사회에서 경제활동을 하는 생활인으로서의 페르조나에 대한 강한 의식이 드러나고 있는 것이다.

이러한 경향의 시들에서는 경제적 주체로서의 페르조나와 내면의 충만함을 욕망하는 아니마와의 갈등이 표출되는 양상을 보인다. '뒤주에 남아 있는 쌀'에 대한 걱정으로 원하는 '공간'에 자유롭게 동화되지 못하는 상황이 그러하고, 늘 부족한 돈과 쌓이는 책에 대한 시적 자아의 인식이 또한 그러하다. "죽도록 부지런히 쓴다만 / 詩를 쓰는 것은 / 돈과는 거리가 멀"다는(「아득한 靑山을 보며」, 제14시집, 1996.) 시구에서는 더욱 직접적으로 표현하고 있는데, 경제적 주체로서의 페르조나와 감성적 내지 지적 충만감을 욕망하는 아니마와 갈등 관계에 놓이게 됨을 드러내고 있는 것이다.

이처럼 박재삼의 후기시에서는 집단의식의 표출과 그로 인한 페르조나에 대한 의식이 두드러지게 나타나고 있다. '사랑'을 '결혼'이라는 사회제도 안에서 인식하고 있는 여러 시편들에서 시적 주체는 '남편의 페르조나'를 강조하는 양상을 보인다. 또한 이러한 맥락은 윤리·도덕적 주체로서의 페르조나, 가장이라는 경제적 주체로서의 페르조나에 대한 의식으로까지 뻗어나가는 형국으로 드러난다.

서정적 자아의 내면세계에서 '사랑하는 일'은 지극히 아름다운 일이지만 그것이 도덕이나 윤리라는 집단의식의 측면에서는 일탈적인 행위이기에 시적 자아의 페르조나와 갈등을 일으키게 되는 결과를 가져온다. 경제적 주체로서의 페르조나 또한 내면적 충만함을 욕망하는 아니마와 갈등 관계에 놓이게 된다. 그러나 이 갈등은 대립에서 그치는 것이 아니라 '인생의 무늬'로 우주의 큰 질서 속에 융합하는 형국으로 드러난다. 박재삼은 그의 후기시에서 윤리, 도덕 등과 같은 집단의식을 내세우며 페르조나를 강조하는 것처럼 보이지만 결국 사랑이나 감성의 주체인 아니마와 사회적 자아인 페르조나가 조화를 이룰 때 세상은 더 아름다워진다는 이치를 강조하고 있는 것이다.

2) 유한한 삶에 대한 비극적 인식과 극복

모든 생물은 생성과 소멸의 과정을 거친다. 인간 또한 이러한 순리에서 벗어나지 않는 유한한 존재이다. 인간은 개별적 의식의 차원이든 집단적 무의식의 차원에서도 죽음에 대한 인식에서 자유롭지 않다. 죽음은 인간의 절대적 한계의 상황이거니와 인간 인식의 영역에서 벗어난다는 점에서 존재론적 불안의 근원이 된다. 그러나 또 한편으로 죽음의 의미는 인간의 존재 근거 내지는 인간 삶의 의미와 긴밀하게 연결되어 있다. 죽음에 대한 인식태도에 따라 자아와 대상, 세계에 대한 이해가 달라지며 현재의 삶에 대한 태도 또한 달라지기 때문이다.

박재삼의 경우 '오랜 병고와 경제적 곤궁함'[90]으로 죽음에 대한 인식과 유한자로서의 자각이 더욱 각별했을 것으로 보인다. 주목할 점은 박재삼의 후기시에서 드러나고 있는 죽음에 대한 의식이 전기시와 많은 차이를 보이고 있으며 이에 따라 사랑에 대한 시적 주체의 태도 또한 변모된다는 사실이다.

감나무 쯤 되랴
서러운 노을빛으로 익어가는
내 마음 사랑의 열매가 달린 나무는!

이것이 제대로 뻗을 데는 저승밖에 없는 것 같고
그것도 내 생각하던 사람의 등뒤로 뻗어가서
그 사람의 머리에서나 마지막으로 휘드러질까본데

그러나 그 사람이
그 사람의 안마당에 심고 싶던

---

90) 박재삼은 1967년 뇌졸중으로 쓰러진 이후 건강상의 이유로 직장을 정리하고 1972년 완전한 전업문인의 길로 들어선다. 신문에 바둑 관전기를 쓰거나 부지런히 잡문도 썼지만 그는 평생 가난에서 벗어나지 못했다. 그의 오랜 병고와 경제적 곤궁함은 시인이 타계한 후 실린 기사에서도 확인할 수 있다. "평생을 벗삼아온 술 때문에 30대부터 고혈압 등으로 시달려온 박시인은 최근 2년간 신부전증의 악화로 입퇴원을 거듭했다. 그를 아끼는 문인들과 고향 삼천포 친지, 그리고 거주지인 중랑구민들이 십시일반으로 그의 병원비를 모금했고 팔순의 스승 미당도 '오래오래 건강해 우리 시단의 좋은 본때가 되라'고 격려했지만 끝내 그의 하늘길을 막을 수 없었다. 자신의 생활을 염려하는 문우들에게 언제나 '시를 쓰는 것을 빼면 달리 재주가 없는 것을 어찌랴'며 넉넉한 웃음을 짓던 그를 보내며 '천상병 이후 마지막 자유인이 갔다'고 안타까워한다." (정은령, 「전통 서정시 외길 걸은 '노래꾼'」, 동아일보, 1997년 6월 9일자.)

느꺼운 열매가 될런지 몰라!
새로 말하면 그 열매 빛깔이
전생(前生)의 내 전(全) 설움이요 전(全) 소망인것을
알아내기는 알아낼런지 몰라!

아니, 그 사람도 이 세상을
설움으로 살았던지 어쨌던지
그것을 몰라, 그것을 몰라.
-「한(恨)」 전문 (제1시집, 1962.)

위 시에서 사랑은 "서러운 노을빛"으로 묘사되고 있다. '감나무'가 서정적 자아의 사랑을 표상하는 상관물로 등장하고 있는 것은 바로 "서러운 노을빛"을 닮은 열매의 빛깔 때문이다. 서정적 자아는 이승에서는 서럽기만 한 이 사랑이 "제대로 뻗을 데는 저승밖에 없"다고 여기고 있다. 또한 저승에까지 이어진 서정적 자아의 절절한 사랑을 정작 사랑하는 '그 사람'은 알아볼 수 있을 것인지 그것조차 확신할 수 없어 애달파하고 있다.

위 시에서 드러나고 있는 죽음의 세계는 현실과 단절된 시공간이 아니며 비극적으로 인식되는 세계도 아니다. 두려워하거나 회피해야 할 세계가 아니라 오히려 '이 세상'에서의 못다 이룬 사랑과 그로 인한 설움이 해소되고 사랑에 대한 소망을 품을 수 있는 대안적 공간으로 상정되어 있는 것이다.

박재삼의 전기시에서 드러나고 있는 죽음의 세계는 대체로 이와 동일한 맥락에서 의미화되고 있다. 가령 제1시집 『春香이 마음』에는 위

시 외에도 '저승'이 등장하는 시편들이 여럿인데, 이때 '저승'은 "죽은 사람과 산 사람이 숨소리를 나누고 있는 반짝이는 봄바다"(「봄바다에서」)로 비유된다. 이승과 단절된 비극의 공간이 아니라 삶과 죽음이 공존하고 '반짝임'을 담보하고 있는 유대와 화합의 시공간인 것이다. "사람이 죽으면 물이 되고 안개가 되고 바다에나 가는 것"(「가난의 골목에서는」)이라는 시구에서도 죽음은 종말이 아닌 것으로 드러난다. 죽음의 세계는 재생, 부활, 순환론적 회귀의 시공간인 것이다.

그런데 후기시에서 드러나고 있는 죽음에 대한 의식은 이와는 매우 대조적임을 확인할 수 있다. 죽음에 대한 인식태도가 현실에서의 모든 관계와 이해에 영향을 미친다고 할 때 사랑에 대한 시적 주체의 태도에도 변화가 있을 것이라는 사실은 어렵지 않게 유추할 수 있다.

그대는 태어나기를
그럴 수 없이 예뻤다마는
그 위에
나의 想像力이 加味되어
안 보이게 되어야
더욱 미인으로 나타나는 것이여.

그러나 어쩔꼬,
그대가 이승을 떠났는데도
자주자주
내 앞에만 오는 걸 보니
신통해 못 견디겠는걸.

저승에서나
다시 만날는가 싶지만,
나는 저승이 있다고는
이제는 믿지 않는걸.

-「無題」 전문 (제14시집, 1996.)

위의 시에서도 '이승'과 '저승'의 대조적 공간을 배경으로 사랑에 대한 시적 주체의 인식이 드러나고 있다. 시적 주체에게 있어 '그대'는 "태어나기를 그럴 수 없이 예뻤"고, 안 보이면 안 보이는 대로 "想像力이 加味되어" 더욱 아름답게 느껴지고 "이승을 떠났는데도 자주자주 내 앞에만 오는" 것 또한 '신통'하게 여겨지는 대상이다. 구체적으로 '사랑'이라는 언급은 없지만 '그대'가 시적 주체의 사랑하는 대상임은 분명해 보인다.

중요한 것은 "그대가 이승을 떠났"다는 사실이다. 사랑하는 대상과의 거리가 죽음을 매개로 상정되고 있는데 이때 죽음이 '만남'의 단절, 관계의 종말로 의미화되고 있기 때문이다. 「한」에서는 서정적 자아의 서러운 사랑이 "제대로 뻗을 데는 저승밖에 없"는 것으로 그려져 있다. '저승'이 사랑의 연속성을 담보하고 있는 공간으로 상정되어 있는 것이다. 이에 반해 위 시에서는 "저승에서나 / 다시 만날는가 싶지만" 이것은 불가능한 것으로 드러난다. 이 시의 서정적 자아가 '저승'이라는 초월적 세계를 '이제는' 믿지 않게 되었기 때문이다. 즉 사랑을 매개로 이승과의 연속성을 담보하고 있던 '저승'이 소멸, 단절, 종말 등의 의미를 함의하고 있는 공간으로 변모한 것이다.

한 사람을
영원히 사랑한다는 것이
과연 있을 법한가를
곰곰 다시 생각해 보게.

그것은 자기가 이 지구상에
살았을 때에만 국한되는 것을.
어찌 영원이라는 말을
사람들은 수월하게 무책임하게
예사로 쓰고 있을까.

한때에만 번쩍
지독히 사랑한다는 것이
아무리 거짓이 없다고 하더라도
죽고 나면
그 제일 좋고 아름답던 사랑도
결국 땅에 묻히고 만다는
허황함을 뒤늦게야 깨닫노니
인생 칠십 년은 너무 짧구나.

-「짧은 인생 속에서」 전문 (제12시집, 1991.)

위 시의 서정적 자아도 "한 사람을 / 영원히 사랑한다는 것"은 불가능한 일이라 단언하고 있는데 그 이유는 사랑의 변질 때문이 아니라 죽음이라는 유한성 때문이다. '사랑'은 "자기가 이 지구상에 살았을 때에만 국한되는 것"이라는 인식이 바로 그것이다. "죽고 나면 그 제일 좋고 아름답던 사랑도 결국 땅에 묻히고" 마는 것이기 때문에 사랑은 허황하다는 대목 또한 동일한 맥락에 놓이는 의미이다. 죽음에 대한 의식, 유한자로서의 자각이 사랑을 허황한 것으로 느끼게 하는 기제로 작용하고 있는 것이다.

전기시에서 주로 '바다'로 이미지화 되면서 부활과 재생, 영원의 공간으로 상정되었던 죽음의 세계가 위 시에서는 모든 것을 덮는 '땅'의 이미지로 그려지고 있다. 이는 생의 유한성이라는 관점에서 죽음을 인식하고 있다는 의미이다. 이러할 때 죽음의 세계는 무(無)에 지나지 않으며 아무리 "지독히 사랑한다"고 하여도 결국은 무로 돌아가는 것이기에 허황함을 느낄 수밖에 없는 것이다.

어제는 멀찍이서
그대를 보기만 하고

오늘은 그대 집 쪽에
무심코 고개가 가네.

그러나 애가 타기는커녕
무덤덤할 뿐이네.

-「늙어가는 시초」 전문 (제14시집, 1996.)

죽음은 삶과 긴밀하게 연결되어 있다. 죽음을 어떻게 인식하느냐에 따라 삶에 대한 이해 또한 달라지기 때문이다. 살펴본 바와 같이 박재삼의 후기시에서 죽음은 모든 관계의 단절과 생의 종말을 함의하고 있다. 사랑이라는 정서도 여기에서 벗어나는 것이 아니다. 죽음은 곧 사랑의 무화 혹은 사랑의 종말을 의미하게 된다. 위의 인용시 또한 동궤에 자리하는 것으로 사랑에 대한 감각의 무디어짐을 '늙어가는 것'과 관련짓고 있다. 바꾸어 말하면 유한자로서의 자각이 사랑에 대한 감각마저도 무디게 만들고 있는 것으로 볼 수 있다.

이 시의 제목이 "늙어가는 시초"인데 '늙음'에 대한 자각이란 유한한 시간 내지 죽음에 대한 인식에 다름 아니다. "멀찍이서 그대를 보기만 하고", "그대 집 쪽에 무심코 고개가 가"는 등 서정적 자아의 마음은 무의식적으로 '그대'에게로 향하고 있지만 이것은 정열적인 단계로 나아가지 못하고 '무덤덤'한 상태에서 머물고 만다. 이러한 '무덤덤함'이야말로 "늙어가는 시초"인 것이며, '늙어간다'는 의식이 사랑에 대한 감각마저 무디게 만든다는 그 역의 의미도 성립하는 것이다.

> 智異山 높은 거기를
> 오르지는 못하고
> 그 입구까지 가서
> 그저 바라만 보고
> 아득한 山頂을
> 저렇게 높은 곳을
> 속으로 탄성만 지르다 왔네.
>
> 결국 나의 암된 사랑도
> 그와 같은 것인가,
> 가까이 다가가는 것만이

서투른 발걸음으로 남아
한때만 반짝하고
그 뒤는 어쩔꼬,
무덤덤할 뿐이네.

-「사랑의 결말」 전문 (제14시집, 1996.)

위 시에서도 '무덤덤'이라는 표현이 등장하고 있다. 서정적 자아에게 사랑은 지리산의 정상만큼 까마득한 것이다. "아득한 산정" 앞에서 서정적 자아는 그저 탄성만 지를 수 있을 뿐 오를 의지조차 갖지 못하고 있다. 서로 합일되지 못하는 사랑임에는 초기시의 그것과 다름이 없으나 합일되지 못하는 사랑으로 인한 애달픔, 슬픔, 절절함을 노래한 초기시와는 다르게 "무덤덤할 뿐"이라는 정서적 단절을 드러내고 있다. 온갖 역경과 죽음이라는 물리적 시련 앞에서도 굽히지 않던 사랑에 대한 의지가 '늙음' 즉, 한정된 시간의 막바지에 다다랐다는 인식 앞에서 '무덤덤'한 '결말'에 이르는 무력함으로의 변모를 보여주고 있는 것이다.

인간의 인식 범주에서 벗어나는 것은 두려움의 대상이 된다. 죽음에 대한 집단 무의식이 불안, 공포, 비극적 정서 등으로 귀결되는 것도 이러한 까닭에서이다. 죽음은 인식 불가능한 대상이라는 점에서, 그리고 삶의 종말을 의미한다는 점에서 공포와 비극의 사건으로 인식되는 것이다. 박재삼의 초기시에서는 이러한 죽음에 대한 집단무의식을 초월하여 개인의 내밀한 정서의 발현이 전면화되는 양상을 보이고 있다. 그러나 후기시에 와서는 죽음에 대한 보편적 집단무의식이 서정적 자아의 개별적 정서를 압도하고 있는 형국이다.

이러한 죽음에 대한 비극적 인식과 그로 인한 무상함이나 허무감을 발현하고 있는 시들이 상당한 양으로 박재삼 후기시의 한 축을 이루고 있다. 그런데 또 다른 한편에서는 이러한 비극적 인식과 허무감을 극복하는 통찰과 그 기제가 드러나는 시편들이 자리하고 있다. 죽음의 비극적 인식에 대한 극복의 기제는 세 가지 측면에서 설명될 수 있는데 그 첫째는 인식의 전환을 통해서라 할 수 있겠다.

유한한 삶에 대한 인식은 어떻게 살든 결국엔 죽음에 이르게 된다는 방향으로 전개되면 허무주의적으로 흐르게 된다. 위 시들이 이러한 경우에 해당되는바 그토록 절절하던 사랑까지도 허무하게 느껴지는 까닭이 여기에 있는 것이다. 그런데 이러한 인식의 이면에는 동전의 양면처럼 오히려 삶에 대한 애착이 자리할 수 있다. 주어진 시간이 소중한 것은 언젠가는 주어지지 않는, 한정된 것이라는 인식에서 비롯되는 것이기 때문이다. 존재하는 것의 아름다움 또한 소멸을 배태하고 있음에서 기인하는 것이다. 이러한 맥락에서 죽음 혹은 유한한 삶이라는 동일한 상황에 대해 허무감과는 상반된 정서가 발현될 수 있는 것인데 박재삼의 시에서도 이를 확인할 수 있다.

> 내 몸에선
> 어느 것 한 가진들
> 오래 머물지 못하고
> 결국 없어지거나
> 사라지거나 할 뿐이니라.
>
> 청춘도 그렇고

사랑도 한때만
반짝 있는 체하더니
슬슬 빠져나가서
하염없는 모래가 되어
그것이 밀려 허무만 쌓이더라.

자꾸 망해가는 것만
무성하고 보니
한번 만나는 그 인연이
얼마나 선택되고 귀한 것임을
이제사 조금 알 듯하게
시방 절절히 뻐꾸기 울음이
기막히게 간장에 와 울리누나.

-「먼 뻐꾸기 울음에」 전문 (제11시집, 1990.)

인용한 시의 2연까지는 유한자로서의 비극적 인식과 허무감을 드러내는 시편들과 다를 바 없다. '청춘'이든 '사랑'이든 "결국 없어지거나 / 사라지거나 할 뿐"이기에 "허무만 쌓"인다는 대목이 바로 그러하다. 그런데 위 시는 이러한 비극적 인식과 허무감에서 머물지 않고 이를 초월하여 '인연'에 대한 소중함을 깨닫는 데에까지 나아가고 있다는 점에서 변별적이다. 이러한 '인연'에 대한 소중함이야말로 소멸에 대한 인식에서 비롯되는 것이다. "자꾸 망해가는 것만 / 무성하"다는 인식이 그것인데 이는 "결국 없어지거나 / 사라지거나" 한다는 소멸에 대한 인식에 다름 아니기 때문이다. 이러한 소멸에 대한 인식은 "한번 만나는 그 인연"의 소중함에 대한 깨달음으로 나아가고 있다.

시적 자아에게 "뻐꾸기 울음"이 "기막히게 간장에 와 울리"는 까닭 또한 '시방'이라는 한정된 시간에 대한 인식이 배태되어 있기 때문인 것이다.

한 사람과 만나
婚姻으로 맺어져
삼십여 년을 지냈다면
엄청나게 오래 산 것은
너무나 분명하다.

그러다
죽어 땅 속으로 들어가면
그때부터는 아무것도 없고
막상 저승이 있는 것처럼
별 想像을 꾸미지만
그런 게 어디 있다구.

완전히 땅 속에 묻히면
아름다운 이 세상이
끝나는 것밖에 없는
이 운명 때문에
그렇다.
살아 있는 지금이
얼마나 귀한 줄 몰라.

-「無題」 전문 (제14시집, 1996.)

위의 시 또한 초반에는 종말론적 죽음의식으로 인한 허무감을 드러내고 있다는 점에서 동일한 구도를 보여주고 있다. '저승'이라는 초월적 세계는 꾸며낸 상상일 뿐 죽음은 그저 무(無)일 뿐이라는 인식에서 허무감이 발현되고 있는 것이다. 그러나 3연에서 시적 자아는 "완전히 땅 속에 묻히면 / 아름다운 이 세상이 / 끝나는 것밖에 없"다는 동일한 종말론적 인식을 기제로 현실에 대한 긍정성을 확보하고 있다. 반드시 소멸하게 된다는 "운명 때문에" 오히려 "살아 있는 지금"의 소중함을 각인하게 되는 것이다.

죽음을 인간의 필연적 한계로 인식할 경우 허무주의적이 될 수 있지만 또 한편으로는 오히려 그러한 유한성 때문에 '지금, 여기'의 의미가 획득되는 법이다. 박재삼의 시에서는 죽음에 대한 허무주의적인 인식태도를 견지하면서도 그러한 인식의 전환을 역설적으로 드러내는 특징을 보이고 있다. 그런데 이러한 인식의 전환에는 가족에 대한 사랑이 하나의 큰 요인이 되고 있다. 위 시에서도 "혼인으로 맺어져 / 삼십여 년을 지"낸 대상, 곧 아내를 계기로 삶의 소중함을 깨닫고 있다. 가족에 대한 정서, 이것이 죽음에 대한 비극적 인식을 극복하는 두 번째 기제이다.

박재삼의 전기시에서는 특히 유년의 가난을 배경으로 한 작품에서 혈육에 대한 애틋한 정이 잘 드러나 있으며 이를 통해 가난으로 인한 설움이나 한을 아름다움으로 승화시키고 있다.[91] 후기시에서는 그 대상이 부모를 비롯하여 아내, 자식, 손주에게까지 확대되고 있으며 이들을 향한 사랑을 통해 죽음에 대한 비극적 인식을 극복하는 양상을

---

91) 박진희, 「박재삼 시의 연민의 정서 연구」, 『어문연구』83호, 2015.3. 8~9쪽 참조.

보여주고 있다.

> 작년 가을
> 어머니는 아버지 곁에
> 나란히 묻혔네.
>
> 살아서는 그렇게
> 일일이 잔소리가 많고
> 지겹게만 굴더니
> 이제 그 모습만 떠올릴 뿐이네.
>
> 다시 살아올 일이 없고 보면
> 귀찮던 그 잔소리도
> 한정 없이 그리워지는 오늘이여.
>
> -「다시 그리움으로」 전문 (제14시집, 35쪽)

위 시는 '작년 가을' 돌아가신 시적 자아의 어머니에 대한 그리움을 담고 있다. "살아서는 그렇게 / 일일이 잔소리가 많고 / 지겹게만 굴"던 어머니였는데 돌아가시고 나니 그 잔소리마저도 "한정 없이 그리워"진다는 내용이다.[92] 그런데 주목할 점은 귀찮고 지겹게 느껴지던

---

92) 같은 시집에 수록되어 있는 시편 「돌아오지 않는 엄마」에서도 돌아가신 '엄마'에 대한 그리움과 죽음의 허무에 대해 노래하고 있다. 또한 「늦게 깨달은 것」에는 돌아가신 부모님에 대한 고마움을 드러내고 있는데 이 시편의 경우 살아계실 때는 알지 못하고 부모의 죽음을 경험하고 나서야 비로소 그 고마움을 깨닫게 된다는 점에서 「다시 그리움으로」와 동일한 구도를 취하고 있다.

어머니와의 일상의 한 부분이 그리움의 대상이 될 수 있었던 데에는 "다시 살아올 일이 없"다는 죽음에 대한 인식이 작용하고 있다는 사실이다. 다시 볼 수 없기 때문에 그립다는 당연한 귀결로 보일 수 있지만 의미를 확장하면 죽음이 있음으로 해서 삶의 순간이 의미를 획득하게 된다는 것이다. 주어진 시간이 한정되어 있기에 매순간은 소중한 것이라는 자각이라 할 수 있다.

외손녀 在仁이는 올해 네 살
우리 집에는 한 달에
한두어 번 오지만
새로 볼 때마다
그 혀 짧은 말씨가
조금씩 늘어
얼마나 귀여운지 몰라.

"외할아버지 안녕하셨어요?"
그렇게 작은 입에서
똑똑한 말이 굴러 나오는지
신통하고 놀라워라.

문득 걔가 보고 싶을 때
딸에게서 전화라도 와
바꾸어줄라치면
"외할아버지 보고 싶어요."
그 한마디에

세상 모든 것이
그렇게 반갑기만 하고
갑자기 새로 태어나듯
내가 오래 살아야겠다는 것만
느끼게 되는 요즘이다.

-「외손녀 생각에」 전문 (제14시집, 1996.)

인용한 시에서는 외손녀에 대한 애정이 드러나고 있다.[93] 위 시에서는 소재가 소재이니만큼 유한한 삶에 대한 비극적 인식이나 그로 인한 허무감을 찾아볼 수 없다는 점에서 차질적이다. 동일한 맥락에서 시편 「다시 그리움으로」의 시적 자아가 부모님의 죽음으로 인해 허무함을 느낌과 동시에 현재의 소중함을 깨닫게 된다면 위 시에서는 새로 태어난 생명을 통해 삶의 의지를 환기하고 있다는 차이가 있다.

이러한 차이는 시인의 '순수함'에 대한 지향에서 기인하는 것이 아닌가 한다. 박재삼 시에서 유년을 그리고 있는 시편들의 경우 주로 유년의 순수함, 무구함에 초점을 맞추고 있다. 이들 시에서 가난으로 인한 설움이 '빛', '반짝임', '영롱함' 등의 이미지로 아름답게 발현되고 있는 까닭이기도 하다.[94] '순수함', 내지 '무구함'은 시인으로 하여금 서럽고 슬펐던 순간조차도 아름답게 그리도록 하는 기제로 작용하고 있는 것이다.

---

93) 같은 시집에 수록되어 있으며 동일한 소재와 내용, 분위기, 어조를 보이고 있는 시로 「외손녀를 보며」가 있다. 이처럼 박재삼의 후기시에는 비슷한 소재와 내용으로 진행되는 시들이 자주 발견되는데 이는 후기시에 들어 시적 긴장이 완화되었다는 평가를 받는 요인 중 하나가 아닌가 한다.

94) 박진희, 앞의 논문, 3~9쪽 참조.

위 시의 시적 자아가 '외손녀'를 통해 "세상 모든 것이 / 그렇게 반갑기만 하고 / 갑자기 새로 태어나듯 / 내가 오래 살아야겠다는 것만 / 느끼게 되는" 것 또한 혈육에 대한 애정에서 오는 것이기도 하겠지만 궁극적으로는 어린 손녀의 때 묻지 않은 순수함과 움트는 새싹과도 같은 생명력에서 비롯되는 것으로 판단된다. 아내(「無題」 등), 부모(「다시 그리움으로」 등), 친구(「풀벌레 울음에」 등) 등이 시적 대상인 경우 어김없이 죽음에 대한 인식과 그로 인한 허무감이 발현되는 것과 달리 위 시에서는 "새로 태어나"는 듯한 생명력을 환기하고 있다는 점에서 그러하다.

마지막으로, 박재삼 시에서 드러나고 있는 유한한 삶에 대한 비극적 인식을 극복하는 기제로 자연의 섭리에 대한 통찰과 순응을 들 수 있다. 자연에 대한 관조와 이를 통한 순리의 이해는 박재삼의 초기시에서부터 부단히 시적 주제로 등장해왔던 만큼 박재삼의 시세계를 관류하는 주제라 할 수 있을 것이다. 이것이 후기시에서는 주로 죽음에 대한 비극적 인식과 그로 인한 허무감을 극복하는 기제로 드러나고 있는 것이다.

물은 어떻든
길이 없는 듯이 보이지만
그러나 하늘의 뜻이
이슬로 위태롭게 맺혔다가
물방울로 발전하고
그것이 다시 모여
도도한 흐름을 이루어

꿈틀거리고 가는 것.
〈法〉이란 글자를 보아라,
물이 가는 길이
순리를 따르는 원형이거늘,

우리는 한없이 연애를 하고
그럴 수 없이 아름다움을 누리지만
결국은 인생의 허무를 느끼는 데로
나아가게 마련인데,
물은 우리 눈 앞에서
그것을 넘어 또 다른
물방울로 의연히 반짝반짝 빛나기만 하네
-「물방울을 보며」 전문 (제12시집, 1991.)

위 시에 따르면 "물이 가는 길이 / 순리를 따르는 원형"이다. 그렇다면 "물이 가는 길"이란 어떠한가. '물'은 "하늘의 뜻", 즉 '순리'를 따라 흐른다. "길이 없는 듯이 보이"더라도, 또는 "이슬로 위태롭게 맺"힐지라도 그것에 순응하며 기다릴 줄 안다. 그러할 때 물은 "물방울로 발전하고 / 그것이 다시 모여 / 도도한 흐름을 이루어 / 꿈틀거리고 가"게 되는 것이다. 이것이 바로 "물이 가는 길"이다.

그런데 인간의 삶은 반대의 형상을 이룬다. "한없이 연애를 하고 / 그럴 수 없이 아름다움을 누리"다가도 죽음에 대한 인식에 이르게 되면 "결국은 인생의 허무를 느끼는 데로 / 나아가게 마련"인 것이 인간의 삶이라는 것이다. 구체적으로 언표화하고 있지는 않지만 시적 자아는 '물방울을 보며' 이러한 인간 삶의 흐름에 대해 성찰하고 있는 것이다. 죽음 또한 하늘의 뜻이며 삶의 일부일진데 이로 인해 허무에 빠진다는 것은 인간이 '물'처럼 순리에 순응하지 않는 데서 기인하는 것이기 때문이다. 이러한 성찰은 '물'이 "우리 눈 앞에서 / 그것을 넘어 또 다른 / 물방울로 의연히 반짝반짝 빛나"는 것과 같이 '우리' 또한 '허무'를 넘어 '또 다른' 존재에로 나아가야 한다는 결의로 이어지고 있다.

이 시에서 주목해야 할 시적 자아의 태도랄까 통찰은 두 가지인데 하나는 자연의 섭리에 순응해야 한다는 것이고 또 다른 하나는 죽음과 그로 인한 허무를 넘어 '또 다른' 존재로 연속될 수 있다는 가능성에 대한 탐색이다. 이 두 가지 태도는 박재삼의 자연을 소재로 한 시, 특히 후기시에서 빈번하게 반복되고 있을 뿐만 아니라 이 통찰이야말로 시적 자아로 하여금 죽음에 대한 비극적 정서를 극복하게 하는 요체이기 때문이다.

지극히 일상적인 현상을 묘사하는 가운데 자연의 섭리에 순응해야 함을 드러내고 있는 시로 「달래는 무더위에서」를 들 수 있다.

무더위가 한창 기승을 부려
가만히 앉아만 있어도
지겨운 때가 8월이니라.

그런 때는 더위더러
부채로 살살 달래며
'조금만 더 기다려!' 하는 심사로

멀리 靑山을 물리쳐 볼 줄 아는
그런 슬기를 은연중 보일 일이다.

이 훈련을 쌓는 일이
크게는 인생을 넓게 보고
가다가는 질 줄도 아는
눈으로 나아가는 일이다.

그리하여 드디어
얼마 있다가
그 더위는 슬그머니 물러가
소슬한 가을 바람 한 자락을
몰래 데리고 오느니라.

-「달래는 무더위에서」 전문 (제13시집, 1993.)

'무더위' 때문에 "가만히 앉아만 있어도 / 지겨운 때"가 8월이다. 위 시는 그 8월의 무더위 속에서 그것을 달래고자 '슬기'를 모색하고 있는 시적 자아의 소소한 일상을 그리고 있다. 그런데 그 '슬기'란 더위 곧 자연과 상충하여 물리치는 것이 아니다. 가령 외부와의 소통을 차단하고 에어컨을 통하여 내부의 공기만을 차갑게 냉각시키는 방식 말이다. 박재삼은 그의 시에서 인간의 욕심 때문에 환경을 파괴하거나 자연의 섭리에 순응하지 못하는 행위에 대한 부끄러움을 드러낸 바 있다.[95]

---

95) 특히 제14시집 『다시 그리움으로』에는 「우람찬 건물 앞에서」, 「公害를 겪다 보

이 시에서 '슬기'란 바로 '물의 길'과 같이 자연에 융화하며 함께 흘러가는 것이다. "바람이 불어와도 / 사람은 꾀가 많아 / 끄떡도 않을 / 우람한 건물을 세우고 하건만 / 저 순수한 / 나무와 풀들은 / 바람 앞에서 / 연하게 흔들릴 줄 아는 것이 / 얼마나 부드럽게 / 天理 그것에 닿아 있는가?"(「우람찬 건물 앞에서」)라는 시구에서도 드러나듯 '사람'이 '꾀'를 부려 바람에 맞서고자 하지만 오히려 그것에 순응하여 "연하게 흔들릴 줄 아는 것"이 '天理'에 닿는 것이라는 인식과 동일한 맥락인 것이다.

이러한 슬기가 무더위를 지나가는 것에만 적용되는 것은 아닐 터, "크게는 인생을 넓게 보고 / 가다가는 질 줄도 아는 / 눈으로 나아가는 일"이 된다. 즉 계절이라는 자연 현상에 뿐만 아니라 인생을 살아감에 있어서도 '천리'에 순응해야 함을 이르는 것이다. 그것이 한편으로는 일방적으로 '지는 것'처럼 보일 수 있지만 결국 "그 더위는 슬그머니 물러가 / 소슬한 가을 바람 한 자락을 / 몰래 데리고 오"는 것처럼 객체와 함께 조화를 이루며 나아가는 것이다. 이를 알고 실천하는 것이 바로 이 시에서 '슬기'가 의미하는 바다.

> 푸릇푸릇한 녹음도
> 그지없이 아름답지만
> 그것이 어느새
> 차츰 단풍이 들고
> 한잎 두잎 질 때가 되면

니」, 「자연과 인간의 차이」 Ⅰ, Ⅱ, 「못된 조상」, 「不變하는 것과 그렇지 않는 것」 등 여러 편이 수록되어 있다.

햇빛과 바람은
더욱 빛나게
어울리는 법이라구.

……

그래서 이 세상은
젊음만이 있어서
되는 것이 아니고
적당한 늙음도 어우러져서
살기가 편한 곳으로
항상 나아가고 있음이여.

-「아름다운 調和」 부분 (제14시집, 1996.)

위 시의 시적 자아는 자연에 대한 관조를 통해 인간 유한성의 표상이라 할 수 있는 '늙음'을 긍정하기에 이르고 있다. '늙음'과 '죽음' 또한 생성과 소멸의 과정을 반복하는 자연의 섭리에 속하는 것임은 물론이다. 박재삼의 시에는 이러한 소멸에 대한 비극적 인식으로 인해 허무감을 발현하는 양상을 보이고 있는 작품들이 있는 반면 이를 초월하여 삶의 의미를 획득하는 작품들이 또 한 축을 이루고 있다. 전자의 경우 '저승'이라는 초월적 세계는 없다는 것, '땅에 묻히면 그것으로 모든 것이 끝'이라는 종말론적 인식을 그대로 진술하고 있다는 특징이 있다. 이에 반해 후자의 경우엔 자연에 대한 관조를 통해 우주적 이치를 터득하고 이를 인간사에 적용해 삶의 의미를 획득하는 양상으로 드러난다.

한 사람 한 사람으로 칠 때
드디어는 병이 들고
죽는 것이 예비되어 있지만,
저 푸른 나무를 보아라.
잎이 진 자리에
다시 새 잎이 나서
햇빛에 눈부시게
반짝반짝 빛나고 있지 않은가.

그것은 따지고 보면
어제의 나뭇잎은 아니지만
큰 테두리로 보면 마찬가지네.
한 사람이 죽고 나면
그만인 줄 알지만
똑같은 후손이
줄을 이어 나와
같은 괄호 속에 묶을 수 있어
결국은
나무와 비슷한 운명인 것을.

그것을 느낄 양이면
갑자기 사는 기쁨으로
세상이 한정없이 밝아지네.

-「나뭇잎을 밝게 보며」 전문 (제12시집, 1991.)

"병이 들고 / 죽는 것이 예비되어" 있다는 것은 바로 인간의 유한성을 의미화한 것이다. 그런데 위 시에 따르면 이러한 유한성은 "한 사람 한 사람으로 칠 때", 즉 개별자 내지 특수자로 인식할 때에 적용되는 사안이다. 보편적 존재, 집단적 개념으로서의 인간에 있어서는 해당되지 않는다는 의미이다. 이러한 맥락에서라면 죽음을 비극적 사건으로 인식하고 허무감을 발현하는 시편들의 경우 시적 자아는 개별적 존재로서의 자아에 한정하여 인식했다는 뜻이 된다.

위 시의 시적 자아는 이러한 이치를 자연의 환유라 할 수 있는 "푸른 나무"를 통찰함으로써 터득하고 있다. 즉 "잎이 진 자리에 / 다시 새 잎이 나서 / 햇빛에 눈부시게 / 반짝반짝 빛나고 있"는 모습에서 '잎' 하나하나는 소멸하는 것이지만 '푸른 나무'라는 '큰 테두리'의 존재로 따지자면 생명이 지속되고 있는 것임을 깨달은 것이다. 이는 인간사에도 그대로 적용되고 있는 인식소라 할 수 있다. "한 사람이 죽고 나면" 그 '한 사람'의 관점에서는 끝난 것이지만 '한 사람'과 유기적으로 연결되어 있는 존재인 "후손이 / 줄을 이어 나와" 가족이라는, 민족이라는, 나아가 인류라는 "같은 괄호 속에 묶"이게 되는 것이다. 이러한 인식에 이를 때 시적 자아가 허무감에 휩싸이기는커녕 "사는 기쁨으로 / 세상이 한정없이 밝아지"는 것을 느끼게 되는 것은 자명한 이치이다.

세상에 푸른 빛이
밑도 끝도 없이 많은 것은
식물이 하염없이
그 줄기를 잇대어

새로 피어나기 때문이라네.

사람의 한 생애는
칠십 년 전후지만
자꾸자꾸 이어져
커다란 역사를 이룬다네.

이런 것 저런 것이
놀랍지 않느냐고
문득
갈매기가 울어
세상이 눈부셔오구나

-「無題」 전문 (제14시집, 1996.)

시적 주체가 자연의 일부로, 그 흐름에 융화될 때 죽음은 더 이상 종말론적 무(無)의 세계로 인식되지 않는다. 그것은 유기론적 연속성의 세계이자 끊임없이 생성과 소멸이 반복되는 영원성의 세계로 전화된다. 죽음은 곧 자연인 셈이다. 위 시에서도 이러한 유기론적 · 연속적 상상력이 현현되고 있다. "세상에 푸른 빛이 / 밑도 끝도 없이 많은 것은 / 식물이 하염없이 / 그 줄기를 잇대어 / 새로 피어나기 때문이라"는 인식이 그것인데 특히 "줄기를 잇대어 / 새로 피어"난다는 대목에 주목할 필요가 있다. 한 존재가 소멸되면 그것으로 끝이 아니라 새로 나는 존재에 스며 '있게' 된다는 인식이기 때문이다.

비극적 죽음의식과 그로 인한 허무감은 자아가 속해 있는 세계와 영원히 단절된다는, 그리고 그러한 길에는 누구도 함께 할 수 없는 단독자로서의 고독감에서 기인하는 것이었다. 그런데 자연을 조망하고 있는 시적 주체는 생성 속에 이미 소멸이, 소멸 속에 생성이 포지되어 있는 것임을 통찰하게 된 것이다. 살아있는 존재는 죽음이 예정되어 있는 존재이기도 하지만 이미 소멸한 존재를 내재하고 있는 존재인 것이다. 다시 말해 죽음에 든 존재는 무화되는 것이 아니라 또 다른 존재에 스며 '있게' 된다는 뜻이다.

이러한 관점에 서게 될 때 죽음은 더 이상 끝이고 무(無)가 아니라 삶과의 연속성을 담보하여 '역사'를 이루어 가게 되는 것이다. "사람의 한 생애는 / 칠십 년 전후지만 / 자꾸자꾸 이어져 / 커다란 역사를 이룬다"는 의미 또한 이러한 맥락에서이다. 이와 같은 깨달음은 시적 주체로 하여금 '세상'을 "이런 것 저런 것이 놀라"운, '눈부신' 것으로 감각하게 한다. "갑자기 사는 기쁨으로 / 세상이 한정없이 밝아지"(「나뭇잎을 밝게 보며」)는 것과 동일한 정서적 구도라 할 수 있다.

중요한 것은 시적 주체가 자연 속에서 자연의 순리를 터득하고 그것에 기투할 때 죽음을 삶의 일부로 받아들일 수 있었다는 사실이다. 이는 초기시에서 바다가 재생과 부활의 공간(「어지러운 혼」, 「목섬이야기」 등), 삶과 죽음이 공존하는 공간(「봄바다에서」, 「섬」 등)으로 의미화 되었던 사실과도 무관하지 않다. 바다 또한 자연의 일부인 동시에 자연의 세계를 표상하는 상관물이기 때문이다. 자연이라는 배음이 제거된 상태에서 단독자로 감각될 때 시적 주체는 죽음의 세계를 단절이자 무(無)로 인식하며 고독감과 허무감에 매몰되는 양상을 보이고 있는 것이다.

오랜 병고와 경제적 곤궁으로 박재삼의 후기시에서는 유한자로서의 자각이 두드러지게 드러나고 있다. 시적 형식에 있어서도 비유나 상징을 통해 이미지를 생성하던 초기와는 달리 직접적 진술에 의지하고 있는 양상을 보인다. 유한자로서의 자각은 한편으로는 삶에 대한 무력감으로 또 다른 한편으로는 종말론적 죽음의식과 연계된 허무감으로 발현된다. 이러한 무력감 내지 허무감은 시적 자아의 사랑에 대한 감각을 희석시키는 데에까지 이르고 있다.

그런데 이처럼 죽음에 대해 비극적으로 인식하는 심리의 저변에는 삶에 대한 애착이 자리하고 있는 것으로 보아야 한다. 역설적으로 삶에 대한 애착이 없다면 죽음이라는 유한성이 비극적으로 인식될 리가 없기 때문이다. 박재삼 시에서는 이와 같은 삶에 대한 의지가 드러나는 시편들을 확인할 수 있는데 이들 시편의 경우, 죽음에 대한 비극적 인식을 극복하는 기제는 인식의 전환, 가족에 대한 사랑, 자연의 섭리에 대한 통찰로 드러나고 있다. 언젠가는 주어지지 않을 한정된 시간이기에 '지금 여기'가 한없이 소중한 것이라는 인식의 전환, 삶의 의지를 환기하게 하는 가족, 특히 외손녀에 대한 사랑, 자연의 유기론적 연속성 혹은 영원성에 대한 통찰이 바로 그것이다.

박재삼의 시에서 시적 주체가 자아를 개별적 존재, 단독자로 인식할 때 죽음은 단절이고 무의 세계이며, 비극적 사건으로 제시된다. 허무주의적 정서가 발현되는 까닭이 여기에 있는 것이다. 그런데 자아를 역사적 존재, 유기적 존재로 인식할 때 즉, 가족에 속하고 인류에 속하고 자연의 일부인 존재로 인식할 때 죽음은 삶과의 연속성을 담보하게 되고 자아는 자연의 영원성에 동참하게 되는 것이다. 이러할 때 시적 자아는 허무감이 아닌 삶에 대한 의지와 그 긍정성을 표출하게 된다.

사랑의 구현 양상은 죽음에 대한 비극적 인식과 그로 인한 허무감과도 긴밀한 관련성을 보인다. 개인의 내밀한 정서라 할 수 있는 연정의 경우 허무감에 묻혀 그 감각이 약화되는 양상을 보이는데 반해 가족에 대한 사랑, 곧 부모의 헌신에 대한 고마움, 아내의 고생에 대한 미안함, 자식과 손주에 대한 애틋함 등은 시적 자아의 삶의 의지를 환기하는 기제로 작용하고 있는 것으로 드러난다.

5. 사랑의 구현 양상과 그 의미

'사랑'과 '자연'은 박재삼 시에서 가장 빈번하게 등장하는 시적 소재이자 박재삼이 평생에 걸쳐 천착해온 주제라 할 수 있다. 그런데 박재삼 시의 자연에 관해서는 연구가 활발하게 진행되어 왔다고 할 수 있겠는데 사랑에 있어서는 그 성과가 미미한 것이 사실이다. 시인 스스로 밝힌바 있거니와 박재삼에게 있어 '사랑의 감정'은 시심과 등가를 이루는 것임에도 기왕의 연구들에서는 배제되거나 부분적으로만 다루어져 온 것이다. 이러한 문제의식에서 출발하여 이 글은 박재삼 시에 나타나는 사랑의 구현 양상을 살펴봄으로써 박재삼의 시세계 내지는 시의식의 변모과정을 밝히는 것을 목적으로 하고 있다.

융의 아니마 개념을 원용하여 살펴볼 때 박재삼의 시에서 사랑의 구현 양상은 아니마의 특성이 뚜렷하게 드러나는 시기와 시적 자아의 페르조나가 강조되는 시기로 구분되어 나타나는 특징을 보인다. 바꾸어 말하면 사랑이 무의식의 형상화로 구현되는 시기와 의식의 표출로 구현되는 시기로 구분되어 나타난다는 의미이다. 대체로 제1시집 『春香이 마음』에서 제7시집 『追憶에서』까지가 전자에 해당되고 제8시집 『대관령 근처』에서 제14시집 『다시 그리움으로』까지가 후자에 해당된다.

먼저 박재삼 전기시에 나타나는 아니마의 특성을 모성 이마고와 연인 이마고로 나누어 살펴보았다. 이마고란 무의식적 상을 의미하는 것으로 융에 의하면 아니마의 특성은 주로 모성 이마고의 성질에 따라 달라진다. 이에 박재삼 시에 빈번하게 등장하는 여성 인물들의 죽음과 그로 인한 시적 자아의 상실감 등은 바로 모체와의 분리로부터 형성되는 어머니에 대한 무의식, 즉 부재와 상실의 모성 이마고의 투사로 볼 수 있다. 모성 이마고는 시적 아니마가 투사하는 정서의 선험적 조건이자 근원이 된다고 할 때 시에 나타나는 슬픔과 설움, 한 등의 정서는 바로 이 부재와 상실의 모성 이마고에서 기인하는 것이다.

모성 이마고가 확장된 연인 이마고 역시 눈물, 울음, 아픔, 그리움 등의 형태로 시적 대상에 투사되는 양상으로 드러난다. 박재삼의 시에서 연인 이마고의 투사는 두 가지 양상으로 나타나는데 하나는 연인이 아닌 특정한 인물 즉 누님, 친구, 춘향, 남평문씨 부인 등을 통한 투사로, 이들이 직접적인 연인으로서의 대상이 되는 것이 아니라 다만 연인 이마고의 정서를 느끼게 하는 이미지로서의 역할을 하는 경우이다. 다른 하나는 시인의 연인 이마고가 시적 자아의 연모의 대상에게 직접 투사되는 양상으로 서로 합일되지 못하고 아득한 거리를 둠으로써 역시 아픔, 설움, 괴로움 등의 정서를 나타내게 된다. 전자의 경우 연인 이마고는 강렬한 이미지나 상징으로 투사되는 데 반해 후자의 경우 그것은 직접적이고 사실적인 표현으로 이루어지고 있다.

박재삼의 후기시에도 사랑을 주제로 한 시편들이 상당한데 이때 사랑은 주로 의식의 표출에 의해 구현되는 양상을 보인다. 이는 다른 말로 하면 개인의 내밀한 감정이 아닌 사회 집단과의 관계 내에서 사랑을 의미화하고 있다는 뜻이 된다. 사회 집단의 일반적 기대에 의해 형성되는 자아를 '페르조나'라 할 때 이 시기 사랑은 페르조나와 갈등관계에 놓이는 것으로도 설명이 가능하다. 즉 서정적 자아의 내면세계에서 '사랑하는 일'은 지극히 아름다운 일이지만 그것이 도덕이나 윤리라는 집단의식의 측면에서는 일탈적인 행위이기에 시적 자아의 페르조나와 갈등을 일으키게 되는 것이다. 그러나 이 갈등은 대립에서 그치는 것이 아니라 우주의 큰 질서 속에 융합되는 형국으로 드러난다. 박재삼은 그의 후기시에서 윤리, 도덕 등과 같은 집단의식을 내세우며 페르조나를 강조하는 것처럼 보이지만 결국 사랑의 주체인 아니마와 사회적 자아인 페르조나가 조화를 이룰 때 세상은 더 아름다워진다는 이치를 강조하고 있는 것이다.

다른 한편으로 박재삼 시에서 의식의 표출은 죽음에 대한 비극적 인식으로 드러난다. 여기에는 박재삼의 오랜 병고의 시간과 경제적 곤궁함으로 인한 무력감이 작용한 것으로 보이는데 이러한 감수성은 사랑에 대한 감각을 희석시키는 데에까지 이르고 있다. 그러나 유한자로서의 비극적 인식의 이면에는 삶에 대한 애착이 자리하고 있는바 박재삼의 시세계에서도 이와 같은 양상을 확인할 수 있었다. 죽음에 대한 비극적 인식으로 인해 허무감을 발현하고 있는 시편들이 한 축을 이루고 있다면 삶에 대한 의지를 드러내고 있는 시편들이 또 다른 한 축을 이루고 있기 때문이다.

죽음에 대한 비극적 인식을 극복하는 양상은 세 가지로 드러나고 있다. 한정된 시간이기에 오히려 '지금 여기'가 소중하다는 인식의 전환이 그 첫 번째이고 두 번째는 삶의 의지를 환기하게 하는 가족에 대한 사랑이다. 마지막으로 자연의 유기론적 연속성에 대한 통찰을 들 수 있다. 시적 주체가 자아를 개별적 존재, 단독자로 인식할 때 죽음은 단절이고 무의 세계로 의미화되고 있으며 자아를 가족에 속하고 인류에 속하고 자연의 일부인 역사적 존재로 인식할 때 죽음은 삶과의 연속성을 담보하게 된다.

'사랑' 또한 이러한 맥락에서 자유롭지 않다. 개인의 내밀한 정서라 할 수 있는 연정의 경우 허무감에 의해 약화되는 양상을 보이는데 반해 가족에 대한 사랑, 자연에 대한 동경 등은 시적 자아의 삶의 의지를 환기하는 기제로 작용하고 있기 때문이다. 시적 자아의 시선이 '자기'에서 인간의 보편적 삶으로 확대되면서 유한한 삶에 대한 비관적 인식에서 벗어나, 자연의 섭리 속에서 인간 삶의 의미를 깨닫는 것으로 드러나고 있는 것이다.

'사랑'은 박재삼 시세계의 근간을 이루고 있는 주제 중 하나라 할 수 있다. 이러한 '사랑'이 전기시에서는 주로 내적 자아라 할 수 있는 아니마의 발현에 의해 구현되고 있으며 후기시에서는 사회적 자아인 페르조나에 대한 의식과 함께 인식되고 있다. 이는 기법적인 문제와도 연결되는데 아니마의 발현은 이미지나 감성의 형상화로 이루어지지만 페르조나에 대한 의식은 이성적 진술에 의해 드러나고 있기 때문이다. 박재삼의 후기시가 전기시에 비해 시적 긴장이 떨어진다는 평가 또한 이러한 맥락과 긴밀하게 연결되어 있는 것이다.

'사랑'과 '자연', 이는 근대 이후 인간이 발전을 담보로 너무도 쉽게 포기해버린 가치이자 궁극적으로는 돌아가야 할 어떤 근원과 같은 것이라 할 수 있다. 격동의 시류와 경제적 곤궁함 속에서도 끝까지 견지해왔던 이 근원적 가치에 대한 간단없는 지향과 추구, 이것이야말로 박재삼 시의 큰 의의 중 하나가 아닌가 한다.

3장

연민의 정서와 비판의식

연민의 정서와 비판의식

1. 현실인식의 문제와 연민의 정서

박재삼 시에 관한 기왕의 논의들을 살펴보면 초기에는 주로 박재삼의 시가 전통 서정주의의 계열에 자리한다는 전제하에 전통 서정성의 특징이나 그것을 드러내는 방식을 밝히는 것에 집중되어 있었다. 이후 박재삼의 시세계가 '전통적 정한'이나 '전통적 서정성'이라는 추상적이고 관념적인 선입견 속에 틀지어져 있었음을 지적하면서 박재삼 시를 새롭게 해석해야 한다는 논의들이 이어졌다. 장만호는 박재삼 시의 '한'과 '눈물'을 "관습화된 풍속으로서의 재래적 감성이라는 단순 도식으로 한정" 짓는 것을 비판하면서 그것의 "보다 개방적이고 다양한 의미"를 찾을 수 있는 해석의 가능성은 항상 열려 있어야 함을 지적하였다.[1]

---

1) 장만호, 「박재삼 초기 시의 공간 유형과 의미」, 『한국 문학이론과 비평』제30집, 한국문학이론과 비평학회, 2006. 3, 203~205쪽.

이승원의 경우 '전통적 서정성'이나 "전통적 정한이라는 말 자체가 실체가 없는 관념적 선입견의 소산"이기 때문에 이러한 개념으로는 "박재삼의 개별 작품이 갖는 개성을 포괄하기에는 무리가 있"다고 지적하면서 "박재삼 시의 가장 중요한 모티프"인 '자연'[2]을 중심으로 박재삼의 "시적 탐구가 터득한 생의 예지"를 해명하고자 하였다.[3] 여태천 또한 박재삼 시의 "전통적 서정 혹은 그 계승의 문제"를 따지는 것이 생산적이지 못한 일임을 전제하고, 오히려 서정이 드러나는 그 개성적인 방식에 주목해야 한다고 주장하고 있다.[4]

이들의 논의가 주로 박재삼 시에 대한 '전통적'이라는 관념적 선입견을 비판적 시선으로 보고 있다면 권정우는 한 걸음 더 나아가 여기에 '순수 서정시'라는 용어도 포함시킨다. 권정우에 의하면 이들 용어들은 "가치 판단이 개입된" 것으로 '전통 서정시'나 '순수 서정시'는 '현실감각', '현실인식', '역사의식'과는 동떨어진 "편협하고 폐쇄적인 문학"으로 인식된다. 그러므로 박재삼의 시가 이러한 용어들로 규정된다는 것은 그의 시가 "현실인식을 제대로 하지 못한 시, 역사의식이 없는 시로 폄훼"된다는 것을 의미한다.[5] 용어에 대한 규정이 너무 단

---

2) 박재삼 시를 자연과의 관련 속에서 탐구한 논의는 다음과 같다.
김현, 「詩와 詩人을 찾아서 - 朴在森篇」『심상』, 1974. 3.
오세영, 「아득함의 거리」, 『현대시』, 1991. 7.
오탁번, 「모성 이미지와 화합의 시정신」, 『현대문학』, 1997. 8.

3) 이승원, 「박재삼 시의 자연과 생의 예지」, 『문학과 환경』제6권 2호, 문학과 환경회, 2007.

4) 여태천, 「박재삼 시의 서정의 문법」, 『한국어문학연구』제52집, 한국어문학연구학회, 2009, 56쪽.

5) 권정우, 「박재삼 시에 나타난 슬픔 연구」, 『한국시학연구』37, 한국시학회, 2013. 8, 63~64쪽.

선적인 이분법으로 이루어진 감이 없지 않지만 이 논의가 의미 있는 것은 '전통 서정시'와 함께 박재삼 시에 꼬리표처럼 따라 붙었던 '현실 인식의 부재라는 평가'[6]를 재고했다는 점에서이다.

한편 박현수의 글[7]은 박재삼 시의 전통적 요소나 현실인식 부재의 측면을 '전후 초월주의'의 맥락에서 해석하고, 박재삼 시의 문학사적 가치를 재조명하고 있어 주목을 요한다. 그의 논의에 따르면 박재삼은 전통성, 미학성, 초월성이라는 전후 초월주의의 특성을 계승하되 그것을 창조적으로 수용한 시인이다. 박현수는 박재삼 시에 드러나는 전후 초월주의의 특성을 한계로 인식하고 있는데, 박재삼 또한 초월주의의 강령이 지닌 한계에 대해 무지하지 않았기 때문에 이를 창조적으로 수용하였다고 보았다.

한계로 작용하는 초월주의 특성의 측면은 두 가지로 요약할 수 있다. 첫째, 박재삼이 인유와 알레고리라는 수사학적 방법으로 전통주의적 요소를 끌어들이고 있는 것은 초월주의가 강조하였던 바를 의식적으로 수용한 결과인데 이는 서정시의 본질이라 할 수 있는 동일성에는 저해되는 요소라는 점이다. 둘째, 미학성, 초월성의 구현으로 인해 박재삼의 시에서 구체적인 사회현실은 배제되고 민족정서라 규정한 '한' 또한 철저하게 개인적인 차원에 국한되는 양상을 보이게 된다는

6) 김춘수는 『思想界』2월호에 실린 「울음이 타는 가을 江」에 대한 작품평을 하면서 '시대의 부재'를 언급한 바 있고 고은은 박재삼 시의 '한'과 '눈물'을 현실을 반영하지 못하는 사적인 한, 현실적 응전력을 상실한 퇴영적 정서로 평가하기도 하였다. (김춘수, 「素朴과 感福」, 『사상계』, 1959. 3; 고은, 「실내작가론(10)-박재삼」. 『월간문학』, 1970. 1.)

7) 박현수, 「전후 초월주의의 그늘과 그 극복 - 박재삼론」, 『한국민족문화』35, 부산대학교한국민족문화연구소, 2009.

사실이다.

기왕의 연구들이 박재삼 시의 특징을 드러내는 데 경도된 반면 박현수의 논의는 전술한 바와 같이 그러한 특징이 드러날 수밖에 없는 원인을 문학사적 맥락에서 구명하고 있어 의미가 있는 경우이다. 기실 박재삼의 시가 전통적 서정을 계승하고 있다거나 현실인식이 배제되어 있다는 점은 박재삼이 창작 활동을 시작한 초기에 행해진 평가가 현재에까지 이어지고 있는 셈인데 그 원인은 대체로 시인의 기질적 차원으로 치부되어 왔던 것이 사실이기 때문이다.

그런데 주목해야 할 것은 박재삼의 활동 초기 평가나, '전후 초월주의'에 대한 박현수의 논의나 박재삼의 초기시 - 대체로 첫 시집 『春香이 마음』(신구문화사, 1962.) -를 대상으로 하고 있다는 점이다. 결국 극히 일부분에 해당하는 시기의 작품에 대한 평가가 박재삼 전체 시세계를 규정하는 특징으로 인식되어온 셈이다. 많은 연구자들이 중기 이후의 시들에 비해 두드러진 특징을 보이는 박재삼의 초기시, 혹은 『春香이 마음』만을 연구대상으로 삼는 경우가 많다는 것도 이러한 현상이 이어져 온 원인 중 하나가 될 것이다.

어떤 한 시기에 창작된 작품에는 그 시기에 해당하는 시대적인, 문학사적인, 그리고 작가 개인적인 현실과 그에 따른 작가의식이 내재되어 있게 마련이다. 그러나 작품의 의미가 그것으로 고정되는 것이 아님은 자명한 사실이다. 동일한 작품이라도 그 작품만을, 혹은 그 시기만을 두고 볼 때와 작가 전 시기의 작품세계를 조망할 때와 작품이 포지하고 있는 의미와 위치는 달라질 수밖에 없다. 최근 들어 박재삼 시를 다른 시각에서 재조명하고자 하는 시도가 활발하게 이어지고 있는 것은 매우 고무적인 일이지만 박재삼의 전 시기의 시세계를 관류하는 시의식에 관한 논의 또한 보다 다각도적으로 이루어져야 한다는 판단이다.

이러한 문제들을 염두에 두고 본고는 연민의 정서를 중심으로 박재삼의 작품세계를 고구해보고자 한다. 박재삼 시의 정서에 관한 연구[8]는 꾸준히 이어져 왔지만 박재삼 시에 드러나는 정서 중에서 조명의 대상이 되었던 것은 '한', '슬픔' 등에 한정되어 있었으며 이들은 주로 시인의 전기적 사실과의 연관 하에, 또는 시적 자아의 개인적이고 내면적인 층위에서 논의되어 왔던 것이 사실이다.

연민(pity)이란 "타인의 슬픔에 대한 동류의식(同類意識)"[9]을 의미한다. 자아가 타인의 고통에 대하여 동류의식을 느끼게 되는 원천은 바로 상상력, 고통에 대한 상상력이다. 상상을 통해 고통 받는 자와 입장을 바꿔봄으로써 자아는 고통을 받는 자가 느끼는 것을 느낄 수 있거나 혹은 영향을 받을 수 있는 것이다.[10] 박재삼 시의 주조적 정서가 '한', '슬픔'이라 할 때 기왕의 연구들에서 간과되어 왔던 점이 바로 이들 정서의 발현에 타인의 고통, 슬픔에 대한 상상력, 대상에 대한 공감이 바탕하고 있다는 사실이다.

박재삼은 시를 크게 현실비판의 시, 순수시로 나누고 시인 자신은 "그 둘 어느 하나도 완전무결하다고 생각하지 않는다"[11]고 밝힌 바 있

---

8) 박진희, 「박재삼 시에 나타난 사랑의 구현양상 연구」, 대전대 대학원 석사학위 논문, 2008.
손미나, 「박재삼 시에 나타난 정서의 양상과 그 의미」, 충북대 대학원 석사학위 논문, 2009.

9) 애덤 스미스, 박세일 · 민경국 역, 『도덕감정론』(개역판), 비봉출판사, 2010, 5쪽.

10) 위의 책, 5~7쪽.

11) 박재삼, 「아내를 슬프게 하는 것들」, 『슬픔과 그 허무의 바다』, 예기출판사, 1989, 91쪽.

다. 또한 현실비판의 시를 쓰고 있진 않지만 "시를 쓰고 발표한다는 행위 속에는 어느 정도 현실비판이 들어 있는 것"[12]으로 인식하고 있음도 밝혔다. 이는 표나게 현실비판이라는 이름을 걸고 시를 쓴 적은 없지만 그의 시를 쓰는 행위에는 현실에 대한 비판의식이 배태되어 있음을 의미한다.

이 글에서는 철저하게 개인적 차원에 머물고 있다는 평가를 받고 있는 박재삼 시의 슬픔 등속의 정서가 단순히 시인의 기질적 측면이나 개인사에만 근거하고 있는 것이 아니라 현실 인식, 나아가 현실 비판과 연관되어 있음을, 그리고 그 매개가 되고 있는 것이 공감을 바탕으로 한 연민의 정서임을 밝히고자 한다.

2. 유년에 대한 기억과 무구한 존재에 대한 연민

'연민'이란 단순히 상대를 가엾게 여기는 마음이 아니라 보다 복합적인 감정에 해당한다. 이는 아리스토텔레스가 내린 '연민'의 정의에서 간취해볼 수 있다. 아리스토텔레스는 '연민'을 "파괴적이거나 고통을 주는 악덕이 그것을 당할 만한 이유가 없는 사람에게 행해지는 것을 목격한 것으로부터 연유하는 고통"[13]이라 정의하고 있다. 먼저 '파괴적이거나 고통을 주는 악덕'이 있고 '그것을 당할 만한 이유가 없는 사람'이 당한다는 상황을 두고 보면 '연민'에는 '당하는 사람'의 고통

---

12) 위의 책, 같은 곳.

13) 아리스토텔레스, 이종오 역, 「수사학Ⅱ」, 리젬, 2007, 71쪽.

에 대한 동류의식과 함께 가해지는 '악덕'에 대한 부정의식이 공존하게 된다. 또한 '당할 만한 이유가 없는 사람'이라는 언표에는 연민의 대상이 선(善)의 존재, 적어도 악(惡)과는 무관한 존재라는 의미가 함의되어 있는 것이다.

박재삼의 유년을 소재로 한 시에 드러나는 정서는 주로 가난체험으로 인한 설움, 슬픔 등으로 해석되어왔다. 그러나 박재삼 시에 드러나는 유년의 자아는 그 자체로 가난한 현실의 슬픔을 구현하고 있는 시적 자아가 아니라 마흔, 혹은 쉰이 넘은 시적 자아가 추억하고 있는 대상으로 등장한다. 이는 시적 자아가 유년의 자아를 대상화하여 어떠한 관점으로 응시하고 있다는 의미이다.

시에서 정서란 주체와 대상과의 관계에서 비롯되는 것이라 할 때 기왕의 논의들에서 슬픔, 혹은 설움으로 해석해왔던 유년의 자아에 대한 감정은 연민에 해당하는 것으로 볼 수 있다. 시적 자아의 기억 속에 등장하는 유년의 자아는 무구한 존재, 즉 '악덕[14]을 당할 만한 이유가 없는' 존재임이 전제 · 강조되고 있기 때문이다.

책보를 마름모꼴로 만들어
등에 차고 학교에 갔었다.
그것은 하교 때도 마찬가지였다.
급해서 만약 뛰기라도 하면
필통 속 연필이며 지우개가

14) 사전적 의미로 '악덕'은 도리나 도덕에 어긋나는 나쁜 마음, 혹은 그 행위를 이르는 말이나, 일반적으로 '연민'은 '불쌍하고 가엾게 여김'이라는 다소 광범위한 의미로 쓰이고 있음을 감안할 때, 이때의 '악덕'을 편의상 '불행'이나 '고통' 등의 확장된 의미로 이해하여도 무방할 것으로 본다.

좁은 속에서
흔들리며 왔다갔다했다.
특히 몽당연필은 그 심이 부러져
그렇지 않아도 얼마 안 남은
목숨을 단축하는 것이었다.
그러면 그 안스러움에
모든 죄를 혼자만 저지른 듯
마음이 놓이지 않고
어디라 없이 자꾸
빌고 싶은 것이었다.
그때의 그 잘못은
어른이 되어도 쉬 가시지 않은 채 오히려
하늘의 해보다도 뚜렷이
얼룩이 되어 남아 있는 것이여.

-「追憶에서 38」 전문

시적 자아는 '어른'의 시점에서 유년의 한 때를 기억하고 있다. 유년의 자아에게 있어서 강조되고 있는 것은 때 묻지 않은 어린 아이의 무구한 마음이다. 이 무구한 마음은 몽당연필 심이 부러진 것에 대해 시적 자아가 '안스러움'을 넘어 "어디라 없이 자꾸 빌고 싶은" 죄책감을 느끼는 것으로 표상되고 있다. 또한 시적 자아는 이 죄책감을 어린 날의 치기로 치부하지 않는다. "어른이 되어도 쉬 가시지 않은 채 오히려 하늘의 해보다도 뚜렷이 얼룩이 되어 남아 있"다는 것은 이미 '어른'이 된 시적 자아이지만 무구함에서 비롯되는 죄책감은 여전히 그의 내면에서 구동되고 있다는 뜻을 함의하고 있는 것이다.

박재삼의 유년에 관한 작품의 시적 기표 중 하나가 '가난'임을 상기할 때 이 죄책감은 가난한 현실에 대한 인식에서 비롯되는 것으로 해석할 수도 있을 것이다. 아껴 써도 모자랄 판에 몽당연필의 "얼마 안 남은 목숨을 단축"하고 말았기 때문이다. 이러한 해석이 불가능한 것은 아니지만 유년기 자아의 '죄책감'을 모티프로 한 다른 시편들을 보면 위 시에서 표출하고 있는 '죄책감'의 원인을 가난한 현실에 대한 인식에서 찾기보다 존재의 무구한 마음에서 찾는 것이 타당해 보인다.

바닷물이 철썩철썩
모래밭을 적시고 조금씩
가까이로 오고 있는 밀물일 때
연방 온갖 것을 삼키고
우리 동네로까지 밀고 들어올 것 같아
은근히 걱정이 되던
어린 날을 가졌다.

그러나 잠이 깨고 나면
방파제 주변에 와서는
찌꺼기를 씻으며 물러나고 있었다.
아, 얼마나 다행인가.
나는 그것이 참으로 용하다고 느끼고
게를 잡고 파래를 캔
잘못밖에는 없다고 속으로 빌었다.

-「追憶에서 11」 부분

나는 무엇을 잘못했는가.

바닷가에서 자라
꽃게를 잡아 함부로 다리를 분질렀던 것,
생선을 낚아 회를 쳐 먹었던 것,
햇빛에 반짝이던 물꽃무늬 물살을 마구 헤엄쳤던 것,
이런 것이 일시에 수런거리며 밑도 끝도 없이 대들어 오누나.

-「신록(新綠)을 보며」 부분

위 시들에는 시적 자아가 생각하는 자신의 '잘못'이 명시되어 있다는 공통점이 있다. 차이가 있다면 「追憶에서 11」이 유년의 자아가 느끼고 빌었던 것을 기억으로 되살리고 있는 형태라면 「신록(新綠)을 보며」에서는 어른이 된 시적 자아의 시점에서 잘못을 헤아리고 있다는 점이다. 그런데 유년의 자아가 속으로 잘못을 빌었던 "게를 잡고 파래를 캔" 행위나, 성인이 된 자아가 살아오면서 잘못했던 일로 제시한 "생선을 낚아 회를 쳐 먹었던 것, / 햇빛에 반짝이던 물꽃무늬 물살을 마구 헤엄쳤던" 행위나 그 '잘못'의 내용에는 큰 차이가 없음을 알 수 있다.

위 시들에서 제시된 '잘못'의 구체적인 내용이 시적 자아의 무구함을 드러내는 기제가 되고 있다고 할 때 이 무구함은 시적 자아의 유년기라는 한 때에 한정되는 것이 아니라 성인이 된 현재에까지 지속되고 있는 심성임을 간취할 수 있다. 이러한 맥락에서 「追憶에서 38」의 시적 자아가 발현하고 있는 죄책감 또한 가난한 현실에 대한 인식이 아닌 무구한 심성에서 발원하는 것이라는 해석이 가능해지는 것이다.

이처럼 박재삼 시의 시적 자아는 유년기의 자아를, 자연적인 현상조차도 자신의 잘못인가 싶어 죄 아닌 죄를 들어 어디에라도 빌고 마는, 더할 수 없이 무구한 존재로 기억하고 있다. 무구한 존재는 바로 불행을 '당할 만한 이유가 없는 사람'에 해당되는 자인 것이다. 따라서 이러한 무구한 존재의 가난으로 인한 고통과 설움에 대한 시적 자아의 감정은 단순히 슬픔에의 동화, 혹은 슬픔의 지속의 차원이 아니라 '당할 만한 이유가 없는 사람'이 겪는 고통에 대한 연민이라 할 수 있다.

한편, 박재삼 시에 드러나는 설움이나 슬픔 등의 정서는 가난한 현실, 사랑하는 대상의 부재 등과 같은 구체적인 원인을 바탕으로 하고 있음에도 극단적인 비극으로 치닫거나 그것에 매몰되어 있는 것이 아니라 오히려 '반짝임'의 이미지를 수반하면서 발현된다는 특징이 있다.

> 설움이란 한 사람한테서 쉽사리 소멸되지 않는 법인가보다. 그런 그 설움이 열아홉, 스무 살적에는 산에 나무하고 오면서 먼 들판, 먼 강물을 보며 눈물을 글썽이곤 하였던 것이다. 선별질이란 나 같은 체질을 두고 이르는 말일까. 누군가가 말하였다. '가장 슬픈 것을 노래한 것이 가장 아름다운 것을 노래한 것이다'라고. 이 말에 나는 제일 많은 신뢰를 걸어왔다.[15)]

박재삼의 시에서 시적 자아의 무구한 죄책감이 유년에 한정되는 것이 아니라 성인에 이르기까지 지속되었던 것처럼 박재삼은 '설움' 또한 "한 사람한테서 쉽사리 소멸되지 않는", 지속적인 속성의 감정으로

15) 박재삼, 「한」, 『베란다의 달』, 시와의식사, 1989, 92~93쪽.

인식하고 있다. 그런데 "가장 슬픈 것을 노래한 것이 가장 아름다운 것을 노래한 것이다"라는 언표에서 '슬픔'을 '아름다움'과 연결 짓고 있다는 점에 주목할 필요가 있다. 박재삼 시의 슬픔이 '반짝임'의 이미지를 수반하면서 발현되고 있다는 사실[16]과의 관련성을 추측할 수 있는 대목이기 때문이다.

그렇다면 박재삼의 시에서 '슬픔'의 정서가 아름다움과 연결될 수 있는 근거는 어디에 있는 것일까. 그것은 바로 슬픔의 주체가 내면화하고 있는 무구함 혹은 순박함에서 찾을 수 있다는 판단이다. 그의 시에서 슬픔을 유발하는 상황에 직면한 대상은 그것을 '당할 만한 이유가 없는', 지극히 순박하고 무구한 존재이다. 슬픔의 정서에 수반되고 있는 '반짝임', '빛남'의 이미지는 이 존재의 무구함에서 발원하고 있는 것이며 이것이 바로 슬픔에 아름다움이 담지될 수 있는 근거이기도 한 것이다. 이는 박재삼이 슬픔의 정서나 그것을 유발하는 상황 그 자체보다 슬픔의 주체에 초점을 맞추고 있다는 의미도 된다.

진주 장터 생어물전에는
바닷밑이 깔리는 해다진 어스름을,

울엄매의 장사 끝에 남은 고기 몇 마리의
빛 발하는 눈깔들이 속절없이
은전만큼 손 안 닿는 한이던가

---

16) 박현수는 박재삼이 전후 초월주의의 한계를 극복하여 자신의 독자적인 시세계를 구축한 것으로 '정서의 불투명성'을 들고 있다. 즉 박재삼의 독자적인 시적 특성은 슬픔과 서러움, 그리움 등이 뒤섞인 뚜렷하게 파악되지 않는 불투명한 정서에 있다는 것이다. (박현수, 앞의 글, 139~140쪽.)

울엄매야 울엄매.

별밭은 또 그리 멀리
우리 오누이의 머리 맞댄 골방 안 되어
손 시리게 떨던가 손 시리게 떨던가.

진주남강 맑다 해도
오명 가명
신새벽이나 밤빛에 보는 것을,
울엄매의 마음은 어떠했을꼬.
달빛 받은 옹기전의 옹기들같이
말없이, 글썽이고 반짝이던 것인가.

-「追憶에서 67」 전문

위 시는 가난으로 인한 슬픔을 처연하면서도 아름답게 그린 작품이다. '진주 장터'에 어둠이 내린 것을 "바닷밑이 깔리는" 것으로, 해가 지도록 다 팔지 못하고 남은 생선의 '눈깔'을 '울엄매'의 손에 넣지 못한 '은전'으로 암유하고 있다. 가난에 관한 직접적인 표현이나 감정의 토로는 없지만 '신새벽'에 '장사' 나가 '밤빛'을 보고서야 들어오는 '울엄매'의 현실이나 그런 엄마를 기다리며 "손 시리게 떨"고 있는 '오누이'의 상황에서 이들이 처한 가난한 현실과 그로 인한 '한'을 간취해 볼 수 있다.

그런데 "장사 끝에 남은 고기 몇 마리"는 '울엄매의 한'에 연결되는 것임에도 그것들의 '눈깔'은 "속절없이" 빛을 발하고 있는 것으로 표현되고 있으며 "우리 오누이"가 "손 시리게 떨"면서 "머리 맞댄 골방 안"은 '별밭'으로 표상되고 있다. 슬픔이 유발되는 상황에 '빛', '반짝임'의 이미지가 틈입하고 있는 것이다.

마지막 연 또한 슬픔의 정서가 '맑음', '밤빛', '달빛', '글썽임', '반짝임' 등과 같은 영롱한 이미지와 교융되고 있다는 점에서 2, 3연과 동일한 구도를 보여준다. '진주남강'이 아무리 맑다 해도 '울엄매'는 장터 오가는 "신새벽이나 밤빛에"나 볼 수 있을 뿐임을 안쓰러워하며 시적 자아는 "울엄매의 마음"을 헤아려 보고 있다. 시적 자아에게 "오명 가명" 진주남강을 보는 "울엄매의 마음"은 "달빛 받은 옹기전의 옹기들 같이 / 말없이, 글썽이고 반짝이던 것"으로 형상화 된다.

"글썽이고 반짝이던 것"이라는 시구에는 매우 다층적인 의미가 함의되어 있다. 먼저 "글썽이고 반짝이던 것"은 '울엄매의 마음'임과 동시에 눈물의 형상이기도 하다. 또한 이 "글썽이고 반짝이던 것"의 직유인 "달빛 받은 옹기전의 옹기들"은 동글동글한 눈물방울을 연상시킴과 동시에 머리를 맞대고 있는 '오누이'의 형상을 연상시키기도 한다. 따라서 "글썽이고 반짝이던 것"에는 '울엄매'의 '눈물', '설움', '한'이라는 비극적 정서와 함께 자식에 대한 애틋한 사랑과 희생, '별'빛으로 표상되는 오누이의 순수하고 깨끗한 마음 등의 의미가 포지되어 있는 것이다.

이것이 바로 '슬픔을 노래하는 것'과 '아름다움을 노래하는 것'이 상동의 관계에 있는 양상이라 할 수 있을 것이다. 이는 다시 말해 박재삼의 시에서는 슬픔이 발현되는 상황, 배경 못지않게 슬픔 주체들의 영롱한, 혹은 무구한 마음이 초점화 되고 있다는 의미도 된다. 순박하고 무구한 존재이자 슬픔 주체인 유년의 자아와 가족들은 이러한 슬픔을 겪을 만한 이유가 없는, '연민'의 대상인 것이다.

새벽 서릿길을 밟으며
어머니는 장사를 나가셨다가
촉촉한 밤이슬에 젖으며
우리들 머리맡으로 돌아오셨다.

……

보는 이 없는 것,
알아주는 이 없는 것,
이마 위에 이고 온
별빛을 풀어놓는다.
소매에 묻히고 온
달빛을 털어놓는다.

-「어떤 귀로」 부분

국민학교를 나온 형이
花月여관 심부름꾼으로 있을 때
그 층층계 밑에
웅숭그리고 얼마를 떨고 있으면
손님들이 먹다가 남은 음식을 싸서
나를 향해 남몰래 던져 주었다.
집에 가면 엄마와 아빠
그리고 두 누이동생이
浮黃에 떠서 그래도 웃으면서
반가이 맞이했다.
나는 맛있는 것을

많이 많이 먹었다며
빤한 거짓말을 꾸미고
문득 뒷간에라도 가는 척
뜰에 나서면
바다 위에는 달이 떴는데
내 눈물과 함께
안개가 어려 있었다.

-「追憶에서 30」 전문

「어떤 귀로」는 새벽에 장사를 나갔다가 밤이 되어서야 돌아오는 '어머니'와 그런 어머니를 기다리는 아이들이 등장하는데 그 내용이나 분위기가 「追憶에서 67」과 매우 흡사한 작품이다. 이 시에서도 "촉촉한 밤이슬에 젖으며 우리들 머리맡으로 돌아"오신 '어머니'는 은전 대신 "별빛을 풀어놓"고 "달빛을 털어놓"는다. 슬픔과 한의 주체인 '어머니'가 '별빛', '달빛' 등의 신비롭고 영롱한 이미지로 형상화되고 있다. "보는 이 없고 알아주는 이 없는" 어머니의 영롱한 마음을 부각하고 있는 것이다.

「追憶에서 30」은 위 시들에 비해 보다 서사적이라는 특징이 있으며 서사성이 강조되는 까닭에 구문론적으로도 의미가 명확하게 전달되고 있는 작품이다. 이 시에도 유년의 자아가 등장하고, 온 가족이 여관 심부름꾼으로 있는 "국민학교를 나온 형"에 의지해 끼니를 해결하는 슬픈 상황이 그려지고 있다. 제대로 배우지 못하고 어린 나이에 허드렛일을 하고 있는 형이나 남은 음식을 집에 가져다주는 유년의 자아, 굶주림으로 부황에 뜬 "엄마와 아빠 그리고 두 누이동생" 등은 모두 가난한 현실로 인해 고통을 당하고 있는 이들이다.

그러나 이 시에서 강조되고 있는 것은 가난한 현실 자체가 아니라 이러한 상황 속에서도 서로를 위하는 가족 간의 희생, 배려 등의 마음이다. '달빛', '별빛'이 슬픔 주체의 영롱한 마음을 표상했던 것과 같이 이 시에서 '달'은 이들의 순박하고 애틋한 마음을 표상하고 있는 것으로 볼 수 있다.

살펴본 바와 같이 박재삼 시의 유년의 자아나 가족들의 마음이 '반짝임', '빛'의 이미지로 표상되는 등, 다수의 시편들을 통해 박재삼은 이들이 순박하고 무구한 존재임을 강조하고 있다. 시적 자아에게 있어 서럽고 슬픈 상황에 처해 있는 것으로 기억되는 이들은 그러한 고통을 "당할 만한 이유가 없는 자"에 해당하는 것이다. 따라서 과거를 회상하고 있는 박재삼 시의 시적 자아는 단순히 슬픔의 정서에 매몰되어 있는 주체가 아니라 할 수 있다. 대상화된 유년의 자아를 포함하여 가족들은 슬픔 주체이자 연민의 대상이며 성인의 시점에서 과거를 회상하고 있는 시적 자아는 이들 슬픔 주체의 무구한 마음을 부각하고 이들의 슬픔에 공감하는 '연민'의 주체인 것이다.

3. 설화적 여성 인물과 타자화된 존재에 대한 연민

박재삼의 시가 전통주의적 서정을 계승하고 있다고 할 때 이를 드러내는 주요한 특징 중 하나가 설화를 소재로 하고 있는 작품이 많다는 점이 될 것이다. 설화란 오랜 세월에 걸쳐 한 민족 내에서 소통 · 전승되어 온 이야기이므로 설화에는 그 민족이 공유해온 보편적인 정서와 정신이 내재되어 있기 때문이다. 이와 같이 설화를 소재로 하고 있는 박재삼의 시에는 등장인물[17] 대부분이 여성 인물이라는 특징이 있는데 이 여성인물들은 전통적인 여성상이 그러하듯 모두 희생, 슬픔, 한 등의 발현과 긴밀하게 연결되어 있다.

이러한 여성 인물들은 박재삼의 시에서 장해로 인한 사랑의 부재를 인고하는 자로서 연민의 대상이 되고 있다.

> 연약한 듯한 문화유산에서 '절실한 것', '처연한 것'이 우리의 멋과 아름다움을 길러준 바탕이 되었기 때문에 사라질 듯 망할 듯하면서도 그럴 수가 없는 가장 '약한 것'이 지닌 '가장 강한 면'을 가질 수가 있었던 것인지도 모른다. 따라서 그러한 약한 것을 가장할 필요는커녕 도리어 그 '약한 것이 가진 강한 면'을 우리는 특유의 아름다움과 멋으로 누려야 할 것이다[18]

위 글에서도 슬픔과 아름다움을 상동의 관계로 인식하고 있는 박재삼의 미의식을 확인할 수 있다. 박재삼은 우리민족 고유의 멋과 아름다움이 '절실한 것', '처연한 것'을 바탕으로 이루어져 있다고 보고 있다. 따라서 굳이 강한 것처럼 "약한 것을 가장할 필요"가 없다는 것이다. 오히려 "사라질 듯 망할 듯하면서도 그럴 수가 없는 가장 '약한 것'이 지닌 '가장 강한 면'"이 바로 우리민족 특유의 아름다움과 멋이라는

17) 박재삼의 시에는 유난히 인물과 관련된 작품이 많다는 특징이 있다. 15권의 시집에 수록된 작품 857편 중 인물과 관련된 작품은 455편으로 전체의 53%에 달하고 있다. (권진희, 「박재삼 시에 나타난 인물에 관한 연구」, 고려대학교 인문정보대학원 석사학위 논문, 2011, 12쪽.)

18) 박재삼, 『슬퍼서 아름다운 이야기』, 경미문화사, 1977, 221쪽.

것이다.

박재삼의 시에서 '절실'하고 '처연'한 상태에 놓여있으면서 "약한 것이 가진 강한 면"을 보여주고 있는 인물군이 바로 설화적 여성 인물들이라 할 수 있다. 이들이 '절실'하고 '처연'한 상태에 놓이게 된 연유는 바로 사랑하는 대상의 부재에 있다. 그런데 설화적 여성 인물이 등장하는 시에서 이 부재는 이들을 억압하는 어떠한 권위적인 힘과 관련되어 있다는 특징을 보이고 있다. 설화적 여성 인물들은 사랑의 장해요소인 거대한 힘 앞에서 타자화된 '약한자'로서 사랑하는 대상의 부재를 인고하는 존재로 등장하고 있다.

흐느낌으로 피던 살구꽃 등속(等屬)이 또한 흐느끼며 져버린 것을 어쩌리요.
세상은 더욱 너른 채 소리내어 울고 있는 녹음을,
언제면 소득 본단 말이요.
피릿구멍 같은, 옥(獄)에 내린 달빛서린 하늘까지가 이내 몸에 파고 들어
가쁜 명(命)줄로 앓아살는 저것을 어쩌리오.
이런 때, 천지는 입덧이 나 후덥지근하고,
태장(笞杖) 끝에 피멍진 천첩(賤妾) 춘향의 전신만신(全身滿身) 캄캄한 살 위에도
병 생기는 아픔을……
만일에도 이 한밤 당신이 서서 계신다면은
어느 별만 우러러 아프게 반짝인다 하리오.

-「녹음(綠陰)의 밤」 전문

목이 휘인 채 꽃진 꽃대같이 조용히 춘향이는 잠이 들었다. 칼 위에는 눈물방울이 어룽져 꽃이파리의 겹쳐진 그것으로 보였다. 그렇다, 그것은 달밤일수록 영롱한 것이 오히려 아픈, 꽃이파리 꽃이파리, 꽃이파리들이 되어 떨고 있었다.

-「화상보」 부분

형(刑)틀에 매여 원통하던 일을 이승에서야 다 풀고 갔으련만
저승에 가 비로소 못 잊겠던가
춘향이 마음은 조롱조롱 살아 다시 열렸네.

저것은 가냘피 아파 우는 소리였던 것을,
저것은, 여릿이 구슬 맺힌 눈물이던 것을,
못 견딜 만큼으로 휘드리었네.

-「포도」 부분

위 시들은 모두 '춘향'을 소재로 한 작품들이다. 설화와 같이 독자들에게 익히 알려져 있는 내용을 시로 재구성할 경우 내용의 많은 부분을 절약하면서 시인 자신의 메시지를 강조할 수 있게 된다. 또한 보편적인 정서나 감정을 형상화시키는 데에도 유용하며, 의미의 이차적 전용을 손쉽게 도모할 수도 있다.[19)]

박재삼의 시에서 춘향설화 계열의 시편들 또한 내용은 대폭 생략되고 독자와 공유된 등장인물의 캐릭터와 정서를 바탕으로 새로운 의미가 생성되는 양상을 보인다 할 수 있다. 그런데 박재삼의 시에서 춘향

---

19) 오세영, 「아득함의 거리」, 『20세기 한국시인론』, 월인, 2005, 283~284쪽.

설화 계열의 시편들은 춘향이 옥에 갇힌 상황을 배경으로 하고 있다는 특징이 있다.[20] 위 시들 또한 옥에 갇힌 춘향을 소재로 하고 있으며 그중 「녹음(綠陰)의 밤」의 경우엔 춘향 자신이 시적 화자로 등장하여 아픔을 토로하고 있다.

춘향의 아픔은 이도령이라는 사랑하는 대상의 부재에서 기인한다는 것이 기본 전제가 되고 있지만 위 시들에서 초점은 이도령에 대한 사랑이 아니라 옥에 갇혀 있는 춘향의 구체적인 고통과 그로 인한 '원통', 슬픔, 한 등에 맞춰져 있다. 이는 "가쁜 명(命)줄로 앓아살는"다는 표현이나 "태장(笞杖) 끝에 피멍진 천첩(賤妾) 춘향의 전신만신(全身滿身) 캄캄한 살"이라는 묘사, "형(刑)틀에 매여 원통하던 일"이 저승에 가서도 잊지 못하겠던가라는 물음 등에서도 확인되는 바이다.

춘향의 사랑에 장해가 되는 요소는 부조리한 권력의 횡포이다. 이 권력은 춘향을 억압하는 힘이자, 한낱 퇴기(退妓)의 딸이라는 신분으로는 극복할 수 없는 층위에 속해있는 것이다. "목이 휘인 채 꽂진 꽃대같이 조용히" 잠들어 있는 춘향을 그리는 시적 자아의 시선에는 연민이 깃들어 있다. 이는 거대한 힘 앞에서 타자화된 '약한자'에 대한 연민이자 사랑의 부재로 인해 '절실'하고 '처연'한 상태에 놓인 대상에 대한 연민이라 할 수 있다.

우리의 바닷마을에 옛날엔 바람난 가시내가 있었다 한다. 바닷바람이

---

20) 권정우는 춘향설화 계열 시편의 특징으로 옥에 갇힌 춘향을 시적 화자로 설정한 시가 높은 비율을 차지한다는 것을 들고, 죄도 없이 투옥되고 모진 형벌을 당하는 것이 춘향이 느끼는 슬픔의 주된 원인이라 판단하였다. 더불어 박재삼이 새로운 성격의 춘향을 창조한 것으로 보았는데 '변학도로 상징되는 부당한 권력에 의해 고통을 당하는 피지배층'으로서의 춘향이 그것이다. (권정우, 앞의 논문, 68쪽.)

무서웠더란다. 치마 끝에도 이는 바람은 꼭 귀신(鬼神)소리더란다. 사람들의 눈 흘기는 눈짓보다도 더욱 몸을 휘감고 보채는 바닷바람이었더란다. 무서워 방에 앉아 있을라치면 또한 아쉽기도 한 바람소리였더란다. 그 바람의 한 자락을 잡을락했던지는 모르지만 하루에도 몇 차례를 방문을 차고 머리 헝클어진 채 바다 쪽으로 내닫더란다. 그러나 바람에 얹힌 집채만한 물고래에 무서움 질려 집으로 돌아오곤 하더란다.

바람에 못견디는 그짓 밖에는 아궁이에 한 고래 불 때는 일이 그 전부(全部)였더란다. 부지깽이로 거둔, 불에도 홀리어 눈이 쓰린 욕보던 가시내였더란다.

그런 세월과 그런 갈증과, 그런 마을에, 바람 기운이 없는 어느날 앞바다를 섬 하나이 흘러오고 있었더란다.

마침, 불 때다 볼 붉은 그 가시내가 부지깽이를 든 채 나와선, 가슴 차도록 섬이라도 안으면 살 길이나 열리리라 믿었던가 한바다에 뛰어들어 죽었더란다.

그때부터란다. 우리의 바닷마을의 바람막이 목섬이 동백기름을 바른 머리태(態)의 숲으로 시집살이 오래오래 살아온단다.

-「목섬 이야기」 전문

위 시는 "우리의 바닷마을"에 전해 내려오는 '목섬'에 관한 이야기를 내용으로 하고 있다. 이 설화의 주인공은 '바람난 가시내'로 지칭되고 있는데, 어떠한 장해요소가 있고 그로 인해 채울 수 없는 사랑의 갈망으로 괴로워하는 여성인물이라는 점에서 '춘향'과 동궤에 자리하는 시적 대상이라 할 수 있다.

위 시에서 '바람'은 이중적인 의미로 쓰이고 있다. 하나는 자연현상으로서의 '바람'이고 다른 하나는 "사람들의 눈 흘기는 눈짓"이라는 대목에서 간취할 수 있는바 사회적 윤리와 상충되는 사랑을 의미하는 '바람'이다. 즉 이시에서 사랑의 장해요소는 바로 "사람들의 눈 흘기는 눈짓"으로 표상되는 윤리적인 단죄인 것이다.

공동체에서의 추방의 형태로 이루어지는 이 단죄는 '가시내'에게 '바람' 즉 사랑이 '귀신소리'처럼 무섭게 느껴질 만큼 강력한 압박으로 작용하고 있다. 이러한 단죄에 저항하고자 하는 결심이 번번이 실패하는 원인도 여기에 있는 셈이다. "바람의 한 자락을 잡을" 결심으로 "바다 쪽으로 내닫"지만 "바람에 얹힌 집채만한 물고래에 무서움 질려 집으로 돌아오곤" 했다는 시구는 바로 '가시내'의 저항의지가 꺾이는 과정을 비유한 것이라 할 수 있다. "바람에 얹힌 집채만한 물고래"가 '가시내'가 체감하고 있는 윤리적 단죄의 무게인 것이다. "그런 마을"에서 "그런 갈증"으로 "그런 세월"을 보내던 '가시내'는 결국 "바람 기운"마저 없게 되자 "한바다에 뛰어들어 죽"어버리고 만다.

"바람에 못견디는" 것 외에 '가시내'가 하는 일이라고는 "불 때는 일"이 전부이다. 그런데 "불에도 홀리어 눈이 쓰린 욕보던 가시내"라는 시구에서 '불 때는 일' 또한 사랑을 갈망하는 행위에 다름이 아님이 확인된다. '불에 홀리어 눈이 쓰린 가시내'는 사랑에 홀리어 눈물로 세월을 보내는 '가시내'로 해석이 가능하기 때문이다. 동일한 맥락에서 바람과 불의 관계는 사랑과 '가시내'의 관계와 상동이라 할 수 있다. 적당한 바람은 불을 키우는 요소가 되지만 불을 압도할 만한 강한 바람에 불은 꺼지기도 하는 것이다. 위 시에서 사랑 또한 '가시내'의 마음을 불타오르게 하는 정념이면서 끝내는 '가시내'를 죽음에 이르게 하는 기제가 되고 있다는 점에서 그러하다.

위 시에서 '가시내'라는 설화적 여성 인물의 사랑을 억압하는 요소는 윤리적 관념이다. 이 윤리적 관념은 '가시내'에게 극복할 수 없는 거대한 힘, 권위적인 힘으로 작용하고 있다. '가시내'가 죽어 "바닷마을의 바람막이 목섬이" 되었다는 것, 그리고 나아가 "동백기름을 바른 머리태(態)", 즉 정숙한 태도로 "시집살이 오래오래 살아"오고 있다는 결론이 이를 방증해 준다.

'가시내'가 극복할 수 없는 거대한 힘 앞에서 이루어질 수 없는 사랑으로 인해 '절실'하고 '처연'한 상태에 놓여있는 여성 인물이라는 점에서 위 시는 춘향계열의 시편들과 동일한 구도를 보여준다. 물론 설화라는 전제를 두고 춘향의 사랑과 비교할 때 '가시내'의 사랑에 대한 독자의 반응은 일치되기 어려울 것으로 보이지만 위 시의 시적 자아의 발화에는 행위의 옳고 그름에 대한 판단을 떠나 이러한 처지에 놓여 있는 시적 대상에 대한 연민이 함의되어 있는 것으로 보인다.

> 우리가 소시적에, 우리까지를 사랑한 남평 문씨 부인은, 그러나 사랑하는 아무도 없어 한낮의 꽃밭 속에 치마를 쓰고 찬란한 목숨을 풀어헤쳤더란다.
>
> -「봄바다에서」 부분

겨우 예닐곱 살 난 우리를 그리 사랑하신 남평 문씨 부인은
서늘한 모시옷 위에 그 눈부신 동전을 하냥 달고 계셨던 그와도 같이

마음 위에 늘 또하나 바래인 마음을 관(冠)올려 사셨느니라.

그것 때문에,
우리를 사랑하신 그것 그 짐 때문에,
어이할까나,
갈앉아지기로는,
몸을 풀어 사랑을 나누기로는,
바다밖에 죽을 데가 없었느니라.

-「어지러운 혼」 부분

박재삼 시에 등장하는 '남평 문씨 부인' 또한 사랑으로 인해 '절실'하고 '처연'한 상태에 놓이는 여성 인물에 해당된다. "사랑하는 아무도 없어 치마를 쓰고 찬란한 목숨을 풀어헤쳤"던 인물이자, "몸을 풀어 사랑을 나누기로는, 바다밖에 죽을 데가 없었"던 인물이기 때문이다. 다만 '남평 문씨 부인'의 사랑에는 그 대상과 사랑의 장해요소가 구체적으로 드러나 있지 않다는 것이 '춘향', '가시내'의 사랑과 차질되는 점이라 하겠다.

"어이할까나"와 같은 영탄에서도 드러나는바, 위 시들의 시적 자아는 그들의 '소시적'을 회고하면서 '남평 문씨 부인'에 대한 애정과 그 처지에 대한 안쓰러움, 내지는 연민을 드러내고 있다.

그렇다면 박재삼의 시에서 설화적 여성 인물들이 이러한 동일한 구도의 사랑을 구현하고 있는 원인은 무엇일까. 그것은 박재삼이 그의 시에 등장하고 있는 설화적 여성 인물들에 자신의 자아상을 투사하고 있기 때문으로 보인다.

나는 어린 시절을 삼천포 바닷가에서 살았다. 또 거기서 중요한 사춘기 시절을 맞고 보냈었다. 우리집은 가난한 가운데 특히 윗자리라 할 만큼 가난하였다. 고등학교까지 거기서 다녔다. 그런데 나는 올바른 연애 한 번 못하고 말았으니, 그것이 두고두고 회한이 된다.

…… 중략 ……

연애를 못한 패배적 심정은 이 세상 모든 것을 연애 감정에 입각해서 노래할 수는 없을까. 나에게는 누님도 없거니와, 또 그 연정은 도시 없는 셈이었다. 그런데도 나는 누님을 끄집어 내어 채우지도 못한 연정을 메울 수가 있었던 것이다. 밤바다의 반짝이는 사상이라든가 눈물괴고, 가슴 울렁이는 것까지 나는 그것을 연애 감정 그것이 되어 바라보았던 것이다. 이런 것은 어쩌면 연애의 대상 행위였던 것이라고 나는 짚어보고 있다.[21)]

위 인용글에 따르면 박재삼은 성인이 될 때까지 "올바른 연애 한 번 못"해 보았으며 이러한 사실은 박재삼에게 있어 "패배적 심정"을 불러일으키고 "두고두고 회한"이 될 만큼 여파가 큰 사건에 해당되는 것이었다. 위 글은 시적 자아의 사랑을 비롯해 '누님의 사랑'(「밤바다에서」), '친구의 사랑'(「울음이 타는 가을강」) 등 박재삼의 시에서 유난히 사랑을 소재로 한 작품이 많은 이유를 간취해볼 수 있게 한다. 시인에게 있어 그것은 "패배적 심정"으로 "채우지 못한 연정을 메"우는 "연애의 대상 행위였던 것"이다. 설화적 여성 인물들 또한 사랑의 주

21) 박재삼, 『숨가쁜 나무여, 사랑이여』, 오상사, 1982, 134~136쪽.

체인 점에서는 동일하나 구체적인 사랑의 장해요소가 등장한다는 점에서 '누나'나 '친구'와는 다른 경우에 해당한다.

한편 박재삼이 "올바른 연애 한 번 못"해 본 사연의 원인은 바로 '가난' 때문이었다. "가난한 가운데 특히 윗자리라 할 만큼" 극심한 가난이 박재삼에게는 사랑의 장해요소였던 셈이다. 사실 '가난'은 박재삼의 '어린 시절'에서 '중요한 사춘기 시절'에 이르기까지, 그리고 가정을 꾸리고도 벗어나지 못했던 평생의 굴레였다. 박재삼에게 있어 '가난'이란 전 생애에 걸쳐 영육을 지배했던 거대한 힘이라고도 할 수 있는 것이다. 다시 말해 박재삼은 자신의 힘으로는 도저히 어찌 해 볼 수 없었던 '가난'이라는 굴레로 인해 '패배적 심정'으로 사랑의 부재를 견뎌야 했으며 그 '대상 행위'로 그의 시에 사랑의 부재를 견디는 주체를 그렸던 것으로 볼 수 있다.

전술한 바와 같이 박재삼 시의 설화적 여성 인물들은 모두 극복할 수 없는 거대한 힘 앞에서 사랑의 부재를 견디고 있는 대상이라는 점에서 시인의 '심정'이 투사된 인물군이라 할 수 있다. 연민이라는 정서가 "타인의 슬픔에 대한 동류의식"[22]을 의미하며 이 '동류의식'이 고통에 대한 '상상력'에 근거하고 있다고 할 때, 박재삼의 시에서 드러나고 있는 설화적 여성 인물에 대한 연민은 필연적인 귀결이라 할 수 있을 것이다. 극복할 수 없는 거대한 힘 앞에서 타자화된 존재로서 사랑의 부재를 견디고 있는 설화적 여성 인물들은 다름 아닌 시인 자신의 자아상이자 자신의 슬픔이 투사된 존재이기 때문이다. 따라서 이들은 그 어느 대상보다도 밀도 높은 시인의 동류의식을 담보하고 있을 것

22) 애덤 스미스, 앞의 책, 5쪽.

이며 고통에 대한 상상력 또한 가장 근접해 있을 것이기 때문이다.

4. 메저키즘적 구도와 하층민에 대한 연민

현실 인식 내지는 현실 비판의 측면에서 박재삼 시의 '슬픔'이나 '한'은 철저하게 개인적인 층위에 한정된다는 비판을 받아왔다. 그러나 "시를 쓰고 발표한다는 행위 속에는 어느 정도 현실비판이 들어 있는 것"[23]이라는 시인의 언술에서도 간취되는 바이지만 박재삼의 시에서 '슬픔'이나 '한'은 단순한 개인적 차원의 정서표출이 아닌 현실 인식, 나아가 지배층에 대한 비판을 기반으로 발현되는 양상을 보인다.

다만 그것이 구체적인 사실을 기반으로 한 명징한 정서가 아니라 이미지적 묘사를 통한 모호한 정서의 발현이라는 박재삼 특유의 미학적 기법[24]으로 인해 그의 시에서 표나게 드러나지 않았던 것이다. 이것이 많은 연구자들로 하여금 박재삼 시에 나타난 현실에 대한 인식과 그 표출을 간과하게 했던 기제로 작용했을 것으로 판단된다.

박재삼의 시에서 현실 인식과 비판은 내용적으로는 하층민에 대한 연민을 통해, 그리고 형식적으로는 '매저키즘'적 구도를 통해 구현되

---

23) 박재삼, 앞의 책, 예기출판사, 1989, 91쪽.

24) 박현수는 박재삼 시의 가치를 초월성의 차원에서 발견하는데 박재삼의 시에서는 초월적 지향이 내면화 되어 있다는 것이다. 즉 초월적 지향이 서정주의 시에서는 다소 강박적으로 느껴질 만큼 영원주의를 서술적으로 전달하려고 하는 데 반해 박재삼은 시의 바탕에 그것을 녹여 놓고 있다고 보았다.(박현수, 앞의 글, 139쪽) 구체적인 서술을 통해 명징하게 겉으로 드러내지 않는 박재삼의 미학적 기법을 확인할 수 있는 대목이다.

는 양상을 보인다. 들뢰즈에 의하면 '매저키즘'의 전형적인 특징은 "자신의 굴욕적인 상황으로부터 '이차적인 이익'을 이끌어내는"[25] 것이다. 즉 '굴욕적인 상황'에 놓였다는 점에서는 '피해자'이지만 이 상황을 통해 궁극적으로 욕망하고자 하는 것을 획득한다는 점에서는 '박해자'와 '피해자' 사이에 "입장의 전이나 이동"[26]이 일어나는 것이다.

이를 박재삼의 시에 대입한다면 '피해자의 굴욕적 상황'은 하층민의 고통스러운 삶에 연결되고, 이로부터 획득되는 '이차적인 이익'은 지배층에 대한 비판이 될 것이다. 다시 말해 시에서 화자가 세심하게 그리고 있는 것은 하층민의 눈물겨운 삶이지만 이것이 청자에게 도달하는 과정에서 하층민에 대한 연민과 함께 지배층에 대한 분통의 심정을 불러일으키게 된다는 의미이다.

지배층과 하층민이라는 이분법적 구도에 있어 표층적으로 '굴욕적 상황'에 있는 것은 하층민이지만 심층적으로는 그 위치가 전복되고 있다는 점에서 '매저키즘'적 구도라 할 수 있다. 이러한 구도는 전술한 바 있는 박재삼 특유의 미학적 기법과도 긴밀하게 연결되어 있는 것으로 판단된다. 박재삼은 그의 시에서 드러나게 비판의 목소리를 내세우거나 직접적인 진술의 형식을 취하지 않으면서 결과적으로는 비판의 기능을 수행하고 있기 때문이다. 이러한 시적 의장은, 시인의 현

25) 질 들뢰즈, 이강훈 역, 『매저키즘』, 인간사랑, 2007, 29쪽.

26) 매저키즘의 주인공은 권위적인 여성에 의해 교육받고 변형되는 것처럼 보이지만, 사실은 그 여성을 재구성하고, 역할에 맞는 의상을 입히고, 그에게 내뱉는 거친 말을 가르치는 사람은 바로 주인공 자신이다. 결국 자신도 포함해서 피해자가 박해자의 입을 통해 말하고 있는 것이다. 변증법은 단순히 언술의 교환을 의미하는 것이 아니라, 이와 같은 입장의 전이나 이동을 암시하는 것이며 역할과 언술의 할당에 있어서 동시에 여러 가지 차원에서의 반전과 이중반복에 의해 이루어지는 장면으로 구체화된다. (위의 책, 2007, 26~27쪽.)

실에 대한 인식과 그에 대한 비판의식 없이는 불가능 하다는 점을 상기할 필요가 있다.

> 아무리 사람이 항상 꽃핀 것만 바라
> 놀고 사는 게 아니라 한들
>
> 안 그런가. 삼베올날 안 고르기
> 그보다도 못하게야 살아서 되리.
>
> 그러나 그 삼베올날 밑에는
> 비오는 날씨의 우리네 살점
>
> 오백 년 정(情) 떨어지게
> 한정없이 맞고 한정없이 빌고
>
> 겨우 한 뼘짜리 간장(肝臟)밭이나
> 근근히 소작하고 살았던가.
>
> 시절이 좋을쏜
> 굶고 울고 굶고 울고
>
> 그 중에 벼락 안 맞고 날 보낸 걸
> 어진 제왕님 덕이라 하였던가.
>
> -「원한」 전문

위 시에서 지배층을 표상하는 대상은 '제왕님'이다. 전체 7연 중 6연까지는 하층민의 삶을 한탄적인 어조로 토로하고 있다. '우리네'라는 표현에서 알 수 있듯 이 시의 화자는 하층민에 속해 있거나 이들에 대한 '동류의식'을 배태하고 있는 대상이라 할 수 있다. 인간사가 잘 짜여진 직물처럼 항시 고르고 평안하기만을 바랄 순 없지만 화자에 따르면 '삼베올날'보다도 고르지 못한 것이 하층민의 삶이다.

위 시에서 이러한 하층민의 삶은 '비오는 날씨의 삼베올날 밑 살점'으로 형상화되어 있다. '비'가 고난을 상징한다 할 때 '삼베올날 밑'에서는 비를 피할 수 없다. 몰아치는 비를 "한정없이 맞"으면서도 이들이 할 수 있는 일이라고는 "한정없이 비"는 것밖에 없다. "겨우 한 뼘짜리 간장(肝臟)밭이나 근근히 소작하고 살았다"는 시구는 중의적인 표현으로 볼 수 있다. 문장 그대로 아주 좁은 밭을 근근히 소작하고 살았다는 것으로 해석할 수도 있고 비유적인 표현으로 그만큼 마음 졸이며 살았다는 의미로 해석할 수도 있기 때문이다. 이들의 삶은 "시절이 좋"아졌다고 할 때라도 "굶고 울고 굶고 울고", 달라지는 것이 없다.

'제왕님'은 마지막 연에서야 등장한다. 그런데 화자는 그토록 궁핍한 삶을 살았을지언정 그나마 "벼락 안 맞고" 목숨 붙어 있는 것을 "어진 제왕님 덕"으로 돌리고 있다. 반어적 표현이지만 인물 구조의 측면에서 보면 위치의 전복이 일어나고 있음을 알 수 있다. 즉 일차적으로는 하층민을 대변하는 화자가 비굴하게 느껴질 정도로 순종적 태도를 취함으로써 '제왕님'과 하층민의 상하관계구도를 보여준다. 그러나 결과적으로는 청자에게 하층민에 대한 연민의 정서와 함께 제왕님에 대한 분노를 불러일으키게 된다는 점에서 둘의 위치가 전복되고 있는 것이다.

부황(浮黃)난 언덕에까지
보리는 익을 대로 익어
출렁이며 밀려오고 있었다.

콧구멍 둘이 답답한
사람들아 사람아
먹을거리가 저리 많다,
안으로 홀로
외쳐 부질없는
뙤약볕 속에 황소울음을.

이 청승의 부적(符籍)을 감당하는데
돌 하나 주워 팔매질하고
돌 하나보다 무거운
우리나라 사랑하는 내 눈물을
먼지 이는 언덕에 씨뿌리었다.
-「정경」 전문

먼 나라로 갈까나.
가서는 허기져
콧노래나 부를까나.

이왕 억울한 판에는
아무래도 우리나라보다
더 서러운 일을

뼈에 차도록
당하고 살까나.

고향의 뒷골목
돌담 사이 풀잎 모양
할 수 없이 솟아서는
남의 손에 뽑힐 듯이 뽑힐 듯이
나는 살까나.

-「소곡(小曲)」 전문

「원한」이 첫 번째 시집 『춘향이 마음』에 수록되어 있는 작품이라면 위 시들은 두 번째 시집 『햇빛 속에서』에 수록되어 있는 작품들이다. 「원한」의 '제왕님'에 해당하는 대상이 위 시들에서는 '우리나라'로 전화되어 등장하고 있다는 공통점이 있다.

「정경」에서 '부황'이 오랜 굶주림에 기인하는 병이라는 점에 착목하면 "부황난 언덕"은 '보릿고개'의 암유로 읽을 수 있다. 이러한 맥락에서라면 "보리는 익을 대로 익어 출렁이며 밀려오고 있었다"라는 시구 또한 실제 '보리'가 "익을 대로 익어 출렁"인다는 의미라기보다는 굶주림이 극에 달했다고 할 수 있는 '보릿고개'의 절정을 시각적 이미지로 형상화한 것으로 해석할 수 있다.

'보리'에 관한 진술이 현상에 대한 묘사가 아니라는 것은 분위기의 불일치라는 측면에서도 유추되는 바이다. '보리'가 익을 대로 익어 '언덕'에까지 출렁이며 밀려오고 있는 형상은 풍성하고 충만한 심상을 불러일으킨다. 그러나 마지막 연에 이르면 '언덕'의 실체는 결국 "뙤약볕 속"의 "먼지 이는 언덕"임이 드러나고, 풍성함과는 상반되는 불모의 이미지를 발현하고 있기 때문이다.

"시절이 좋을쏜 굶고 울고 굶고 울고"(「원한」)하는 것이 하층민의 삶이기에 "먹을거리가 많다"는 사실은 이들에게 '부질없는 황소울음'에 지나지 않는 현상일 뿐이다. "이 청승"을 '감당'하는데 화자가 할 수 있는 일이라고는 "돌 하나 주워 팔매질"하며 눈물을 흘리는 일밖에 없다. 그럼에도 화자는 이 '눈물'을 "우리나라 사랑하는 눈물"이라 이름하고 있다.

「소곡」에서는 하층민의 현실을 "고향의 뒷골목 돌담 사이"에 "할 수 없이 솟"은 풀잎으로 형상화하여 이들의 소외되고 위태로운 삶을 잘 보여주고 있다. "이왕 억울"하고 서러울 거라면 차라리 "먼나라로 갈까"라는 화자의 언술에는 '우리나라'에 대한 원망과 사랑이라는 양가적인 감정이 내재되어 있다. '먼 나라'가 아닌 '우리나라'이기에 '우리'라는 범주 내에서 겪는 억울함과 서러움이 더 아프다는 의미가 내포되어 있기 때문이다. 또한 '억울함'과 '서러움'이라는 시어에서 하층민의 삶의 고통이 단순히 궁핍함에서 비롯되는 것만은 아님을 간취해볼 수 있다.

위 시들에서 하층민을 대변하는 화자는 '우리나라'에서의 서럽고 억울한 삶으로 인해 처절한 눈물을 흘리면서도 '우리나라'에 대한 애정을 드러내고 있다. 이러할 때 청자는 시적 자아의 정서에 감응하여 슬픔과 연민을 느끼면서도 '우리나라'에 대해서는 오히려 원망 혹은 비난의 태도를 갖게 된다. 이는 화자의 직접적인 진술을 통해 비난을 드러내는 것과는 다른, '매저키즘'적 구도의 '이차적인 이익'에 해당하는 효과라 할 수 있다.

소슬한 찬바람이 유달리
그의 지붕에 많이 돌던 날
박을 타다가 홍부는
이것이었던가
이것이었던가
금은보화로 울었다.

홍부 마누라도
이마에 머리카락이 두어 낱 흐르면서
울음살에 젖었다.

수수한 박나물로 한배 채우고
그러면 족한데요 제왕님!
부잣집 밥먹듯 굶은
이 浮黃은 내 얼굴에
天命으로 印찍힌 것인데요.

이 일을 어쩔꼬, 홍부는
짓지도 않은 죄를 떠올리고
벼락 맞듯이 흠칫하였다.

그의 마당에 내려앉은 가을 하늘 한 자락
그것을 이어간 아득히
생시의 꿈,
공중에는 기러기 울음도 떴다.

-「홍부의 가난」 전문

위 시는 제6시집 『비듣는 가을 나무』에 수록된 작품으로 '흥부전'에서 흥부부부가 박을 타고 있는 상황을 인유하여 전개하고 있다. 이 시에서도 '제왕님'이 등장하고 있는데 이때의 '제왕님'은 흥부에게 '금은보화'를 내려준 고마운 존재라는 점에서 차질성이 있다. 2연까지는 박을 타고 난 직후의 상황을 그리고 있고 3연에서는 흥부가 화자로 등장하여 이러한 상황에 대한 심정을 '제왕님'에게 전하고 있는데 특히 3연에 주목할 필요가 있다. 흥부의 전언과 태도가 매저키즘의 전형을 보여주고 있기 때문이다.

법에 대한 고전적 개념에서 법의 아이러니와 유머의 요소는 사드와 마조흐에 의해 법의 전복을 지향하는 새로운 형태를 취하게 되었다. 이중 '매저키즘'은 법으로부터 그 결과로의 하강운동인 유머의 형식을 취한다.[27] 이는 법에 대한 지나친 열성에 의해 법을 비꼬는 방식이다. 즉 법을 꼼꼼하게 적용시키거나 그것에 열성적으로 복종함으로써 오히려 법의 불합리성을 증명하는 것이며 무질서를 발생시켜 질서에 대한 법의 의도를 좌절시키는 것이다. 이러한 매저키스트의 태도에는 복종만이 아니라 은연중에 내비치는 상대에 대한 경멸감이 배태되어 있다. 명백해 보이는 그의 복종적인 태도에는 비판과 도전이 숨겨져

27) 현대 사고에서 아이러니와 유머는 법을 공격하고 전복하는 기제로 변모하는데 상위의 원리를 향한 아이러니의 상승운동에 의해 법을 전복시키는 것이 새디즘의 방법이라면 매저키즘은 법을 가장 세부적인 결과로까지 축소시키는 유머의 하강운동에 의해 전복시킨다. 매저키즘적 환상이나 의식을 자세히 살펴보면 상당히 엄격한 법이 적용되고 있는 듯이 보이지만 실제로 그 결과는 항상 기대했던 바와는 정반대라는 사실을 알게 된다. 아이러니가 대상의 표면을 심층적인 것으로 조소하거나 비판하는 기능을 수행한다면 유머는 대상의 심층을 표층으로 끌어내리는 기능으로 작용하는 것이다. 따라서 유머 속에서 대상의 위상은 격하되고 무게는 가벼워지며 우스꽝스러워지게 된다.(질 들뢰즈, 앞의 책, 103~107쪽 참조.)

있는 것이다. 매저키스트는 순종 속에 거만함을, 복종 속에 반란을 감추고 있다.[28]

위 시의 주체 혹은 시인의 의도 또한 동일한 맥락에 자리하는 것이라 할 수 있다. 정형화되어 있는 흥부라는 인물의 성격을 이용하여 표층적으로는 '제왕님'에 대한 '지나친' 겸손과 복종의 태도를 보이고 있는 듯하지만 그 '지나친' 복종의 태도를 통해 오히려 비판의 의도를 드러내고 있기 때문이다.

'제왕님'은 '금은보화'를 주었지만 흥부는 "수수한 박나물로" 배만 채워도 족하다고 말한다. 그동안 흥부는 "부잣집 밥먹듯 굶"어 왔기 때문이다. 흥부는 일상이 되어 버린 굶주림으로 인해 생긴 '부황'을 "얼굴에 天命으로 印찍힌 것"이라 표현하고 있다. 즉 굶주림은 자신의 '천명'이므로 '박나물'로 배 한 번만 채워도 황송하다는 의미다. 이러한 흥부의 태도는 '천명'에 대한 '지나친' 복종이라 할 만하다.

특히 이 시에서 '천명'이라 하면 '제왕님'의 명을 의미하게 되므로 절대적 존재인 '제왕님'과 그 명 사이에 모순이 일어나게 된다. 또한 이러한 구도에서라면 흥부가 '천명'에 '열성적'으로 복종하면 할수록 '제왕님'의 위상은 격하되고 가벼워지게 된다. 따라서 흥부의 '지나친' 복종적인 태도에는 비꼼과 반란이 배태되어 있는 것이라 할 수 있다.

> 한마지기도 없는 논밭이어서
> 하늘은 시방 울아배를
> 병신이라 부르다가

---

28) 위의 책, 105~106쪽.

다시 太平이라 고쳐 부르면서
수천 마지기 논밭을 열심히 주고 있다.

이렇게 햇빛이 밝고
바람도 맑은 날을 택하여
무턱대고 주고 있다.

모처럼 주는 이것들을
五臟六腑의 힘으로나 갈아 낼까보아,

하늘아, 어쩔래,
울아배는 멍청한 살만
잔뜩 갖고 있을 뿐이니.
-「봄바다에서 느끼다」 전문

인용한 시는 1985년에 출간된 여덟 번째 시집 『대관령 근처』에 수록된 작품이다. 위 시에는 '하늘'이 '제왕님'과 상동적 위치에 있는 대상이다. "논밭 한마지기도 없는" 서정적 자아의 '아배'에게 "수천 마지기 논밭"을 "무턱대고", "열심히" 주는 고마운 대상이라는 점에서 그러하다. "울아배"가 이에 대응하는 하층민을 표상함은 물론이다.

"울아배"가 소유하지 못한 '논밭'은 말 그대로 경작지를 의미하는 것이지만 '하늘'이 주고 있는 "수천 마지기 논밭"은 제목에서도 드러난 바와 같이 '봄바다'를 은유한 것이다. '하늘'이 준 '논밭'을 "五臟六腑의 힘"으로 갈아야 하는 까닭이 여기에 있다. '오장육부'란 사전적 의미로는 내장을 뜻하는 것이지만 이 시에서는 '멍청한 살'과 대척되는 의미역인바, 인간내면에 대한 환유로 볼 수 있다. 그러므로 '봄바다'를 '오장육부'로 간다는 것은 '봄바다'로 인해 내면에서 일어나는 정서적인 감흥을 형상화한 것으로 해석할 수 있다.

'병신'과 '太平'의 대립 또한 동일한 맥락에서 의미화된다. 즉 '병신'은 경작지로서의 '논밭'에 대응하는 기표로 경제적 무능력을 의미하는 것이고 '太平'은 '봄바다'에 대한 은유로서의 '논밭'에 대응하는 것으로 정서적 감흥 내지는 감성을 표상하는 것이다. '하늘'이 '울아배'를 '병신'에서 '太平'으로 고쳐 불렀다는 것은 경제적 가치에서 그보다 고차원이라 할 수 있는 정신적 가치로의 전화를 의미화한 것이라 할 수 있다.

그런데 서정적 자아의 '아배'는 "멍청한 살만 잔뜩 갖고 있을 뿐"이어서 "모처럼 주는 이것들을" 받아들일 수가 없는 것이다. '하늘'은 '울아배'를 '병신'에서 '太平'으로 고쳐 불렀지만 실상 '울아배'의 정체성은 결코 '太平'일 수 없고 '병신'일 수밖에 없음이 드러난다. '하늘'의 선의가 강조되면 강조될수록 '멍청', '병신'이라는 '울아배'의 정체적 요소가 부각되고 이러한 의미가 부각됨과 동시에 독자의 인식은 자연스럽게 처음 '하늘'이 호명했던 '병신'이라는 기표를 상기하기에 이르게 된다.

"하늘아, 어쩔래"라는 시적 자아의 언술은 복종적 어조나 태도와는 거리가 있는 것이 사실이다. 그러나 하층민에 해당하는 시적 대상을 굴욕적 상황에 위치시킴으로써 지배층으로 표상되는 대상의 권위를 하락시키고 있다는 점에서 '매저키즘'적 구도와 동궤에 자리하는 것으로 볼 수 있다.

박재삼의 시에서는 이처럼 대상이 지배층으로 표상되는 층위와 하층민의 층위로 뚜렷하게 나눠는 구도를 취하는 시편들이 있는데 이러한 시들에서는 하층민의 고통이 이들의 순박하고 복종적인 어조와 태도로 드러나고 있다는 특징을 보인다. 이와 같은 상황을 통해 획득되는 것은 지배층에 대한 비판의 효과다. 이들 시에서 표층적으로 드러나는 지배층에 대한 비판의 목소리는 물론 찾아볼 수 없다. 그러나 하층민의 입을 통해 드러나는 고통의 현실과 그에 대한 시적 주체의 연민의 정서가 독자의 공감을 획득하는 과정을 통해 심층적인 층위에서는 지배층에 대한 비난의 목소리를 선취하게 되는 구도인 것이다.

『춘향이 마음』은 1962년에, 위 시가 수록되어 있는 『대관령 근처』는 1985년에 출간된 시집이다. 박재삼의 시세계에서 '매저키즘'은 첫 시집에서부터 오랜 시간을 두고 일관되게 견지해온 시적 의장이었던 셈이다. 박재삼의 시에서 '매저키즘'이 현실에 대한 비판적 인식을 드러내는 기제였다는 점을 상기할 때 박재삼의 시의식이 철저하게 개인적인 한의 차원에 한정되어 있다는 평가는 재고되어야 할 것으로 판단된다.

5. 서정성과 현실 비판

박재삼 시의 정서에 관한 연구는 꾸준히 이어져왔지만 그 대상이 '한', '슬픔', '설움'에 한정되어 있고 그 원인 또한 대체로 '가난'이나 개인적인 기질에서 찾고 있어, 논의가 동일한 관점에서 반복되어 온 감이 없지 않다. 이러한 연구 결과가 박재삼 시의 현실인식 부족이라는 평가의 기제로 작용하고 있음 또한 문제라 판단하여 본고는 연민의 정서를 중심으로 박재삼의 작품세계를 조망해 보고자 하였다. 연민이란 타인의 슬픔에 대한 동류의식을 의미하는 것으로, 기왕의 연구들에서 간과되어 왔던 점이 바로 이들 정서의 발현에 타인의 고통, 슬픔에 대한 시인의 상상력과 공감이 바탕하고 있다는 사실이라 판단했기 때문이다.

박재삼의 시에서 연민의 대상은 크게 유년의 자아와 혈육, 설화적 여성인물, 하층민으로 나누어볼 수 있다. 박재삼의 유년을 소재로 한 시에 드러나는 정서는 주로 가난체험으로 인한 설움, 슬픔 등으로 해석되어왔다. 그러나 박재삼 시에 드러나는 유년의 자아는 중년이 된 시적 자아가 추억하는 대상으로 등장하고 있다는 점에 착안하면 기왕의 논의들에서 슬픔, 혹은 설움으로 해석해왔던 유년의 자아에 대한 감정은 연민에 해당하는 것으로 볼 수 있다.

박재삼의 시에서 유년의 자아나 가족들은 '반짝임', '빛'으로 표상되는 순박하고 무구한 존재임이 강조되고 있다. 이들은 고통을 당할 만한 이유가 없는 존재들임에도 고통에 처해있다는 점에서 슬픔 주체이자 연민의 대상이 된다. 따라서 과거를 회상하고 있는 박재삼 시의 시적 자아는 단순히 슬픔의 정서에 매몰되어 있는 주체가 아니라 이들 슬픔 주체의 무구한 마음을 부각하고 이들의 슬픔에 공감하는 '연민'의 주체라 할 수 있는 것이다.

한편, 박재삼의 시에서 설화적 여성 인물들은 '절실'하고 '처연'한 상태에 놓여있다는 특징을 지니는데 이들이 '절실'하고 '처연'한 상태에 놓이게 된 연유는 바로 사랑하는 대상의 부재에 있다. 그런데 설화적 여성 인물이 등장하는 시에서 이 부재는 이들을 억압하는 어떠한 권위적인 힘과 관련되어 있음을 확인할 수 있었다. 설화적 여성 인물들은 사랑의 장해요소인 거대한 힘 앞에서 타자화된 '약한자'로서 연민의 대상이 되고 있는 것이다.

극복할 수 없는 거대한 힘 앞에서 타자화된 존재로서 사랑의 부재를 견디고 있는 설화적 여성 인물들은 다름 아닌 시인 자신의 자아상이자 자신의 슬픔이 투사된 존재임을 확인하였다. 연민이라는 정서가 '타인의 슬픔에 대한 동류의식'을 의미하며 이 '동류의식'이 고통에 대한 '상상력'에 근거하고 있다고 할 때, 박재삼의 시에서 드러나고 있는 설화적 여성 인물에 대한 연민은 필연적인 귀결이라 할 수 있다. 박재삼의 심리적 분신과도 같은 설화적 여성인물들은 그 어느 대상보다도 밀도 높은 시적 주체의 동류의식을 담보하고 있을 것이기 때문이다.

마지막으로 박재삼 시에 드러나고 있는 하층민에 대한 동류의식과 연민의 정서에 주목할 만하다. 이는 매저키즘적 구도를 통해 구체적으로 박재삼의 현실인식과 비판의식을 드러내는 방식으로 구현되고 있기 때문이다. 박재삼의 시에는 대상이 지배층으로 표상되는 층위와 하층민의 층위로 뚜렷하게 나뉘는 구도를 취하는 시편들이 있는데 이러한 시들에서는 하층민의 고통을 이들의 순박하고 복종적인 어조와 태도로 드러내고 있다는 특징을 보인다.

이와 같은 상황을 통해 획득되는 것은 지배층에 대한 비판의 효과다. 이들 시에서 표층적으로 드러나는 지배층에 대한 비판의 목소리는 찾아볼 수 없지만 하층민의 입을 통해 드러나는 고통의 현실과 그에 대한 시적 주체의 연민의 정서가 독자의 공감을 획득하는 과정을 통해 심층적인 층위에서는 지배층에 대한 비난의 목소리를 선취하게 된다.

박재삼의 시에서 유년의 기억에 등장하는 자아나 혈육, 설화적 여성인물, 하층민 등은 모두 순수하고 무구한 존재들이다. 또 스스로도 힘없고 약한 존재이지만 타자에 대한 사랑을 간직하고 있는 존재들이다. 이들은 아리스토텔레스가 말한 '파괴적이거나 고통을 주는 악덕'을 당할 만한 이유가 없는 존재들로 시적 주체의 연민의 대상이 되고 있다. 시적 주체는 이들의 고통과 슬픔에 대한 '공감'과 동류의식, 그리고 '악덕'에 해당하는 힘에 대한 부정의식을 발현하고 있는 것이다. 이 '힘'은 개별적 존재의 노력으로는 어찌해볼 수 없는 현실로 드러나기도 하고 인간을 억압하는 권력, 도덕, 그리고 '제왕님'으로 표상되는 지배 계층 등의 양태로 드러나고 있다.

이 글은 철저하게 개인적 차원에 머물고 있다는 평가를 받고 있는 박재삼 시의 슬픔 등속의 정서가 단순히 시인의 기질적 측면이나 개인사에만 근거하고 있는 것이 아니라 현실 인식, 나아가 현실 비판과 연관되어 있음을, 그리고 그 매개가 되고 있는 것이 공감을 바탕으로 한 연민의 정서임을 구명하였다는 데 의미를 둔다.

박재삼은 가장 슬픈 것을 가장 아름다운 것으로 인식하고, 가장 약한 것의 강함을 체득했던 시인이었다. 그의 시에서 발현되고 있는 슬픔이 비극적 심연으로 떨어지지 않고 아름다움으로 승화되고 있는 이유가 여기에 있는 것이다.

이제 박재삼의 현실 인식에 대한 평가는 수정되어야 할 것으로 보인다. 가장 서정적인 방식으로 현실에 대한 비판을 수행했던 시인이 바로 박재삼이기 때문이다. 박재삼 시의 시적 주체의 시선은 늘 '가장 약한 것'에 초점이 맞추어져 있다. 가장 약한 것을 가장 슬프게, 아름답게 바라보는 주체의 시선에 독자는 동참하게 되는데 박재삼은 이러한 시선에 이들에 대한 연민과 함께 '가장 약한 것'의 대척지점에 있는 대상에 대한 비판을 배태시켜두고 있다.

가장 약한 것을 가장 슬프게 그리는 과정이 이들을 지배하는 힘에 대한 비판이 되는 구도, 이것이 바로 어느 누구도 시도한 바 없는 박재삼 시만의 탁월한 방법론적 의장이라는 판단이다. 현실비판을 내포하고 있는 서정성, 이는 시사적인 맥락에서도 큰 의미를 획득하고 있는 경우로, 박재삼이 현대 문학사에 다시, 그리고 제대로 자리매김 되어야 하는 이유이기도 하다.

4장

슬픔의 정서와 온전성에 대한 지향

슬픔의 정서와 온전성에 대한 지향

1. 슬픔의 정서에 대한 시각

박재삼 시에 관한 연구 경향에서 특징적이라 할 수 있는 것은 최근 들어 박재삼 시의 사랑[1], 슬픔[2], 연민[3] 등 '한'이나 '설움'에서 벗어난 정서와 이러한 정서 발현의 장소라 할 수 있는 '마음'[4]에 관심이 모아지고 있다는 점이다.

박재삼 시에 대한 평가에서 가장 부각되는 것이 전통 서정의 계승이라는 측면이다 보니 자연스럽게 '한'이나 '설움'의 정서가 박재삼

1) 박진희, 「박재삼 시에 나타난 사랑의 구현양상 연구」, 대전대 대학원 석사논문, 2008.홍승희, 「박재삼 시의 사랑의 문법 : 『春香이 마음』을 중심으로」, 국제어문학회, 2012. 6.

2) 권정우, 「박재삼 시에 나타난 슬픔 연구」, 『한국시학연구』37, 한국시학회, 2013. 8.

3) 박진희, 「박재삼 시의 연민의 정서 연구」, 『어문연구』83, 어문연구학회, 2015. 3.

4) 이상숙, 「박재삼 시에 나타난 '마음'의 의미」, 『비평문학』제40집, 한국비평문학회, 2011. 6.
박진희, 「박재삼 시의 '심층 마음'의 세계 : 『春香이 마음』을 중심으로」, 『인문과학논문집』제52집, 대전대학교인문과학연구소, 2015. 2.

시의 주조를 이루는 것으로 인식되어 온 것이 사실이다. 이러한 정서적 특징에 관한 인식은 역으로 박재삼 시를 '전통 서정'이라는 틀에 한정시켜 현실 인식의 부재라는 평가로 이어지게 하는 기제로 작용해왔다. 최근에 이어져 온, 확장된 범주의 정서에 관한 연구가 의미를 획득하고 있는 것은 바로 이러한 맥락에서이다. 비교적 박재삼 활동 초기에 이루어졌던 '시대나 현실에 대한 인식 부재라는 평가'[5]가 통념화 되어 이후로도 그대로 이어져 내려왔는데 최근의 정서에 관한 연구들[6]에서 이를 재고했기 때문이다.

이러한 맥락에서 최근 박재삼 시의 정서에 대한 연구가 확장 · 심화되고 있다는 사실은 고무적인 일이라 할 수 있다. 그럼에도 한계로 지적될 수 있는 것은 정서에 대한 대부분의 연구가 박재삼의 첫 시집 『春香이 마음』에 한정되어 있다는 점이다. 내용과 형식의 양층위에서 시적 긴장이 가장 고조되어 있고 그의 시세계의 정수가 가장 농밀하게 압축되어 있는 시집이 『春香이 마음』이라는 사실에 큰 이견은 없으나 한 시인의 작품세계를 총체적이고도 유기적으로 고찰하기 위해서는 연구 대상을 전작품으로 설정할 필요가 있는 것이다.

이 글에서는 박재삼의 전작품을 대상으로 '슬픔'의 정서를 고구해보고자 한다. '한'이나 '설움', '연민' 등의 정서도 확장된 의미에서의 '슬픔'의 범주에 속하는 정서들이라 할 수 있기 때문이다.[7] '슬픔'은 '사

5) 김춘수, 「素朴과 感福」, 『사상계』, 1959. 3; 고은, 「실내 작가론(10) - 박재삼」, 『월간문학』, 1970. 1.

6) 이에 대해 뚜렷하게 문제 제기한 논고로는 권정우의 「박재삼 시에 나타난 슬픔 연구」와 박진희의 「박재삼 시의 연민의 정서 연구」를 들 수 있다.

7) 권정우는 한이 주체와 대상이 미분화된 전근대적 감정인 반면 슬픔은 주체와 대상이 분화되어야만 성립하는 근대적 감정이라는 점에서 차이가 있다고 주장한 바

랑'과 더불어 박재삼 시의 전시기에 걸쳐 발현되는 정서 중 하나다. 따라서 박재삼 시에서 발현되고 있는 '슬픔'의 특성에 대한 고구는, 시인의 세계관이나 정신사적 측면을 유기적이면서도 총체적으로 밝히는 작업이 될 수 있을 것이라는 판단이다.

박재삼 시의 정조가 '한' 내지는 '슬픔'에 바탕하고 있다는 것이 통념화되어 있음에도 정작 '한'이나 '슬픔'만을 주제로 면밀하게 작품세계를 살핀 연구는 극히 드문 것이 사실이다.[8] 또한 박재삼 문학에 대한 연구에서 부분적으로는 반드시 언급하는 것이 '한'이나 '서글픔', '슬픔' 등의 정서임에도 그 원인은 대체로 '가난'이나 유한자로서의 '운명' 등에 고착되어 있다.

그러나 이와 같은 단선적인 설명으로는 박재삼 시에 발현되고 있는 '슬픔'의 총체적 의미를 밝히는 데 한계가 있다. 박재삼 시의 '슬픔'은 단순한 감각의 차원에서 발현되는 것이 아니기 때문이다. 박재삼 시의 그것은 그 원인에 있어서나 발현 양상에 있어서 매우 중층적이고도 다성적인 의미를 담지하고 있는, '종합 지적 성격'을 갖는 정서라 할 수 있다. 그의 시에서 '슬픔'은 '사랑'에서 비롯되고 있는 것은 물론, 본질에 대한 추구로 이어지기도 하고, '아름다움'이나 '옳음' 등의

있다. (권정우, 「이성부 시에 나타난 '슬픔' 연구」, 『한국시학연구』12, 한국시학회, 2005. 4.)

8) 박재삼 시의 '슬픔'을 주제로 한 연구로 권정우의 「박재삼 시에 나타난 슬픔 연구」가 있다. 그러나 이 글은 박재삼 시에 발현되고 있는 다양한 슬픔의 양상과 의미에 천착하고 있다기보다 박재삼이 '전통 서정시인', '순수 서정시인'으로 규정 혹은 한정되는 것에 대한 비판의 관점에서 '슬픔'에 접근하고 있다. 따라서 박재삼 시에 나타난 슬픔이 '현실 인식'에서 비롯된 것이라는 사실을 밝혔다는 점에서 이 글의 의미를 찾을 수 있겠으나 '슬픔' 그 자체에 대한 고구라는 측면에서는 한계를 노정하고 있다고 할 수 있겠다.

층위에서도 발현되는 양상을 보이고 있기 때문이다. 이러한 맥락에서 박재삼 시의 '슬픔'은 포괄적 범주로서의 '진 · 선 · 미'의 각 층위에 모두 닿아있다고 할 수 있다. 이와 같은 관점에서 다각도적으로 접근할 때만이 박재삼 시의 '슬픔'의 총체적 의미를 드러낼 수 있을 것이라는 판단이다.

따라서 이 글에서는 박재삼의 시에 발현되고 있는 '슬픔'이 인간됨의 조건이라 할 수 있는 진 · 선 · 미와 관련하여 존재의 '온전성에 대한 지향'[9]에서 비롯되었다는 점을 밝히고자 한다. 이러한 과정에서 자연히 '슬픔'의 외연과 내포, 즉 그 구현 양상과 다성적 의미를 살피게 될 것이다. 또한 이 글에서 '슬픔'이라는 용어는 한, 서러움 등의 정서는 물론, 눈물이나 울음 등과 같은, 슬픔을 표상하는 상관물이나 행위까지를 포함하는 의미로 사용됨을 밝혀둔다.

2. 심미적 지평으로서의 슬픔의 지대

박재삼 시세계의 특징 중 하나는 '슬픔' 내지 '눈물'이 '맑음', '빛남', '반짝임' 등의 이미지로 발현되고 있다는 것이다. 이러한 심상의 슬픔은 직간접적으로 '아름다움'의 세계와 상통하고 있다는 사실 또한 동

---

9) 정대현은 '슬픔'을 인간 실존의 한 범주로 보고, "온전성의 그리움에서 오는 아픔"이라 정의한다. 여기서 실존이란 물론 자기 실존을 의미하는 것이지만 슬픔 속에서 자기 실존은 타자 실존과 맞물려 온전한 실존의 지평이 열릴 것이라 그는 보고 있다. 다시 말해 '슬픔'은 사람다움의 조건에 닿아 있기 때문에 온전성의 그리움을 내용으로 하는 인간 연대성의 표현이라는 것이다. (정대현, 「슬픔 : 또 하나의 실존 범주」, 『철학』제100집, 한국철학회, 2009 가을, 47~51쪽.)

궤의 의미망에 자리하는 또 다른 특징이라 할 수 있다. 이는 박재삼 시의 '슬픔'이 '가난'이나 '유한자로서의 허무감'에서 비롯된 일차원적이고 즉자적인 정서가 아니라 인식과 해석의 과정을 거친 대자적인 것에 해당됨을 방증한다. 유년의 '어머니'를 그리고 있는 작품들이 그 대표적인 예가 될 것이다.

진주 장터 생어물전에는
바닷밑이 깔리는 해다진 어스름을,

울엄매의 장사 끝에 남은 고기 몇 마리의
빛 발하는 눈깔들이 속절없이
은전만큼 손 안 닿는 한이던가
울엄매야 울엄매.

별밭은 또 그리 멀리
우리 오누이의 머리 맞댄 골방 안 되어
손 시리게 떨던가 손 시리게 떨던가.

진주남강 맑다 해도
오명 가명
신새벽이나 밤빛에 보는 것을,
울엄매의 마음은 어떠했을꼬.
달빛 받은 옹기전의 옹기들같이
말없이, 글썽이고 반짝이던 것인가.

-「추억에서」 전문 (제1시집, 1962.)

새벽 서릿길을 밟으며
어머니는 장사를 나가셨다가
촉촉한 밤이슬에 젖으며
우리들 머리맡으로 돌아오셨다.

선반엔 꿀단지가 채워져 있기는커녕
먼지만 부옇게 쌓여 있는데,
빚으로도 못 갚는 땟국물 같은 어린것들이
방안에 제멋대로 뒹굴어져 자는데,

보는 이 없는 것,
알아주는 이 없는 것,
이마 위에 이고 온
별빛을 풀어놓는다.
소매에 묻히고 온
달빛을 털어놓는다.

-「어떤 귀로」 부분 (제4시집, 1976.)

인용한 시편들은 모두 '신새벽'에 '장사' 나가 '밤빛'을 보고서야 들어오는 '울엄매'의 '한'과 그런 엄마를 기다리며 "손 시리게 떨"고 있는 '오누이'의 서러움을 그리고 있다. 그런데 두 작품에는 또한 '한'이나 서러움, 슬픔 등의 비극적 정서와는 상충되는 '빛', '맑음', '반짝임' 등과 같은 심상이 발현되고 있다는 공통적 특징이 있다. 이 시들에서 슬픔과 신비로움, 아득함과 아름다움 등의 정서를 복합적으로 느낄 수 있는 이유가 여기에 있는 것이다.

이러한 복합적 정서를 응축하고 있는 시구를 찾는다면 「추억에서」의 "글썽이고 반짝이던 것"이라 할 수 있다. "글썽이고 반짝이던 것"은 단순히 눈물을 형상화한 것이 아니다. 그것은 '울엄매'와 "우리 오누이"의 마음을 표상하는 것이기도 하다. '울엄매'의 한과 눈물, '오누이'의 추위와 서러움이라는 비극적 정서와 함께 그것을 초월하는 '울엄매'의 자식에 대한 애틋한 사랑과 '오누이'의 무구한 마음을 양가적으로 포지하고 있는 것이 바로 "글썽이고 반짝이던 것"이 표상하는 바다.

박재삼은 '슬픔' 내지 '설움'이 "쉽사리 소멸되지 않는 법"이라고 슬픔의 지속성에 대해 언급한 바 있으며 "가장 슬픈 것을 노래한 것이 가장 아름다운 것을 노래한 것이다"라는 언표를 통해 '슬픔'과 '아름다움'을 직접적으로 연결시킨 바도 있다.[10] 그렇다면 '슬픔'은 어떻게 '아름다움'과 상동의 관계에 자리할 수 있는 것일까.

그것은 두 가지 측면에서 설명될 수 있는데 우선은 박재삼의 시에서 슬픔의 정서가 발현되는 경우, 그것을 발현케 하는 물리적 원인이나 배경보다는 이를 초월하는 슬픔 주체의 무구한 마음이 초점화 된다는 사실에서 찾을 수 있다.[11] 위 시들에서도 가난한 현실로 인한 한보다는 '보는 이', '알아주는 이' 없어도 '별빛', '달빛'을 품고 한결같이 자식들 "머리맡으로 돌아오"는 '어머니'의 마음에 초점이 맞추어져 있는 것이다. 이는 한, 눈물, 설움 등속의 슬픔의 정서가 영롱함, 반짝임, 빛남 등의 심상으로 구현될 수 있었던 까닭이기도 하다.

슬픔을 "'나의 시공간이 덜 온전하다'라는 믿음을 특정한 방식으로

10) 박재삼, 「한」, 『베란다의 달』, 시와의식사, 1989, 92~93쪽.
11) 박진희, 앞의 글, 어문연구학회, 2015. 3., 212~213쪽.

아프게 느끼는 지향적 능력"[12]으로 정의할 수 있다고 할 때 위 시들에서 슬픔의 발원으로서의 '덜 온전함'은 표층적으로는 물리적 조건의 층위에서 기인하는 것으로 보인다. 눈물, 한, 설움 등이 가난한 현실에서 비롯되는 것으로 드러나기 때문이다. 그러나 시적 주체와 대상의 개념으로 접근하게 되면 위 시들에서 '온전성'이란 더 근원적인 층위에서 의미 지어지는 것임이 드러난다.

인용한 시들에서 시적 주체는 과거를 회상하는 발화자이며 대상은 유년의 자아와 어머니이다. 가난으로 인한 설움은 바로 이 대상화된 유년의 자아와 어머니의 것이며 표층적 층위의 '덜 온전함'에서 비롯되는 슬픔인 것이다. 한편 언술을 조직하고 의미를 구현하는 시적 주체의 슬픔은 더 근원적인 심층에서 발원한다. 슬픔이 '덜 온전함'에서 발원하는 것이라 할 때 시적 주체의 '온전함'이란 바로 이 시들에서 초점화되고 있는 존재의 무구한 마음의 국면에서 이루어지는 것이기 때문이다.

시적 주체에게 있어 이 무구함이 유년의 세계에서는 '온전함'으로 존재했다면 현실에서는 어느 정도 상실된, 다시 말해 '덜 온전함'으로 인식되고 있는 것이다.[13] 따라서 위 시들에서 심층 차원의 슬픔은 존재의 무구함이라는 온전성에 대한 인식에서 비롯되는 것이며 그것에

---

12) 정대현, 앞의 글, 68쪽.

13) 박재삼의 제7시집 『追憶에서』에는 유년의 무구함을 그린 작품이 주를 이루고 그것이 상실된 현재의 자아에 대한 슬픔을 그린 작품도 적지 않다. 예를 들면 "그때의 그 햇빛이 변함없이 / 오늘도 정수리를 내리붓고 있으련만 / 나는 이제 아는 것이 너무 많아 / 부끄럽고 서글픈 것이여."(「追憶에서 37」), "그때의 천국을 지나와, / 무심코 지나온, 우리 눈앞을 / 아직도 그때 그 시절의 / 햇빛은 변함없이 내릴 테지만 / 많이는 때가 묻어 버린 / 힘이 처진 老年의 그것으로 / 탈바꿈하는 기막힌 것이여!"(「追憶에서 43」) 등과 같은 시편들을 의미하는 것이다.

대한 그리움과 지향을 동시에 함의하고 있는 것이 박재삼 시의 슬픔의 지대라 할 수 있다.

> 봄날 삼천포(三千浦) 앞바다는
> 비단이 깔리기 만장(萬丈)이었거니
> 오늘토록 필(疋)을 대어 출렁여
> 내게는 눈물로 둔갑해 왔는데,
>
> 스무 살 무렵의
> 그대와 나 사이에는
> 환한 꽃밭으로 비치어
> 눈이 아른거리기도 하고
> 때로는 안개가 강으로 흘러
> 앞이 '흐리기도'[14] 하였다.
>
> 오, 아름다운 것에 끝내
> 노래한다는 이 망망함이여.
> 그 잴 수 없는 거리야말로
> 그대와 나 사이의 그것만이 아닌
> 바다의 치수에 분명하고
> 세상 이치의 치수 그것이었던가.
>
> -「내 고향 바다 치수」 전문 (제5시집, 1979.)

---

14) 『박재삼 시전집 1』(민음사, 1998, 152쪽.)에는 '흐리기로'로 표기되어 있으나 문맥상 '흐리기도'의 오기라 판단되어 이글에서는 '흐리기도'로 고쳐 적음을 밝혀둔다.

인용한 시는 고향의 바다를 소재로 슬픔과 아름다움의 교호 관계를 긴장감 있게 이미지화 하고 있는 작품이다. 이시는 현재의 시적 주체가 과거의 자아를 회상하는 구도라는 점에서 전설한 시들과 동궤에 놓이지만, 슬픔과 아름다움의 연결성을 보다 직핍하게 그리고 있다는 점에서 앞의 경우와 차질적이라 할 수 있다. 가령 1연에서 '봄날 삼천포 앞바다에 비단이 깔리'는 듯한 장관은 오늘날까지도 시적자아에게 "눈물로 둔갑"해 온다. 아름다움의 심상이 슬픔의 정서로 연결되는데 어떠한 연결고리나 맥락도 주어지지 않은 것이다. 슬픔의 이유는 2연과 3연에서 간취되는바 그것은 바로 "아름다운 것"과의 '거리'에서 기인하는 것이었다.

"아름다운 것"이란 '온전함'과 맥이 닿아 있는 것으로, 위 시에서 그 의미는 매우 중층적이고도 복합적으로 대상화된다는 특징을 보이고 있다. 그것은 첫째, 순수했던 "스무 살 무렵의 나"로 의미화 된다. '오늘'의 시적 주체와 "스무 살 무렵"의 순수했던 자아와의 '거리'에서 슬픔이 발현된다는 것이다. "아름다운 것"은 또한 "그대와 나 사이"를 지시하는 기호이기도 하다. "그대와 나 사이"는 사랑으로 매개된 까닭에 "환한 꽃밭"처럼 아름답지만 완전한 일치, 혹은 본질적 사랑에 대한 "그 잴 수 없는 거리"로 인하여 슬픔이 내재될 수밖에 없는 것이다. "그대와 나 사이"를 '눈이 아른거리기도 하고 앞이 흐리기도 하다'는 현상으로 대유하고 있는데 이러한 현상은 바로 눈물 고임, 즉 슬픔의 양태에 다름이 아닌 것이다.

셋째 그것은 '바다'로 표상되는 자연으로 의미화 된다. 자연은 근원에 관계된 것으로 '온전함' 그 자체이다. 그러므로 인간 존재는 필연적으로 이에 대해 "잴 수 없는 거리"를 상정하게 되고 '망망함'을 느낄 수밖에 없는 것이다. 마지막으로 "아름다운 것"은 위 시에서 "세상 이치"로 언표되고 있는 섭리 혹은 순리로 의미화된다. 섭리 또한 자연과 동일한 의미망에 놓이는 것으로써 인간의 인식 지평을 넘어서는 음역에 자리하는 개념이다. 따라서 시적 주체가 "잴 수 없는 거리"를 느끼게 되는 것은 필연적이라 할 수 있다.

살펴본 바와 같이 위 시에서 아름다움은 순수, 사랑, 자연, 섭리 등에 관계된 것으로 의미화 되고 있다. 이는 아름다움과 '온전함'이 동궤에 놓일 수 있는 까닭이기도 하다. 한편 시적 주체와 '아름다운 것'들 사이에는 필연적으로 '거리'가 노정될 수밖에 없는바 슬픔의 발현은 바로 이 '거리'에서 기인하는 것이다. 바꾸어 말하면 시적 주체는 '온전함'에 대한 '거리'로 인해 슬픔을 느끼게 된다는 의미이다. 박재삼 시의 슬픔의 지대에는 '덜 온전하다'는 인식이 주는 슬픔의 정서와 온전성에 대한 지향, 혹은 그 표상이라 할 수 있는 아름다움의 이미지가 공존하고 있는 것이다.

박재삼 시세계에 있어 심미적 지평으로서의 슬픔의 지대에서 한 축을 이루는 것이 '맑음', '반짝임', '영롱함' 등의 이미지라면 또 다른 한 축을 이루는 것으로 '연함', '연약함'의 이미지를 들 수 있다. '반짝임', '빛남' 등의 이미지는 박재삼 시의 전시기에 걸쳐 이어지고 있지만 대략 제7시집(『追憶에서』)까지의 전기시에 더 밀집되어 있는 양상을 보인다. 반면 '연함'이나 '연약함'의 그것은 어느 일정 시기, 구체적으로는 제12~14시집(『꽃은 푸른빛을 피하고』, 『허무에 갇혀』, 『다시 그리움으로』)에 집중적으로 분포되어 있다는 특징이 있다. '연약함'의 이미지는 1990년대 이후의 시집들에서 본격적으로 등장하고 있지만 이에 대한 통찰은 이미 1977년 출간된 산문집[15]에서 발견되고 있다. 따라서 '연함', '연약함'이라는 실존적 문제[16]가 시에 등장한 기간은 전 창작 시기의 말미에 해당하는 짧은 기간이었지만 이에 대한 시의식은 활동 초기에서부터 변함없이 이어져온 확고한 신념이었다 할 수 있을 것이다.

어른들은 날씨가 더운 날
포구나무 아래 모여 앉아
장기도 두고 잡담도 하고
세상 일은 다 아는 듯이
세월을 보내고 있었다.
그 어른들의 손등과 같이
혹은 주름진 얼굴과 같이
나무의 드러난 뿌리께는 울퉁불퉁 눈물이 말라 있었다.

그러나 그 새로 난 잎사귀들은
햇빛에 바람에 일렁이면서
자꾸 눈물만 새파랗게
연방 내쏟는 것이었다.
그것만이 일인 것 같았다.

---

15) 박재삼, 『슬퍼서 아름다운 이야기』, 경미문화사, 1977.
16) 사전적으로 '연함'은 재질의 차원에서 무르고 부드러움을 '연약함'은 힘의 차원에서 무르고 약함을 의미한다는 차이가 있다. 그러나 박재삼의 시에서 '연함'과 '연약함'이 반드시 동일한 의미로 쓰이는 것은 아니지만 '흔들림', 고착되지 않는 '움직임' 등을 표상하는 속성이라는 점에서는 동일한 의미역에 속하는 것으로 볼 수 있다.

어린아이들이 한시도 한자리 못 있고
연하디연한 손가락을 펴고 노는 것도
요컨대 가지 끝에 달린
막막한 잎사귀와도 같은
아슬아슬한 슬픔이 아니었을까.

-「追憶에서 53」 전문 (제7시집, 1983.)

위 시에서 '어른'/'어린 아이'의 관계는 "나무의 드러난 뿌리께"/"새로 난 잎사귀"의 관계와 유비를 이룬다. 다른 말로 하면 '어른'은 "나무의 드러난 뿌리께"와, '어린 아이'는 "새로 난 잎사귀"와 동일한 의미역에 속한다는 것이다. '어른들'은 "세상 일은 다 아는 듯이 / 세월을 보내고 있"고 '어린 아이들'은 "한시도 한자리 못 있고 / 연하디연한 손가락을 펴고 노는 것"으로 대조를 이루고 있다. 고정, 고착, 보수(保守)가 '어른들'이라는 대상에 함의된 의미라면 움직임, 유동, 변화 등의 의미가 '어린 아이들'이 함의하고 있는 바다. "나무의 드러난 뿌리께"는 "울퉁불퉁 눈물이 말라 있"는 것으로, "새로 난 잎사귀들"은 이와는 대조적이게 "일렁이면서 / 눈물만 연방 내쏟는 것"으로 묘사되어 있다. '어른들'의 이미지는 견고함과 메마름으로 '어린 아이들'의 그것은 움직임 혹은 흔들림과 '눈물'로 대별할 수 있는 것이다.

이 시에서 이채로운 것은 '어린 아이들'이나 "새로난 잎사귀"를 표상하고 있는 정서가 이 대상들과는 거리가 멀다 할 수 있는 '막막함'과 "아슬아슬한 슬픔"이라는 점이다. 이 '어린 것', '새로 난 것' 등과 '슬픔'의 교집합을 이루는 것이 바로 '연함'이다. '막막함'과 '아슬아슬한 슬픔'을 발현하는 기제가 되고 그것의 주체가 되는 대상이 '어린 아이들'과 '새로난 잎사귀'라는 점에서 '연함'은 '연약함'과도 일맥상통한다. 이러한 관계가 보다 뚜렷하게 드러나고 있는 시가 「우람찬 건물 앞에서」이다.

> 바람이 불어와도
> 사람은 꾀가 많아
> 끄떡도 않을
> 우람한 건물을 세우고 하건만
> 저 순수한
> 나무와 풀들은
> 바람 앞에서
> 연하게 흔들릴 줄 아는 것이
> 얼마나 부드럽게
> 天理 그것에 닿아 있는가?
>
> 이 그윽한 뜻 앞에
> 사람으로 산다는 것이
> 부끄러운 나날이여.
>
> -「우람찬 건물 앞에서」 전문 (제14시집, 1996.)

'바람이 불어와도 끄떡도 않을 우람한 건물'이 표상하는 바는 바로 '어른들', 혹은 "나무의 드러난 뿌리께"의 그것과 다르지 않다. 이 시에서 '나무와 풀들'이 '연함', '흔들림'의 감각으로 묘사되는 대상들인 데 반해 '건물'이 담지하고 있는 감각은 견고함, 우람함이라는 점에서 그러하다. '나무와 풀들'이 "바람 앞에서 / 연하게 흔들릴 줄 아는 것"은 바로 이들의 '연함', 확장된 의미에서의 '연약함'의 속성에서 기인한다.

이 시에서는 '연함'의 속성이 '순수'와 맥을 같이 하고 있다는 점에 주목할 필요가 있다. 이미 살펴본 바와 같이 박재삼의 시에서 순수함, 무구함은 슬픔과 아름다움의 교호적 이미지를 발현하는 기제로 작용하고 있기 때문이다. 「追憶에서 53」 시편에서 '연함' 내지 '연약함'을 표상하는 대상이 순수한 존재라 할 수 있는 '어린 아이'와 '새로 난 잎'이었다는 사실도, 이들이 '눈물', '슬픔'의 이미지와 연결되었던 까닭도 이러한 맥락에서였던 것이다.[17] '연약함'과 순수함이 동일한 의미망에 자리한다 할 때 '연약함'과 아름다움의 연결성도 동궤의 맥락으로 볼 수 있는 것이다. 결국 박재삼의 시세계에서 연약함과 순수함, 아름다움, 슬픔 등은 독립적으로 존재하는 각각의 정서 혹은 개념이 아니었던 셈이다.

푸르다는 것은
대지의 기름기를 가리지 않고
흠뻑 빨아들여서
숨이 차도록 될 때
비로소 내뱉는 빛인가,
거기에는 늘
왕성한 것만 중심으로

17) 순수함을 매개로 '연함', '연약함'이 '슬픔'에 연결되는 양상은 박재삼 시의 특징이라 할 수 있다. 이는 '연민'이라는 정서의 측면에서도 설명이 가능하다. (박진희, 앞의 글 「박재삼 시의 연민의 정서 연구」, 208~220쪽 참조.)

엉겨드는 것이네
풀잎이나 나뭇잎이 내뱉는
그 한 빛깔을 보아라.

가장 아름다운
꽃 언저리에 와서는
그런 전심전력이 아니라,
어쩌면 꺼질 것만 같은
가장 연약한 기운을 타고
제일 높은 데 올라와서는
빨강이나 노랑
또는 흰빛은 취하건만
푸른빛 하나는 피하고 없네.

-「꽃은 푸른빛을 피하고」 전문 (제12시집, 1991.)

위 시의 제목이 의미심장하다. 식물적 상상력에서 '꽃'과 '푸른빛'은 모두 긍정적 이미지를 담보하고 있을뿐더러 둘의 합일을 떠올리는 것이 더 자연스러운 인식일 것이다. 그런데 위 시의 제목은 '꽃이 푸른빛을 피한다'는, 상충적 의미를 함의하고 있기 때문이다.

일반적으로 '푸르다'라는 것은 맑은 가을 하늘이나 깊은 바다의 밝고 선명한 빛깔을 의미한다. 위 시에서는 이러한 보편적 의미를 비껴나 "푸르다는 것"이 '힘', '기운'의 층위에서 운위되고 있어 이채로운 경우다. '기운'의 국면에서 "푸르다는 것"을 표상하는 시어는 '전심전력'이고 '꽃'의 경우는 "가장 연약한 기운"이다. '꽃'이 '푸른빛'과 상충되는 까닭이 여기에 있는 것이다.

"가리지 않고 흠뻑 빨아들"이는 것, "늘 / 왕성한 것만 중심으로 / 엉겨드는 것"이 바로 "푸르다는 것" 혹은 '전심전력'에 포진되어 있는 의미다. 그런데 이토록 거침없는 '기운'을 발산하고 있음에도 그것은 "한 빛깔"만 '내뱉을' 수 있을 뿐이다. 반면 '꽃'은 "꺼질 것만 같은 / 가장 연약한 기운"을 지니고 있지만 "제일 높은 데 올라"가는 것은 결국 '꽃'이다. '한 가지'가 아닌 다양한 빛깔을 낼 수 있는 것 또한 '꽃'이다. 이러한 대유가 의미하는 바를 단선적으로 표현하기는 어렵지만 강한 것은 구심적 단일성을, 약한 것은 원심적 다양성을 구현하고 있는 것이라 할 수 있다.

또 하나 주목을 끄는 것은, 구심적 단일성은 '힘'에 관계되지만 '연약함'이 함의하고 있는 원심적 다양성은 '최상의 아름다움'과 '최고의 높이', 즉 '미'와 '힘'에 동시적으로 맥이 닿아 있다는 점이다. '연약함'이 미적 영역에 수렴되고 있는 양상을 다시 한 번 확인한 셈이다. 그렇다면 위 시에서처럼 '연약함'이 '강함'으로 의미가 전복되는 형국은 어떻게 설명될 수 있을까.

> 연약한 것은
> 그 자체가 흐물흐물
> 사라지거나 꺼지거나
> 하지 않는 사실을 보게.
>
> 오히려 거기에는
> 아름다움을 가꾸고
> 그것이 속으로 힘을 다지고 있는 것을

먼눈으로 살펴보게.

우리의 삶이란 것도
복잡하면서 아픈 것을
무수히 거치더니
드디어
사랑이란 것에 이르는
아, 도도하고 반짝이기만 하는
저 강물의 보배로움을
짜릿하게 느끼느니.

-「강물을 보며」 전문 (제12시집, 1991.)

'연약함'은 쉽게 흔들릴 수 있지만 "흐물흐물 사라지거나 꺼지"지 않는 속성을 지니고 있다.[18] '연약함'이 '강함'으로 의미의 전복을 일으킬 수 있는 까닭이 여기에 있다. 연약한 존재는 온갖 난관과 상처에 흔들리며 때론 아슬아슬하고 막막한 슬픔에 이르게 될지라도 그것으로 인해 "사라지거나 꺼지거나" 하지 않는다. 흔들림 속에서 오히려 '속으로 힘을 다지고, 아름다움을 가꾸어' 결국 '천리'에 닿을 수 있는 존재가 바로 연약한 존재이다.

시인은 인간의 삶이 '복잡하면서 아픈 것을 무수히 거쳐 사랑'에 이르게 되는 과정에 담보되는 것이 바로 연약함, 순수함이라 인식하고

---

18) 박재삼은 우리 문화유산에 대해 언급하면서 "'절실한 것', '처연한 것'이 우리의 멋과 아름다움을 길러준 바탕이 되었기 때문에 사라질 듯한 망할 듯하면서도 그럴 수가 없는 가장 '약한 것'이 지닌 '가장 강한 면'을 가질 수가 있었던 것인지도 모른다."라고 밝힌 바 있다. (박재삼, 앞의 책, 221쪽.)

있는 것이다. 박재삼의 시에서 '연약함'은 순수함, 아름다움, 슬픔 등의 정서에 교응되고 있으며 바로 이러한 속성으로 인해 '연약함'에 머무르지 않고 '강함'으로 건너갈 수 있게 되는 것이다. 이때의 '강함'이 고착, 견고함의 의미가 아님은 물론이다. '강함'은 연약함을 지속하는 에너지이자 이를 통해 존재를 고양하게 하는 힘으로서의 '강함'인 것이다.

3. 윤리적 감각으로서의 슬픔과 그 역설적 힘

박재삼 시에 드러나고 있는 슬픔의 특징을 두 가지로 들 수 있는데 하나는 그것이 자기 결정적 정서, 스스로 의지하는 능동적 정서라는 점이고 또 다른 하나는 윤리적 감각과 긴밀하게 연결되어 있다는 사실이다.

제11시집에 수록되어 있는 「우리 시에 바치는 헌시」를 보면 박재삼이 생각하는 '우리 시'의 시인이란 "슬프고 가난하고 외로우면서 그것을 늘 햇빛 속에서 바래고 키워온" 존재이다. 또한 "햇빛 속에서만이 아니라 은은한 달빛 속에 숨어서 울" 때, 즉 그 슬픔이 심화될수록 시에는 "아름다운 윤기를 더하"게 된다고 언술하고 있다. '우리 시'의 정수를 '슬픔'으로 보고 시인이란 슬픔을 오히려 '바라고 키우는' 존재로 인식하고 있음을 간취할 수 있는 대목이다.

백석 또한 일찍이 "진실로 인생을 사랑하고 생명을 아끼는 마음이라면 어떻게 슬프고 시름차지 아니하겠"냐며 시인을 "슬픈 사람", "세상의 온갖 슬프지 않은 것에 슬퍼할 줄 아는 혼"으로 규정한 바 있다.[19] 시의 본령을 '슬픔'으로, 시인의 정신이란 바로 "슬퍼할 줄 아는 혼", 나아가 슬픔을 능동적으로 의지하는 정신으로 인식하고 있다는 점에서 슬픔에 대한 두 시인의 시의식은 동일한 음역에 자리한다 할 수 있겠다.

또 다른 한편으로 '슬픔'이 윤리적인 맥락에 닿아있다는 점에서도 공통적이라 할 수 있다. 백석의 경우 슬픔을 "진실로 인생을 사랑하고 생명을 아끼는 마음"에서 발원하는 것으로 보고 있다는 점에서 간취할 수 있다면 박재삼의 경우에는 보다 구체적이고 명징한 언술이나 시적 형상화로 슬픔의 윤리적 국면을 드러내고 있다는 점에서 차질적이다.

당신의 노래 끝에는
푸념 같은 뇌임이 따랐다.
「옛날부터 이야기는 다 거짓말이락 해도
노래는 참말이다」하시던 데에서
노래의 가락은
더욱 절절해갔고
나는 거기를 고향삼아
훗날 시(詩)의 슬픔을
어렴풋이 배웠었다.

……

19) 백석, 「슬픔과 진실 - 여수 박팔양 씨 시초 독후감」(《만선일보》, 1940. 5. 9~10) 김재용 편, 『백석전집』, 실천문학사, 2003, 481쪽.

사람들아 사람들아
춤이 따르지 못하는
막막한 노래를 아는가.
그것은 소리를 내는
그러한 노래가 아니다.
입 안에서,
아니 영혼 안에서,
저 혼자 흥얼거리고
저 혼자 듣는
어쩌면
기도와 같은 은밀한 노래다, 외임이다.

-「어머님 전 상서」 부분 (제4시집, 1976.)

위 시는 박재삼 시의 '슬픔'과 윤리적 감각과의 연계성을 예각화하고 있다는 점에서 의미가 있는 작품이다.

인용한 시에서 '노래'는 어머니의 흥얼거리는 가락을 의미하는 것이지만 그 진의는 '시'에 있다. 즉 '이야기'는 소설의, '노래'는 시의 대유인 셈이다.[20] 주목을 요하는 것은 "나는 거기를 고향삼아 훗날 시(詩)의 슬픔을 어렴풋이 배웠었다."라는 대목이다. '시의 슬픔'이란 '진실된 말'과 그로 인한 '절절함'에서 연원하는 것이라는 뜻을 함유하고 있는바, '슬픔'이 윤리적 맥락에 연결되는 지점이라 할 수 있기 때문이

20) "아들이 시를 한다는 것을 아는 어머니는 언젠가 나에게 이런 말을 했다. 「옛부터 이야기는 다 거짓이라 하지만 노래는 다 참말이란다.」 어머니는 시가 어떻고 소설이 어떻고에 대해서 아는 바는 없지만 그 원리에 대해서는 환하게 알고 있는 것이다." (「나의 어머니」, 『샛길의 誘惑』, 태창문화사, 1982, 36쪽.)

다. 실제로 그의 산문에서 박재삼은 "노래는 참말이다"라는 언표를 "노래를 하기 위해서는 옳게 참되게 살아야 한다"[21] 라는 뜻으로 받아들이고 있음을 밝힌 바 있다.

이처럼 '슬픔'이 윤리적 국면과 긴밀한 관계를 형성하는 양상은 그의 첫 시집에서부터 확인되는 바이다. 「가난의 골목에서는」(제1시집, 1962.)이라는 시편의 "우리의 골목 속의 사는 일 중에는 눈물 흘리는 일이 그야말로 많고도 옳은 일쯤 되리라."라는 시구가 그 단적인 예라 하겠다. "눈물 흘리는 일"이란 슬픔이나 서러움의 정서를 환기시키는 시어에 해당하는데 이것이 "옳은 일"로 연결되고 있는 것이다. 여기에서 박재삼이 "옳게, 참되게 사는 것"과 "눈물 흘리는 일"을 상동의 관계로 인식하고 있음을 확인할 수 있다.

한편 위 시에서 "춤이 따르지 못하는 / 막막한 노래"란 바로 '슬픔의 시'를 표상하는 것이라 할 수 있다. 이 '슬픔의 시'는 "소리를 내는 그러한 노래", 즉 단순히 슬픈 감상을 '표현'하는 시가 아니다. 그것은 "영혼 안에서" 울려나오는 시이자 "기도와 같은 은밀한 노래"이며 '외임'인 것이다. '노래'와 '기도'는 '은밀'하면서도 또 다른 한편으로는 공동체성을 담보하고 있다는 점에서 공통적이다. '외임'이란 합창, 합송을 포함한 공동체성을 전제로 하고 있기 때문이다. 박재삼 시에 드러나는 '슬픔'의 공동체 지향적 특성의 연원을 유추해볼 수 있는 대목이다.

이러한 맥락에서 박재삼 시에 발현되고 있는 윤리적 감각으로서의 '슬픔'은 자기 지향적과 공동체 지향적, 이렇게 두 층위로 나누어 살펴

21) 위의 글, 37쪽.

볼 수 있을 것이다. 위 시에서 '슬픔'이 자기 지향적일 때는 옳고 참된 삶에 대한 자아성찰로 구현됨을 알 수 있는데 이를 더욱 구체적으로 드러내고 있는 시로는 「하느님의 버린 자식」 외 다수가 있다.

언제부터 세상 物情에
눈이 맑고 귀가 트여
제대로의 사람 구실을 하게 됨을
으뜸으로 여기고,
가령 全人的으로
완성되기에 이르는가.
그것은 아마 끝이 없으리.
그러나 그보다도 언제부터
純粹無垢한 데서 벗어나게 되는가.
아마 어렸을 때부터
천천히 길드는 것이리라.
또록또록한 거의 天使와 같은
또는 검은 머루와 같은 눈빛이
차츰 못볼 것도 보고
게슴츠레 흐린 구정물빛이 되고
자주 울던 그 목청이
이제 냉냉하게 잠들어
요컨대 우는 것을 창피하게 여기고
그것을 멎게 되는 순간부터
어른다와졌다는 것인데,
실상 그때부터 우리는

하느님의 버린 자식이 되었느니라.

-「하느님의 버린 자식」 전문 (제9시집, 1986.)

시적 자아가 인식하는 이 세계는 "못볼 것"들이 많고. 그것들로 인해 인간의 눈빛이 "게슴츠레 흐린 구정물빛이 되"는 그런 세계이다. 이런 현실에 물들지 않고, 체념하지도 않으면서 살아간다는 것은 분명 불이익을 감수해야 하고 때론 설움을 삼켜야 하는 눈물겨운 일에 해당될 터이다. "우리의 골목 속의 사는 일 중에는 눈물 흘리는 일이 그야말로 많고도 옳은 일쯤 되리라."(「가난의 골목에서는」)라는 시구 또한 이러한 맥락에서 의미화된 것으로 볼 수 있다.

서정적 자아의 인식에 따르면 인간이 "세상 物情"을 깨달아 "全人的으로 완성되기에 이르는" 것은 불가능하다. '완성'은 차치하고라도 인간의 삶이란 끊임없이 '순수'의 가치를 상실해가는 여정에 다름 아니다. 그런데 이를 "자주 울던 그 목청이 / 이제 냉냉하게 잠드"는 것으로 "우는 것을 창피하게 여기"는 것으로 현현하고 있다는 사실에 주목할 만하다.

'울음'은 '슬픔'을 표출하는 행위이다. 일반적으로는 이 '울음'을 "멎게 되는 것", "창피하게 여기"는 것을 '어른다워짐'과 관련지어 체면이나 인내로 해석하는 것이 옳을 것이다. 그러나 "그때부터 우리는 / 하느님의 버린 자식이 되었"다는 시구에서 이러한 일반적 의미는 전복된다. "하느님의 버린 자식"이라는 시구에서 "우는 것", 즉 슬픔은 윤리적 국면으로 전환 내지 진입하게 되기 때문이다. 다시 말해 위 시에서 '슬픔'은 순수의 상실과 관계되는 것으로 드러나지만 심층적으로는 "옳게, 참되게 사는 것"과 관계되고 있음을 의미하는 것이다.

이렇게 더울 때는
잘 먹고 잘 입어
세상을 멍청하게 바라보는 것보다야
많이는 굶어보고
그 설움에
속울음을 곁들이고 나서야
切切히 느끼고 깨닫는 일을 거쳐
한결 세상을 옳게 보리라.

겪어 놓고 보면
고생이 지긋지긋하게 많던
지난날이 이제
그것이 어느새 구슬이 되어
방울방울 맺혀
살아가는 힘을
음으로 비축해 준
고마움이여.

-「살아가는 힘」 전문 (제13시집, 1993.)

"잘 먹고 잘 입어 / 세상을 멍청하게 바라보는 것"은 바로 "눈빛이 / 차츰 못볼 것도 보고 / 게슴츠레 흐린 구정물빛이 되는 것"과 상동의 의미로 볼 수 있다. 부조리한 현실 세계에서 "옳고 참되게" 살아간다는 것은 "많이 굶어보고 / 그 설움에 / 속울음을 곁들이"는 그러한 양태의 지속일지 모른다. 그러나 이 시에서 '울음'은 결코 비극적 현실로 의미화 되지 않는다. 오히려 서정적 자아가 "切切히 느끼고 깨닫는 일을 거쳐 / 한결 세상을 옳게 보"는 매개로 작용한다.

나아가 서정적 자아는 그 '울음'이 "살아가는 힘을 / 음으로 비축해준" 요인임을 깨닫고 있다. 이를 '슬픔의 역설적 힘'[22]이라 명명할 수 있을 것이다. 슬픔은 그것을 극복하는 과정에서 삶을 추동하는 실존적 '힘'으로 작용한다. 이러한 맥락에서라면 슬픔에 노출된 존재일수록 슬픔의 그 역설적 힘에 의해 보다 고양된 자아로 나아갈 수 있게 된다. 박재삼이 '슬픔'을 능동적으로 의지하는 까닭이 여기에 있는 것이다.

한편 슬픔의 주체가 "切切히 느끼고 깨닫는 일을 거쳐 / 한결 세상을 옳게 보"게 된다고 할 때 이 고양된 자아가 타자의 슬픔에도 깊게 공감할 수 있게 됨은 자명한 이치이다. 이 또한 '슬픔의 역설적 힘'에 해당하는바 "깊은 슬픔을 겪을수록 넓은 슬픔에 열려지는"[23] 법이기 때문이다.

슬픔은 온전성의 그리움에서 오는 아픔이라 했다. 나아가 "슬픔은 사람다움의 조건에 닿아 있기 때문에 온전성의 그리움을 내용으로 하는 인간 연대성의 표현"[24]이라 할 수 있다. 슬픔을 통해 불연속적이고 파편화된 존재에서 연속적이고 합일된 존재로 나아가게 되는 것이다. 이를 슬픔의 공동체 지향적 특성이라 할 수 있을 것이며 이 공동체 지

---

22) 인간의 실존적 지점을 제시하라고 한다면 그 지점은 성취나 인정의 기쁨 같은 긍정적 경험보다는 불안, 공포, 절망 같은 경험에서 결과될 수 있는 허무감의 지점일 것이다. 슬픔도 이에 해당한다. 자아와 타자의 온전성에 대한 그리움에서 빚어지는 슬픔, 그래서 이를 극복하고자 하고 더 나아갈 수 있는 역설적 힘을 제공하는 범주로서의 슬픔 말이다. 고통스러운 슬픔을 겪는 사람일수록 슬픔의 그 역설적 힘으로 다른 차원의 실존적 존재가 되는 것이다. (정대현, 앞의 글, 69~70쪽 참조.)

23) 위의 글, 70쪽.

24) 위의 글, 51쪽.

향적 슬픔에는 타자의 슬픔에 공감하는 윤리적 감각이 필연적으로 요구되는 것이다.

박재삼은 이러한 합일적 유대감 혹은 연속성에 대한 감각을 자연에서 터득하고 있다.

> 이 세상 얼마나 많은 착한 이들이
> 서로 등도 못 기대고 외따로들
> 글썽글썽 마음 반짝거릴까.
>
> 어찌어찌 하다가 어울렸으랴
> 무논에선 개구리 울음이 반짝거리고
> 아슬히는 하늘에 별도 반짝거리네.
>
> 저 반짝거림들을
> 받아서 다시 비추는
> 무수한 무수한 임자들
>
> 등도 없는 칠칠한 밤을,
> 그 밤의 줄기 끝에 달린 열매들을,
> 이슬이 영롱한 가난한 사람들을.
>
> -「애가(哀歌)」 전문 (제5시집, 1979.)

위 시의 "착한 이들"은 "서로 등도 못 기대고 외따로들" 있다는 점에서 불연속적 존재이자 슬픔의 주체들이라 할 수 있다. "눈물 흘리는 일이 많고도 옳은 일"(「가난의 골목에서는」)이 되는 세계에서 "착한 이들"이란 "눈물 흘리는 이들"과 상동의 관계일 수 있기 때문이다. 이는 위 시에서 "착한 이들"이 "이슬이 영롱한 가난한 사람들"로 묘사되고 있다는 사실에서도 확인되는 바이다.

"착한 이들" 즉 슬픔의 주체들이 불연속성의 절망감을 극복하고 합일되고 연속된 존재로 나아가는 방법은 이 시의 2연에서 찾아진다. 그것은 바로 서로 간의 '어울림'에 있다. '무논에서의 개구리 울음'을 비롯하여 자연의 '무수한' 대상들은 '반짝거림'으로 표상되는 서로의 슬픔들을 "받아서 다시 비추는" 행위를 통해 '어울림'을 구현하고 있다. 이 '어울림'이 서정적 동일성과 동일한 의미역에 자리하는 것임은 물론이다. '어울림' 즉 서정적 동일성이 타자의 슬픔에 기투함으로써 담보된다는 것이 특징적인 것이며 이는 박재삼 시에서 슬픔이 서정적 동일화를 추동하는 강력한 기제로 작용하고 있음을 의미하는 것이기도 하다.

> 손주들 얼르기에 할머니의 둥긋하던 사랑도 임종에는 우리의 이름을 하나 하나 부르시며 가시듯이 머언 산봉우리와 들판들을 오로지 기름 들이붓고 있던 햇발은 때가 이르자 그것이 갖가지 萬象을 그 생김새대로 안타까이 쓰다듬고 갔으리라 믿는다.
>
> 그리고 자라면서는 가슴 傷한 데가 있었기로 할머니는 그만큼의 아픔으로 나의 가슴을 짚어 주시던 것처럼 넘치는 햇살 가운데서도 더러는 어여쁜 일이 생겨 새 발에도 피 엉기는 만큼의 설움을 풀벌레가 울기 시작하는 切切한 슬기를 느낀다.

또 한번 느끼어 보면 새는 어디메 걸리어 다친 나뭇가지의 역시 그와 도 같은 나뭇가지 위에 가냘픈 발목을 기대며 꿈을 꾸리라. 그러면 그 생채기가 아무는 법이겠다. 나도 나더러 세상을 눈물로 가려주신 할머니의 무덤 같은 등에라도 오르는 꿈을 꾸기 위하여 이 어두운 빛에 젖어들어야겠다.

-「日沒後」 전문 (제6시집, 1981.)

인용한 시는 '할머니'와 '해'의 유비를 통하여 대상에 대한 사랑을 형상화하고 있다. 서정적 자아는 임종의 순간 "우리의 이름을 하나 하나 부르시며 가시"는 할머니의 행위에서 유추하여 '일몰' 때의 현상을 "때가 이르자 갖가지 萬象을 그 생김새대로 안타까이 쓰다듬고" 가는 것으로 의미화 한다. 이러한 서정적 자아의 인식태도는 존재 간의 관계에 사랑을 전제하고 있는 데서 기인하는 것이다. 죽음, 소멸 등이 시적 소재로 등장하고 있음에도 이로 인한 허무감이나 비극적 정조에 초점이 맞추어져 있지 않은 까닭이기도 하다.

이러한 사랑이 전제된 대상 간의 관계에 있어 서로의 상처에 대한 태도에 주목을 요한다. 불연속적 존재였던 슬픔의 주체들이 슬픔 속에서 연대함으로써 연속성을 획득해 나아갔듯 위 시의 시적 대상들이 타자의 상처에 대응하는 태도 또한 이와 다르지 않기 때문이다. "가슴 傷한 데가 있"다는 것은 서정적 자아가 불연속성의 단절감 속에 고립되어 있음을 의미한다. 이에 연속성에 대한 감각을 부여하는 것은 바로 '할머니'가 겪게 되는 "그만큼의 아픔"에 의해서다. '할머니'가 서정적 자아의 아픔에 동참함으로써 거리를 무화시키고 있는 것이다.

"새 발에도 피 엉기는 만큼의 설움을 풀벌레가 울기 시작"하는 것이나 "다친 나뭇가지 위에 가냘픈 발목을 기대며 꿈을 꾸"는 '새'와 같이 서로의 설움이나 상처에 동참하는 것, 이것이 서정적 자아가 터득한 "생채기가 아무는 법"인 것이다.

> 겨울을 이겨 낸 나무들은
> 일제히 하늘로만 향하여
> 가늘게 가늘게
> 가지들을 뻗으며
> 벌 받듯이 섰는데
> 거기에 봄비가
> 안개와 함께 어려
> 연방 쓰다듬고 매만지고 달래고 있는,
> 그러면서 드디어 울면서 속삭이고 있는,
> 이 기척을 너는 보았는가.
>
> 실상은 우리도
> 그런 과정을 통하여
> 하나 하나 벅찬 인생의 층계를
> 남몰래 쌓아왔던 것에
> 지나지 않느니라.
>
> -「차창에서」 전문 (제11시집, 1990.)

"겨울을 이겨 낸 나무들"이란 슬픔의 극복을 통해 '살아가는 힘을 비축'하는 슬픔의 주체들이라 할 수 있다. 이들의 삶은 "가늘게 가늘게 / 가지들을 뻗으며 / 벌 받듯이 서"있는 것으로 형상화된다. 이들의 삶에서 슬픔은 일회성으로 그치는 것이 아니기 때문이다. 그것이 반복된다고 하여 무감각해지는 것도 아니며 그때마다 온힘을 다하여 응전해야 하기 때문에 슬픔 주체의 삶은 위태롭고도 고달픈 것이다. 이때 슬픔의 주체는 불연속적이고 파편화된 존재에 해당한다.

이 시에서 '봄비'와 '안개'는 또 다른 슬픔의 주체들을 표상한다. 이들의 "연방 쓰다듬고 매만지고 달래"는 행위에는 슬픔에 대한 위무의 의미가 함의되어 있다. 그러나 슬픔에 대한 최고의 위무는 바로 그 슬픔에 기투하는 것이다. 위 시에서 '봄비'의 "연방 쓰다듬고 매만지고 달래"다가 "드디어 울면서 속삭이"게 되는 행위의 전화는 '나무'의 슬픔에 기투해가는 과정을 표상한다. 이러할 때 불연속적 존재였던 슬픔의 주체는 비로소 유대적 연속성을 경험하게 된다. 슬픔 속에서의 연대와, 연속성에 대한 경험은 존재로 하여금 "하나 하나 벅찬 인생의 층계를 / 남몰래 쌓아"갈 수 있도록 추동하는 힘이 되는 것이다.

이것은, 사방이 울고 싶은 한 울음자리의 내 마음에, 한사코 풀잎들이 하는 수심겨운 소릴라치면-

-「네가 한참동안 우리를 짓누르고 있어 보아라, 그때일수록 우리는 새로운 몸짓으로 모두들 새로 살아 오르려 하는 줄을 알기는 아니?」

-「네가 우리 앞이라 하여 아무 부끄럼도 없이는 진정 우리를 사랑할 수 없는 줄을 알기는 아니?」

-「네 혼자 포근한 자리 위에서 기쁘다 하여 결코 우리까지 까닭 모르

게 기쁘지만은 않는 줄을 알기는 아니?」

–「……?」

百花爛漫의 어지러운 빛깔에 취하기는 몇 천번이었다마는 시방 단 한 번을 내 마음에 들려오는 풀잎 소근대는 소리가 보슬비 땅에 지듯 이렇게도 切切하고 보량이면, 외길로 기쁘거나 하염없이 눈물겨운 때의 그 無關한 사방은 좀더 초롱초롱 마음 밝히고 둘러봐야 할까보다.

–「풀밭에서」 전문 (제6시집, 1981.)

"사방이 울고 싶은 한 울음자리의 내 마음"에서 보듯 이 시의 서정적 자아는 슬픔에 잠겨있다. 그런데 자신만의 슬픔에 침윤되어 있는 자아의 '마음'에 '풀잎들'의 "수심겨운 소리"가 틈입해 들어온다. 이 시에서 '풀잎들'은 그들의 목소리로 '슬픔의 역설적 힘'을 현현하고 있다는 점에서 슬픔의 주체라 할 수 있다. 또한 일반적 의미로 '풀'은 가혹한 현실에 노출되어있는, 혹은 피지배계층으로서의 민중, 민초를 상징한다. 위 시의 '풀잎들'이 표상하는바 또한 여기에서 벗어나는 것이 아니다. "네가 한참동안 우리를 짓누르고 있어 보아라"라는 시구가 단적인 예가 될 것이다.

그런데 이채로운 것은 '너'와 '우리'라는 이항 대립이 표상하는 바가 억압의 주체가 되는 대상과 피지배계층인 '풀잎들'이라 할 때 이 억압의 주체는 바로 또 다른 슬픔의 존재라 할 수 있는 서정적 자아라는 점이다. 슬픔의 주체의 자리란 고정되어 있는 것이 아니라 상대적인 것이라는 생의 이법에 대한 통찰을 보여주는 대목이다. 이는 모든 존재는 서로 "無關한" 것이 아니라 모두 연결되어 있다는 시인의 연기사상[25]에서 기인하는 것이다.

공동체 지향적인 슬픔에 윤리성이 담보되어야 하는 이유가 여기에 있다. 자아의 무의식적 일상의 삶이 타자의 삶을 "짓누르고" 있는 것은 아닌지 "마음 밝히고 둘러"보는 의식적 성찰의 행위가 뒤따라야 하는 것이다. "아무 부끄럼도 없이는 진정 우리를 사랑할 수 없는" 까닭이기도 하다. 성찰과 자아에 대한 '부끄러움'이 수반될 때만이 '진정한 사랑'에 의한 슬픔에의 동참이 가능해지기 때문이다.

'풀잎들'로 표상된 슬픔의 주체는 결코 약한 존재가 아니다. 누군가가 '짓누를수록' "새로운 몸짓으로 새로 살아 오르려 하는" 의지를 불태우는 실존적 주체이다. "네 혼자 포근한 자리 위에서 기쁘다 하여 결코 우리까지 까닭 모르게 기쁘지만은 않"은 오히려 능동적으로 슬픔을 의지하며 슬픔의 역설적 힘을 발현하는 슬픔의 주체인 것이다.

살펴본 바와 같이 박재삼의 시의 슬픔은 윤리적 감각과 긴밀하게 연결되어 있다는 특징이 있다. 윤리적 감각으로서의 슬픔을 자기 지향적 슬픔과 공동체 지향적 그것으로 분류한다고 할 때 박재삼 시에서 자기 지향적 슬픔은 옳고 참된 삶에 대한 자아성찰과 이를 통한 자기고양으로 구현됨을 확인할 수 있었다. 공동체 지향적 슬픔의 경우 윤리적 감각은 첫째, 타자의 슬픔 앞에서 자아에 대한 성찰과 그로 인한 '수치심'의 작동에서, 둘째 타자의 슬픔에 기투하는 슬픔 주체의 태도에서 발현되고 있다.

박재삼 시에서 슬픔의 주체들은 슬픔을 공유하고 연대함으로써 불

---

25) 박진희, 「박재삼 시의 '심층 마음'의 세계 : 『春香이 마음』을 중심으로」 참조.

연속적 존재에서 연속적 존재로 나아가는 양상을 보여준다. 또한 이러한 슬픔 속에서의 연대와, 연속성에 대한 경험은 주체로 하여금 슬픔을 통과하면서 삶의 에너지를 비축하고 고양하는 존재로 서게 한다. 즉 슬픔은 그것을 극복하는 과정에서 삶을 추동하는 실존적 '힘'으로 작용하게 된다는 의미이다.

4. 본질 탐구와 근원 지향으로서의 슬픔

박재삼에게 있어 시는 노래이며 "노래는 참말"이다. '노래가 참말'이라는 것은 시를 쓰는 행위에, 삶에 대한 윤리적 태도가 담보되어야 함을 의미하는 것이었다. 박재삼은 시를 쓰기 위해서는 "옳게 참되게 살아야 한다"는 명제를 정언 명령으로 받아들여야 한다고 생각했던 것이다. 이것이 박재삼의 시에 대한 창작태도라 할 수 있다.

한편 박재삼은 시를 쓰게 하는 동기와 그 보람에 대해서도 언급한 바 있는데 그 심리의 바탕에는 '미완(未完)'에 대한 인식이 자리한다.

오늘 부지런히 時를 쓴답시고
글자의 숲을 헤쳐
어지간히 가락도 다스려
신명을 얻은 것 같지만,
그러나 그보다
새롭고 올이 가늘은
눈이 번쩍 띄는

또 다른 不可思議 앞에서
항상 뒤지는 이 노릇을 어쩌랴.
-「노래의 무한 앞에서」 부분 (제13시집, 1993.)

정수리에 내리붓는
뜨거운 햇빛과
푸른 이파리
이것의 相關關係를 보기는 본다마는
그러나 늘 가물가물한 가운데
아득하기만 하고나.
이 未解決 때문에
나는 아직도 詩를 못 버리는구나.
-「無題」 부분 (제9시집, 1986.)

'노래', 즉 시는 '무한'이다. 완성이 없다는 뜻이다. 서정적 자아는 '오늘' 어느 정도 완성에 근접한 것 같아도 늘 "또 다른 不可思議 앞에서 / 항상 뒤지"는 경험을 하게 된다. 말로 형용하거나 마음으로 떠올릴 수 없는 오묘한 이치가 '불가사의'일진대 이를 초월하여 완성에 이른다는 것은 불가능한 일이다. 항상 "뒤지는" 수밖에 없는 것이다. 시가 '무한'인 까닭이 여기에 있다.

'미해결' 또한 '불가사의'와 동일한 의미망에 자리한다. "뜨거운 햇빛과 / 푸른 이파리 / 이것의 相關關係"를 정확히 이해하거나 표현할 길을 찾지 못하고 서정적 자아는 그저 "가물가물한 가운데 / 아득하기만" 할 뿐이기 때문이다. 중요한 것은 이 '미해결'이나 '불가사의'가 서정적 자아에게 있어 "아직도 詩를 못 버리는" 이유로 작용하고 있다는 사실이다.

박재삼은 또 다른 글에서 시에는 "완성이란 아예 없는 것이고, 결국은 미완성"이라 단언한 바 있다. 또한 "그것이 잘 안 되니까" 오히려 "안 쓰면 견딜 수 없는 무한정의 그리움"을 느끼게 되는 것이며 "그것이 어쩌면 역으로 보람이 되는 것인지 모른다"고 진술하고 있다.[26] 역설적으로 '미완'에 대한 인식이 시인으로 하여금 온갖 어려움 속에서도 시 창작을 지속하게 하는 힘이 되었던 셈이다.

박재삼의 '미완'에 대한 의식은 주로 1980년대 이후의 시편들[27]에서 활발하게 표출되고 있다. 또한 그것은 완성에 대한 미완, 구체적으로는 완성으로서의 자연과 미완의 존재인 인간과의 대비를 통해 드러나는 양상을 보인다. 박재삼 후기시의 특징으로 허무주의를 들게 되는 까닭도 여기에 있다. 자연은 본질, 근원과 관계된 것으로 그 자체로 영원성과 온전, 완성 등의 표상이라 할 수 있는데 유한성, 결핍, '미완(未完)'의 존재인 인간은 필연적으로 자연과 거리를 상정할 수밖에 없기 때문이다.

기를 쓰고 노래를 해도
새소리나 물소리처럼
맑고 자연스럽게 뽑을 수 없는
이 딱딱한 소리는

---

26) 박재삼, 「책 뒤에」(시인의 말), 『사랑이여』, 실천문학사, 1987, 125쪽. 이러한 인식은 산문뿐 아니라 제13시집 『허무에 갇혀』에 수록되어 있는 「노래의 무한 앞에서」라는 시편에서도 확인되고 있다.

27) 특히 제9시집 『찬란한 미지수』(오상사, 1986) 의 시편들에서부터 두드러지게 표출되고 있다.

실상
저 철판에 햇빛이 아프게 부서지는
없는 것으로만 아는 그런 소리의
변조(變調)에 지나지 않느니라.

임이여 그대에게 은밀히 가는
그 음악 하나를 못 다스려
결국 투정부리며 울까나.

아, 밤하늘 별에서 나오는
서늘한 무상(無上)의 소리를 떠올리며
거기에 미칠 수 없는
나는 가장 슬픈
육체를 가졌느니라.

-「음악」 전문 (제10시집, 1987.)

박재삼에게 있어 '완성'의 구현이 가능한 세계는 자연이다. 박재삼 시에서 자연은 그 자체로 완성이며 온전함으로 의미화 된다. 위 시에서는 '새소리'나 '물소리', "밤하늘 별에서 나오는 / 서늘한 소리"가 이에 해당하는바 '맑고 자연스러운 소리' 그것 자체로 완성된 소리이다. 이들 자연의 소리는 "무상(無上)의 소리" 즉 그 위에 더할 것이 없는 소리이기 때문이다.

이에 비해 서정적 자아의 시는 "철판에 햇빛이 아프게 부서지는" 소리이자 이들 소리의 '변조'에 지나지 않는다. 박재삼의 시에서 '햇빛'은 온갖 자연물들과 상응하여 반짝임을 유발하는 대상으로 등장하는

데 반해 이 시에서는 반짝임은커녕 오히려 "철판에 아프게 부서지"고 만다는 데 주목할 필요가 있다. '철판'이 자연과 대립되는 현대 사회의 금속성 내지 인위성을 표상하는 상관물이기 때문이다.

"산에 오면 단풍은 붉은 색 노란 색만이 아니네. 푸른 색을 비롯하여 온갖 빛깔이 다 합쳐 울렁이고 소리나는 것"(「온갖 빛깔이 다 합쳐」, 제9시집, 1986.)이라는 표현에서와 같이 박재삼의 시에서 자연은 단독적으로 의미화 되기보다 다른 대상들과 조응함으로써 미적 구현에 이르게 된다는 특징이 있다. 서로 상응하여 조화와 유대의 아름다움을 구현하는 것이 자연이라면 인간은 이러한 자연에서 떨어져 나와 '철판'을 두르며 끊임없이 파편화의 길을 걷고 있다. 그 결과 인간은 결국 '거기에 미칠 수 없는 가장 슬픈 육체'를 가지게 된 것이다. 서로 융합될 수 없는 "딱딱한 소리"밖에 낼 수 없는 까닭이기도 하다.

만일에도
별을 주어모을 수만 있다면
얼마나 좋을까 싶지만
네 마음대로 바꿔 놓을 테니까 못써!
해와 달을 안 뜨게만 한다면
더구나 큰일나서 안 돼!

그런 안 변하는 것을
아득히 두어야만이
잘 변하는 인생이 차츰
하늘 속에 드러나고 말아

한없이 부끄럽지 않느냐.

-「無題」 전문 (제12시집, 1991.)

자연으로부터 분리된 인간은 개발과 발전이라는 이름하에 부단히 자연을 조작하고 지배해 온 것이 사실이다. 아도르노와 호르크하이머에 의하면 인간은 본능에 속하는 자기유지(Selbsterhaltung)를 위하여 유기적으로 통합되어 있던 자연으로부터 스스로를 폭력적으로 분리시켜 인간을 주체로 자연을 객체로 정립시키려 한다. 이것이 역사의 출발이며 문명의 시작인 것이다. 그러나 이러한 메커니즘은 '제2의 자연'인 사회에서도 동일하게 구동되어 결국 자기유지를 자기파괴로 전환시키게 된다. 즉 자아를 주체로 타자를 객체로 정립하려는 과정에서 확대 재생산되는 폭력에 의해 인간의 자기유지를 위한 의지는 자기파괴의 동력으로 작용하게 된다는 뜻이다.[28)]

위 시는 인간으로 하여금 결국 자기파괴에 이르게 하는 무절제한 욕망과 그 어리석음에 대한 경계를 드러내고 있는 작품이다. "못써!", "안 돼!" 등과 같은 부정 명령형의 반복적 표현으로 경계에 대한 서정적 자아의 강한 의지를 표출하고 있다. 이 시에서 자연은 "안 변하는 것"으로, 인간의 생은 "잘 변하는 것"으로 분류되고 있다.

자연이 그 자체로 완성이자 온전성을 구현하는 것이라 할 때 여기에는 가변성, 일시성이 아닌 항상성 내지 영원성이라는 특질이 함의되어 있는 것이다. 위 시에서는 '별', '해', '달' 등이 항상성, 영원성이라는 특질을 환기하는 자연물로 등장하고 있는데 이 시에서 자연의 항

---

28) Th. W. 아도르노 · M. 호르크하이머, 김유동 역, 『계몽의 변증법』, 문학과 지성사, 2001, 31, 35쪽.

상성, 영원성은 인간의 개입이 허락되지 않는 절대영역에 속하는 것으로 드러난다. "그런 안 변하는 것을 아득히 두"고, 지향하고 의지할 때 "잘 변하는 인생"에 대한 성찰이 가능해지며 자기파괴에 이르는 욕망의 메커니즘을 멈출 수 있게 되는 것이다.

시편 「追憶에서 60」은 이러한 근원으로서의 자연에 대한 지향이 드러나고 있는 작품이다.

> 새고개 가는 신작로는
> 어느 버드나무가 서 있었다.
> 바다가 빤히 내려다뵈는 곳이었다.
> 그 나무는 쉴 새 없이
> 잎을 반짝이는 것이 전부인양 했다.
> 바다도 멀리서 보면
> 銀金의 寶貨를 두르고
> 손에 잡힐 듯 몸을 뒤척이는 것이
> 온통 반짝이는 것뿐이었다.
>
> 이 나무와 바다는
> 무슨 형제나 사촌쯤 되는지 모른다.
> 열심히 햇볕 속에
> 하나는 서고 하나는 누운 채
> 사람들이 모르는
> 그 情報를 교환하는 것 같았다.
> 그러지 않고서야
> 지치지 않는 그 일을

그렇게 오래도록을 할 까닭이 없었다.

그래서 나도 어느새 그들을 닮는다는 것이
눈물 글썽이는 버릇만 키웠다.

-「追憶에서 60」 전문 (제7시집, 1983.)

인용한 시에서 '버드나무'와 '바다'는 '완성'이자 '온전성'의 표상인 자연을 제유하고 있다. 전언한 바와 같이 자연의 '완전'이나 '온전성'에는 항상성 내지 영원성이라는 특질이 담보되어 있다. 위 시에서는 "지치지 않는 그 일을 / 그렇게 오래도록" 한다는 대목에서 확인된다. 특징적인 것은 서정적 자아가 이러한 현상의 원인을 이들의 '정보 교환'에서 찾고 있다는 점이다.

이들이 교환하는 '정보'는 인간 존재로서는 '모르는' 것들에 해당된다. 인간의 인식 범주를 벗어난 영역에 위치한다는 점에서 자연이 주고받는 '정보'를 본질에 관계된 추상적인 관념으로 의미화 할 수 있을 것이다. 가령 인간 사회에서 상실된 가치들에 속하는 조화, 유대, 통합, 본질 등에 대한 감수성이 그것이다. 위 시에서 드러나고 있는 '나무'와 '바다'의 '반짝임'은 '햇볕'을 포함하여 서로 간의 유대와 조화에서 기인하고 있는 것이다.

시적 주체가 "그들을 닮는다는 것"은 이러한 조화의 아름다움, 보다 근원적으로는 '완성', '온전함'에 대한 지향에 다름이 아니다. "닮는다는 것"은 근접하는 것이고 지향하는 것이지 동일성에 이르는 것이 아님은 자명하다. 대상 간에 '거리'가 존재한다는 뜻이다. "그들을 닮는다는 것이 눈물 글썽이는 버릇만 키웠다."는 대목에서 '눈물 글썽임'은 바로 '완성', '온전함'의 표상인 자연의 아름다움과, 그것과 서정적 자아의 닿을 수 없는 거리에서 기인하는 것이라 할 수 있다.

온갖 저 물살은
바람의 희롱을 수시로 받지만,
또한 햇빛의 반짝임도 끝없이 받지만,
그것이 한데 어울려
광채 있는 것이 되어
우리들 눈에까지 와서는
무진장한 眼福을 베풀고 있네
이 짓은
이조 때도 그랬고
6.25 때도 마찬가지였고
지금까지도
변할 줄을 모르고 있는,
다시 보면
역사 저 켠에서 이 켠으로
한시도 지치지 않고
되풀이하고 있는 것 앞에서
나는 그저 막막해져 갈 뿐이네.

-「물살을 보며」 전문 (제12시집, 1991.)

위 시는 자연의 항상성과 영원성, 그리고 자연의 조화로 발현되는 아름다움, 서정적 자아의 이들과의 거리감 등이 보다 구체적으로 드러나고 있는 작품이다. '물살', '바람', '햇빛' 등은 그것 자체로 온전하며 완성이지만 '한데 어울림'으로써 "광채 있는 것"이 되어 "무진장한 眼福"을 베풀고 있다. 또한 이러한 현상은 "지금까지도 변할 줄을 모르고", "역사 저 켠에서 이 켠으로 / 한시도 지치지 않고 되풀이"되고 있다. 서정적 자아는 한편으로는 이러한 자연의 항상성과 영원성에 대한 경외심에서 또 한편으로는 이들과의 거리에서 '막막함'을 느끼고 있는 것이다.

물은 어떻든
길이 없는 듯이 보이지만
그러나 하늘의 뜻이
이슬로 위태롭게 맺혔다가
물방울로 발전하고
그것이 다시 모여
도도한 흐름을 이루어
꿈틀거리고 가는 것.
〈法〉이란 글자를 보아라,
물이 가는 길이
순리를 따르는 원형이거늘

우리는 한없이 연애를 하고
그럴 수 없이 아름다움을 누리지만
결국은 인생의 허무를 느끼는 데로
나아가게 마련인데,
물은 우리 눈 앞에서
그것을 넘어 또 다른

물방울로 의연히 반짝반짝 빛나기만 하네.

-「물방울을 보며」 전문 (제12시집, 1991.)

앞에서 인용한 시들이 항상성이라든가 영원성, 유대적 통합성 등과 같은 근원으로서의 자연의 속성을 드러내고 있다면 이 시는 '순리'의 원형으로서의 자연과 그러한 '순리'에 부합하지 못하는 인간의 삶을 그리고 있다.

시적 자아는 '법(法)'자가 물 수(水)와 갈 거(去)로 이루어져 있다는 사실을 들어 "물이 가는 길이 / 순리를 따르는 원형"이라 언표하고 있다. 이처럼 "물이 가는 길"로 풀이하고 있는 '법', 내지 '순리'를 이 시에서는 미미하고 위태로운 존재인 '이슬'이 모이고 모여 "도도한 흐름"을 이루는 과정으로 그리고 있다. "이슬로 위태롭게 맺혔다가 / 물방울로 발전하고 / 그것이 다시 모여 / 도도한 흐름을 이루어 / 꿈틀거리고 가는 것"이라는 대목이 그것이다. 시적 자아는 '물'의 흐름이 보여주듯 위태롭고 미미한 현재의 자아를 초월하여 고양된 차원의 존재로 나아가는 것이 '순리'라 인식하고 있는 것이다. 이러한 관점에서 볼 때 인간은 역으로 "그럴 수 없이 아름다움을 누리"다가도 "결국은 인생의 허무를 느끼는 데"로 나아가고 만다는 것이다.

드디어 머무는 것이라곤 없고
모두 다 떠나는 것만이네.
물결도 배도
그 위에 탄 사람도
먼 나라로 갔네.

세상은 한정없이
滅亡만이 이어져
그것이 總和가 되어
不滅의 塔을 세웠네.
가장 약한 것이
무수하게 모여서는
가장 강한 것이 되는
그 未知數를 삼삼하게 느끼네.

-「無題」 전문 (제9시집, 1986.)

위 시 또한 '인생의 허무'를 주제로 하고 있는 듯하다. "머무는 것이라곤 없고", "한정없이 / 滅亡만이 이어"지고 있는 것이 시에 드러나고 있는 현실이기 때문이다. 그런데 7행에 이르면 이러한 시적 분위기와 의미는 전복된다. '滅亡'이 "總和가 되어 / 不滅의 塔을 세웠"다는 대목에서 그러하다. 이는 "가장 약한 것이 / 무수하게 모여서는 / 가장 강한 것"이 된다는 뜻이다. 이러한 의미는 '물의 흐름'이 보여주는 이치, '순리'의 뜻과 다른 것이 아니다. 기계적 · 합리적 사고로는 이해될 수 없는 이 이치를 서정적 자아는 '未知數'라 명명한다.

저 나뭇잎이 뻗어가는 하늘은
千날 萬날 봐야
換腸할 듯이 푸르고
다시 보면
얼마나 적당한 높이로
살랑살랑 微風을 거느리고

우리 눈에 와 닿는가.
와서는, 빛나는, 살아 있는, 물방울 튕기는,
光明을 밑도 끝도 없이 찬란히 쏟아 놓는가.
이것을 나는
어릴 때부터 쉰이 넘는 지금까지
손에 잡힐 듯했지만
그러나 그 正體를 잘 모르고
가다가는 콧노래를 흥얼거리는 가운데
반쯤은 瞑想을 통하여 알 것도 같아라.
그러나 다시 눈을 뜨고 보면
또 다른 未知數를 열며
나뭇잎은 그것이 아니라고
살랑살랑 고개를 젓누나.

-「찬란한 未知數」 전문 (제9시집, 1986.)

박재삼의 시에서 자연은 미지수, 그것도 "찬란한 未知數"이다. 시인 자신이기도 한 서정적 자아는 "어릴 때부터 쉰이 넘는 지금"까지 자연에 대해 끊임없이 탐구해 왔지만 아직도 "그 正體를 잘 모르고" 있기 때문이다. "반쯤 瞑想을 통하여 알 것 같아"도 자연은 이미 "또 다른 未知數를 열며" 서정적 자아로 하여금 다시 새로운 탐구와 깨달음에의 길로 인도하는 것이다.

박재삼은 그의 많은 시편들에서 근원으로서의 자연과 그 본질에 대해 다루고 있다. 그 자체로 완성이자 온전성인 자연의 항상성이라든가 영원성, 유대적 통합성 등이 그것이다. 또 다른 한편으로 그의 시에서는 자연의 이법 내지 순리에 대한 부단한 탐구의 자세를 확인할 수 있다. '미완'의 존재인 인간은 이를 통해 근원에 이르고자, 혹은 순리에 부합하는 삶을 살고자 의지하지만 그것은 늘 '미지수', '미해결', '불가사의'로 남을 뿐이다.

이러한 경향의 시편들에서 슬픔은 복합적이고 중층적인 의미를 함의하고 있는 것으로 드러난다. 그것 자체로 완성인 자연에 대한 경외와 그것과의 거리에 대한 인식, 그리고 그것에 미칠 수 없는 인간의 한계와 생에 대한 성찰 등이 이에 해당한다. 그러나 박재삼의 시에서 '멸망'이 '멸망'에 그치는 것이 아니라 오히려 "불멸의 탑"을 세우는 기제로 작용하듯 슬픔 또한 비극적 정서로 의미화 되는 것이 아니라 근원으로서의 자연에 대한 탐구와 지향을 추동하는 힘으로 기능하는 것이다. 이러한 슬픔의 역설적 힘이 평생 박재삼으로 하여금 시를 창작하게 한 동력이었음에 틀림이 없을 것이다.

5. 슬픔의 정서와 그 의의

이 글은 '슬픔'이 '온전성의 그리움에서 오는 아픔'이라는 가정을 수용하는 데서 출발하여 박재삼의 시에 발현되고 있는 '슬픔'이 존재의 온전성에 대한 지향에서 비롯되었다는 점을 밝히는 데 목적을 두었다. 이 때 '온전성'의 내용이 시인의 시의식과 관련하여 시세계의 특성을 규정해주는 것임은 자명한 이치이다.

박재삼 시의 경우 '온전성'은 인간됨의 조건이라 할 수 있는 진 · 선 · 미의 층위에 긴밀하게 연결되어 있으며 자연이 그 표상이 되고 있다는 특징을 보인다. 구체적으로 '진(眞)'은 우주적 이법에 대한 인식과 성찰의 측면에서, '선(善)'은 윤리적 감각과 실천의지의 측면에서, '미(美)'는 심미적 지평으로서의 측면에서 연결되고 있다. 또한 이러한 온전성에 대한 지향과 슬픔의 발현은 전기시에서는 주로 '미'의 측면에서 후기시에서는 '진'과 '선'의 측면에서 주로 드러나는 양상을 보인다.

먼저 박재삼 시에서 슬픔의 발현은 아름다움과 연결되고 있는데 이 아름다움은 단순한 미적 차원을 넘어선다는 특징이 있다. 심미적 차원에서 슬픔은 첫째 '맑음', '빛남', '반짝임' 등의 이미지로, 둘째 '연함', '연약함'의 이미지로 발현된다. 이들 이미지는 모두 존재의 '무구한 마음', 순수함과 관계되는 것으로 드러나며 유년의 서정적 자아나 어린 생명 등은 훼손되지 않은 무구한 마음의 표상으로 등장한다. 이를 심미적 차원에서의 온전성이라 할 수 있을 것이다.

박재삼 시의 슬픔의 지대에는 '덜 온전하다'는 인식, 즉 훼손된 순수함에 대한 의식에서 오는 슬픔의 정서와 온전성에 대한 지향, 혹은 그 표상이라 할 수 있는 아름다움의 이미지가 공존하고 있는 것이다. 박재삼 시에서 아름다움은 연약함, 순수함과 관련된 슬픔을 함의하고 있는, 확장된 지평을 보여주고 있다는 의미도 된다.

다음으로, 윤리적 국면에서의 슬픔은 스스로 의지하는 능동적 정서로 드러난다는 특징이 있다. 이때의 슬픔은 자기 지향적 슬픔과 공동체 지향적 슬픔으로 나누어 볼 수 있는데 슬픔이 자기 지향적일 때는 옳고 참된 삶에 대한 자아성찰과 이를 통한 자기고양으로 구현되는 양상을 보인다. 슬픔을 통해 불연속적이고 파편화된 존재에서 연속적이고 합일된 존재로 나아가는 양상은 공동체 지향적 슬픔의 특성이다.

공동체 지향적 슬픔의 경우 윤리적 감각은 타자의 슬픔 앞에서 자아에 대한 성찰과 그로 인한 '수치심'의 작동에서, 그리고 타자의 슬픔에 기투하는 슬픔 주체의 태도에서 발현된다. 이러한 슬픔 속에서의 연대와, 연속성에 대한 경험은 주체로 하여금 슬픔을 통과하면서 삶의 에너지를 비축하고 고양하는 존재로 서게 한다. 즉 슬픔은 그것을 극복하는 과정에서 삶을 추동하는 실존적 '힘'으로 작용하게 된다는 의미인데 이를 '슬픔의 역설적 힘'이라 명명할 수 있다.

마지막으로, 인식 차원에서의 슬픔은 본질 탐구와 근원 지향의 과정에서 발현되고 있는데 이는 시인의 '미완'에 대한 의식과 긴밀하게 연결되어 있는 것으로 드러난다. '미완'에 대한 의식은 주로 1980년대 이후의 시편들에서 활발하게 표출되는 특징을 보인다. 박재삼 후기시의 특징으로 허무주의를 꼽는 까닭이기도 한데 그러나 이 시기의 시편들이 단순히 허무주의에만 침잠해 있는 것이 아님을 확인할 수 있었다.

이러한 경향의 시들에서 '미완'에 대한 의식은 완성으로서의 자연과 미완의 존재인 인간과의 대비를 통해 드러나는 양상을 보인다. 자연은 본질, 근원과 관계된 것으로 그 자체로 영원성과 온전성, 완성 등의 표상이라 할 수 있다. 유한성, 결핍, '미완(未完)'의 존재인 인간은 필연적으로 자연과 거리를 상정할 수밖에 없는 것이다. 또한 박재삼의 시에서 자연은 단독적으로 의미화 되기보다 다른 대상들과 조응함으로써 미적 구현에 이르게 된다는 특징이 있다. 서로 상응하여 조화와 유대의 아름다움을 구현하는 것이 자연이라면 이러한 자연에서 떨어져 나와 끊임없이 파편화의 길을 걷고 있는 존재가 인간이다.

슬픔은 이러한 인간 존재의 결여에 대한 인식과 성찰에서, 그리고 그것 자체로 완성인 자연에 대한 경외에서 중층적으로 발현되고 있다. 근원으로서의 자연과 그 본질에 대한 탐구, 그것에 대한 지향과 의지가 이러한 경향의 시들이 함의하고 있는 주제이자 의미의 요체인 것이다.

박재삼 시의 '슬픔'은 단순한 감각의 차원에서 발현되는 정서가 아니다. 원인에 있어서나 발현 양상에 있어서 매우 다성적인 의미를 담지하고 있는, '종합 지적 성격'을 갖는 정서라 할 수 있다. 시의 태생적 주제라고도 할 수 있을 슬픔이라는 정서를 이토록 폭넓은 음역에서 의미화 하고 있는 시인을 찾기도 어려울 터이다. 슬픔의 정서를 인간됨과 관련한 온전성의 지향으로 연결함으로써 상투화된 의미의 경계를 초월함은 물론, 관념적 · 실존적 층위에서 모두 의미의 지평을 확장했다는 데 박재삼 시의 의의가 있다.

5장

'마음'과 서정적 동일성의 세계

'마음'과 서정적 동일성의 세계

1. '마음'과 '물'이미지

박재삼 시에 관한 연구는 초기시에 집중되어 있다는 특징을 보이는데 이에 대한 원인으로 연구자들은 시적 경향의 상이성과 완성도의 저하를 들고 있다.[1] 이 글 또한 연구 대상을 박재삼의 전 시집이 아닌, 첫 시집 『春香이 마음』(신구문화사, 1962)에 한정하고 있다. 그러나 이는 시적 경향이나 완성도 측면의 문제가 아니라 이 글의 목적이 '마음'과 '물'이미지를 통해 박재삼 시의 동일성 세계의 특질을 밝히는 데 있기 때문이다.

---

1) 동일한 근거를 들어 이상숙은 초기시를 제3시집 『천년의 바람』(민음사, 1975)까지로 보는 한편, 장만호는 제4시집 『어린것들 옆에서』(현현각, 1976)까지로 한정하고 있다.
이상숙, 「박재삼 시의 이미지 연구 - 초기시에 나타난 '물'을 중심으로」, 고려대 대학원 석사논문, 1994.
장만호, 「박재삼 시의 공간 상상력 연구 - 초기시를 중심으로」, 고려대 대학원 석사논문, 2000.

'마음'은 박재삼의 전 시집에 걸쳐 자주 등장하는 시어이지만 특히 『春香이 마음』에서는 두드러지게 그 등장빈도가 높은 편이다.[2] 이러한 맥락과 함께 시집의 표제에도 '마음'이 쓰인 것을 보면 '마음'이라는 시어에 대한 박재삼의 의지를 유추해볼 수 있을 것이다. '물'이미지 또한 "박재삼 시의 이미지 체계의 주축(主軸)이 되"[3]는 중심 이미지로 다른 자연 이미지들이 '물'이미지에 수렴되는 양상을 보인다. '물'이미지는 전시기에 걸쳐 박재삼의 시의식을 발현하는 바탕 심상으로 자리하고 있지만 초기시, 특히 첫 시집인 『春香이 마음』에 중요한 의미를 포지하고 있는 시편들이 집중되어 있다고 할 수 있다.

전언한 바와 같이 '마음'과 '물'이미지는 박재삼의 시세계를 관류하는 주요 모티프이며, 『春香이 마음』은 박재삼의 첫 시집이자 동시에 '마음'과 '물'이미지가 가장 농밀하게 발현되는 시집이다. 따라서 '마음'과 '물'이미지를 중심으로 『春香이 마음』에 드러난 동일성 세계의 특질을 밝히는 작업은 박재삼 시의 시의식의 근원, 혹은 토대를 구축하는 것에 다름이 아니다.

박재삼 시의 이미지에 관한 연구는 많은 반면, '마음'을 중심으로 한 연구는 매우 드물다. 박재삼 시의 '마음'에만 중점을 둔 논의로는 이상숙[4]의 연구를 들 수 있다. 이에 따르면 박재삼의 시에서 '마음'은 감

2) 총 30편의 작품 중 '마음'이 등장하지 않는 시편은 10편이다. 그러나 이들 중 '가슴'(「진달래꽃」, 「밤바다에서」)이나 '정신'(「섬」), '간장밭'(「원한」) 등 '마음'을 대체하는 시어가 쓰인 시편들까지 고려한다면 『春香이 마음』에 '마음'이 등장하는 비율은 80%에 이르는 셈이다.

3) 이상숙, 앞의 논문, 84쪽.

4) 이상숙, 「박재삼 시에 나타난 '마음'의 의미」, 『비평문학』제40집, 한국비평문학회, 2011.6.

정과 심정의 거처, 이승과 저승을 잇는 중간계, 일상성을 내포한 심전(心田), 이렇게 세 가지로 유형화할 수 있으며 초기의 강렬한 시적 정서와 이미지가 일상의 소회와 허무주의로 희석되는 박재삼 시의 도정에는 '마음'의 변화와 이미지의 변화가 함께 일어났음을 확인할 수 있다.[5)]

이상숙의 논의가 박재삼 시의 '마음'의 의미를 세 가지로 유형화한 것이라면 이 글에서는 이러한 다양한 의미와 양상으로 발현되고 있는 '마음'이 궁극적으로 지향하고 있는 바가 무엇인지에 주목하고자 한다. 이를 통해 '마음'의 정체와 근원적 동일성의 세계와의 관계, 그리고 이 세계의 특질과 동일화 방식이 '물'이미지와 갖는 관련성을 밝히는 것이 이 글의 목적이다.

2. '마음'의 의미와 지향

마음은 흔히 내면에서 일어나는 감정, 심리, 심정 등의 의미로 쓰이지만 이것들이 깃들거나 생겨나는 공간의 의미로 쓰이기도 하며, 마음을 쓰는 태도나 의지에서, 육체나 물질의 상대적인 개념에 이르기까지, 마음에 내포된 의미는 매우 확장적이며 다채롭다. 박재삼 시의 '마음' 또한 위에서 열거한 여러 다양한 의미로 쓰일 뿐만 아니라 지극히 개인적이고 주관적인 뜻으로 쓰이기도 한다. 그러므로 중요한 것은 그의 시에서 '마음'이 어떠한 의미로 쓰였는가 하는 것에 있다기보

---

5) 위의 글, 207~208쪽.

다 그러한 다양한 의미로 쓰인 '마음'의 궁극적인 지향점이 어디인가 하는 것에 있을 것이다.

형(刑)틀에 매여 원통하던 일을 이승에서야 다 풀고 갔으련만
저승에 가 비로소 못 잊겠던가
춘향이 마음은 조롱조롱 살아 다시 열렸네.

저것은 가냘픠 아파 우는 소리였던 것을,
저것은, 여릿이 구슬 맺힌 눈물이던 것을,
못 견딜 만큼으로 휘드리었네.

우리의 무릎을 고쳐, 무릎 고쳐 뼈마치는 소리에 우리의 귀는 스스로 놀라고,
절로는 신물이 나, 신물나는 입맛에 가슴 떨리어,
다만 우리는 혹시 형리(刑吏)의 손아픈 후예(後裔)일라……

그러나 아가야, 우리에게도 비치는 것은
네 눈이 포도(葡萄)라, 살결 또한 포도(葡萄)라……

-「포도(葡萄)」 전문

인용한 시는 시집의 표제인 '춘향이 마음'이라는 시어가 직접적으로 쓰인 작품으로 '춘향이 마음'의 정체를 가장 구체적으로 드러낸 시라 할 수 있을 것이다. 위 시에서 '춘향이 마음'은 '포도'로 표상되어 있다. 즉 "형(刑)틀에 매여 원통하던 일"을 저승에서도 못 잊어 한 '춘향이 마음'이 "조롱조롱 살아 다시 열"린 것이 '포도'라는 것이다.

위 시에서는 특히 '춘향이 마음'을 표상하는 시적 대상인 '포도'가 감각화되는 과정에 주목할 필요가 있다. '춘향이 마음'인 '포도'가 청각, 시각, 미각 등 다층적인 감각으로 인식되는 과정을 통해 결국 '우리'의 '가슴 떨림'에 이르고 있기 때문이다. 시적 주체는 먼저 청각적, 시각적 감각으로 '포도'를 인식한다. '포도'가 "가냘픠 아파 우는 소리"로 "여릿이 구슬 맺힌 눈물"로 형상화 될 수 있는 근거는 그것이 바로 "저승에 가 비로소 못 잊겠던" 춘향의 '원통'한 마음이 다시 살아 열린 것이라는 데 있다.

"아파우는 소리"와 "구슬 맺힌 눈물"로 인식되던 '포도'는 3연에 가면 "신물나는 입맛"으로 감각되고 있음을 알 수 있다. 이러한 감각의 이동, 즉 청각, 시각에서 미각으로의 전화에는 대상과의 거리의 무화가 상정된다. 청각, 시각과는 달리 미각에는 반드시 대상과의 접촉이 요구되기 때문이다. 미각적 감각에 이르러 시적 주체가 '가슴 떨림'을 경험하게 되는 것도 이러한 맥락에서일 터이다. '가슴 떨림'은 일편단심 '춘향이 마음'에 대한 시적 주체의 심리적 반응이자 동시에 춘향이의 그것 자체일 수도 있다. 중요한 것은 '포도'를 감각하는 과정을 통해 시적 주체의 '가슴'과 '춘향이 마음'이 상통하게 된다는 사실이다.

위 시에서 또 하나 주목할 점은 마지막 연에 이르러 '포도'가 '아가'의 '눈'과 '살결'로 표상된다는 것이다. 까만 포도 알에서 '아가'의 눈동자를, 반투명한 포도의 속살에서 '아가'의 '살결'을 유추해 낼 수 있다. '춘향이 마음'의 환생이 '포도'임을 상기할 때 '아가'의 '눈', '살결'은 '춘향이 마음'과도 등가를 이루게 됨을 알 수 있다.

그렇다면 '아가'는 무엇을 표상하는 것일까. '아가'는 순수의 표상이라 할 수 있다. 저승에 가서도 잊지 못했던 춘향의 원통함도, "혹시 형리(刑吏)의 손아픈 후예(後裔)일"지 모를 '우리'의 '가슴 떨림'도 사라진, 혹은 생기기 이전의 순수의 상태, 이것이 위 시에서 '아가'가 표상하는 바라 판단된다. 다시 말해 위 시에서 '마음'은 아픔, 원통함 등이 발현되는 공간의 의미로 쓰였으며, 원통하고 아픈 '춘향이 마음'은 '포도'로 표상되어 다층적인 감각화를 거치는 과정을 통해 궁극적으로는 '아가'로 표상되는 순수의 세계로 귀결되는 양상을 보이고 있다는 의미이다.

'아가' 외에도 박재삼 시에서는 '어린 날'의 마음이 자주 등장한다는 특징이 있는데 이 '어린 날' 또한 '아가'와 동일한 의미망에 자리하는 시어로, 순수한 때, 혹은 순수의 세계를 표상하는 것으로 볼 수 있다. 이는 '어린 날'과 현재의 '마음'의 대비가 드러나는 시들에서 확인이 가능하다.

> 한 십년 만에 남쪽 섬에도 눈이 내린 이튿날이다. 사방이 나를 지켜보는 듯싶은 황홀한 푼수로는 꼭 십년 전의 그때의 그지없이 설레이던 것과 상당히 비슷하다. 하나 엄살도 없는 지엄(至嚴)한 기운은 바다마저 잠잠히 눈부셔 오는데……
>
> 그렇다면, 한 십년 전의 이런 날에 흐르던 바람의 한 자락이, 또는 햇살의 묵은 것이, 또는 저 갈매기가, 이 근처 소리없이 죽고 있다가, 눈물 글썽여 되살아나는지는 어느 누가 알 것인가.
>
> 만일에도 그렇다면, 우리의 어리고 풋풋한 마음도 세월따라 온전히 구김살져오는 것만은 아니다. 헤아릴 수 없는 바람의, 또한 햇살의, 또

한 갈매기의 그 중에도 어떤 것은 고스란히 십년 후에 살아 남았을 것처럼, 흔히는 그 구김살져오게 마련인 마음의 외진 한 구석에 어리고 풋풋한 마음이 곁자리하여 숨었다가 기껏해야 칠십년의 그 속에서도 그야말로 이런 때는 희희낙락해지는 그것인지도 모른다.

-「무제(無題)」 전문

내 눈물 마른 요즈음은
눈에도 아니 비치는 갈매기야.

어느 소소(小小)한 잘못으로 쫓겨난
하늘이 없던, 어린날 흘렸던,
내 눈물의 복판을,
저승서나 하던 짓인가.
무지개 빛을 긋던 눈부신 갈매기야.

꽃잎 속에 새 꽃잎
겹쳐 피듯이

눈물 속에 새로 또
눈물 나던 것이네.

-「눈물 속의 눈물」 전문

위 시들은 '어린날'과 현재의 '마음'의 대비가 드러나고 있는 작품들이다. 「무제(無題)」에서 시적 자아는 한 십년 만에 내린 눈을 보고 현재 느껴지는 황홀함이 "꼭 십년 전의 그때의 그지없이 설레이던 것과 상당히 비슷하다"고 생각한다. 이러한 경험으로부터 시적 자아에게 유비적으로 연상된 것이 '마음'이다. 즉 자아가 경험한 자연과 같이 세월이 흐름에 따라 "구김살져오게 마련인 마음의 외진 한 구석에 어리고 풋풋한 마음이 곁자리하여 숨었다가" 다시 되살아나는 것은 아닐까 생각하는 것이다. 박재삼이 그의 시에서 끊임없이 "자연을 소재로 삼으면서도 언제나 그것을 바라보는 사람의 마음에 관심을 기울"[6)]이고 있음을 간취해 볼 수 있는 대목이다. 이 시에서의 '마음'도 감정이나 심리가 깃드는 공간의 의미로 쓰이고 있으며. 시간적으로는 '어린 날'의 "어리고 풋풋한 마음"과 현재의 "구김살져오게 마련인 마음"으로 대조를 이루고 있다.

「눈물 속의 눈물」 또한 '어린날'과 '요즈음'의 대비로 의미를 발현하고 있는 시이다. '어린날'에는 "꽃잎 속에 새 꽃잎 / 겹쳐 피듯이 // 눈물 속에 새로 또 / 눈물 나던 것"이 '요즈음'엔 '눈물'이 말라버렸다는 시적 자아의 고백이 그것이다. 그렇다면 '어린 날'에는 나고 또 나던 '눈물'이 '요즈음'엔 왜 마른 것일까. '눈물'이 상징하는 바는 무엇일까.

먼저 「무제(無題)」에서 보면 십 년 전의 자연물들이 "소리없이 죽고 있다가" '되살아'날 때 나타난 현상이 '눈물 글썽임'이다. 「눈물 속의 눈물」에서는 "어린 날 흘렸던 눈물의 복판"을 "눈부신 갈매기"가 "무지개 빛"을 그으며 날아가지만 "눈물 마른 요즈음", 갈매기는 눈에 비치지도 않는다. 이러한 맥락들에서 '눈물'에는 슬픔과 관련된 일반적인 의미가 아닌 '되살아남', '빛'과 관련된 긍정적인 의미가 포지되어

6) 이숭원, 「박재삼 시의 자연과 생의 예지」, 『문학과 환경』제6권 2호, 문학과 환경회, 2007, 57쪽.

있음을 알 수 있다. 즉 "눈물 속에 새로 또 눈물 나던" '어린날'은 '눈물'을 매개로 존재의 과거와 현재의 단절이 무화되고 대상과의 유기적 관계가 가능했던 때라 할 수 있다.

우리 마음을 비추는
한낮은 뒷숲에서 매미가 우네.

그 소리도 가지가지의 매미 울음.
머언 어린날은 구름을 보아 마음대로 꽂이 되기도 하고 잎이 되기도
하고 친한 이웃아이 얼굴이 되기도 하던 것을.

오늘은 귀를 뜨고 마음을 뜨고, 아, 임의 말소리, 미더운 발소리, 또는
대님 푸는 소리로까지 어여삐 기뻐 그려낼 수 있는
명명(明明)한 명명(明明)한 매미가 우네.

-「매미 울음에」 전문

위 시에서도 '어린날'과 '오늘'이라는 시간적 대비가 드러나 있다. 햇빛이 "우리 마음을 비추는 한낮"에 '뒷숲'에서는 '매미'가 울고 있다. 따스하게 비추는 햇살에 시적 주체는 "머언 어린날"을 회감하게 된다. '어린 날'에 본 '구름'은 "마음대로 꽂이 되기도 하고 잎이 되기도 하고 친한 이웃아이 얼굴이 되기도 하"였다. 다시 말해 '어린 날' 시적 주체에게 '구름'은 규정되지 않은, "마음대로" 어떤 것이든 그릴 수 있고 만들어질 수 있는 무정형의 대상이었던 것이다.

이러한 '어린 날'을 회감하게 된 시적 자아는 지금 현실의 '우리 마

음' 속에서 '어린 날'의 그것을 일깨우고자, 되살리고자 한다. 이러한 의지를 함의하고 있는 것이 바로 '뜨는' 행위이다. '구름'과 하나가 되어 '구름'은 시적 자아의 '마음'을 그려내고 시적 자아는 '구름'이 그린 것을 그대로 마음에 담을 줄 알았던, 맑고 순수했던 '어린날'의 마음에 대한 상기가 바로 "귀를 뜨고 마음을 뜨"는 행위인 것이다. 이러한 '어린날'의 '마음'에 대한 '뜸'의 행위가 수반될 때 '매미'는 시적 자아의 간절한 '마음'의 소리를 "어여뻐 기뻐 그려낼 수 있"게 되고 시적 자아는 '매미 울음'에서 '임'의 소리를 들을 수 있게 되는 것이다.

기실 구름은 소리도 없고 모양도 규정되지 않은 무정형의 대상이기에 그 변하는 모양에 따라 유사한 대상을 떠올리거나 혹은 떠오르는 대상과 비슷한 모양의 구름을 찾아내는 행위는 일반적이고도 흔한 놀이에 속한다. '구름'은 어떠한 대상과도 유사성으로 연결될 수 있다는 의미이다. 그런데 '매미 울음'소리와 '임의 말소리', '발소리', '대님 푸는 소리'와의 관계는 이와 다르다. 이들 사이에서는 보편적인 유사성을 찾기 어렵기 때문이다. 그럼에도 시적 주체는 '매미 울음'에서 "임의 말소리"를, 그보다 더 섬세한 임의 "미더운 발소리"를, 보다 내밀한 임의 "대님 푸는 소리"까지를 '명명(明明)'하게 듣고 있는 것이다.

실상 작품 「포도(葡萄)」에서 '포도'와 '춘향이 마음' 또한 둘 사이에 긴밀한 유사성이 없다는 점에서는 '매미 울음'과 '임의 소리'의 관계와 마찬가지라 할 수 있다. 이와 같이 『春香이 마음』의 시적 주체는 유사성 내지 인접성이 떨어지는 대상 사이의 차이는 사상시킨 채 동일성을 구축한다는 특징[7]이 있다.

---

7) 이러한 특징은 '심층 마음'에서 기인하는 것으로 '심층 마음'에 대해서는 3장에서

이 시에서 '마음'은 감정이나 심정이 깃드는 공간의 의미뿐만 아니라, 의지의 의미로도 신체에 대한 상대적인 개념의 의미로도 쓰이는 등 다양한 의미를 발현하고 있다. 살펴본 바와 같이 『春香이 마음』에서 '마음'은 주로 감정, 심정, 심리나 이것들이 깃들어 있는 공간으로 의미화 되어 있고 그 외 다양한 의미로도 쓰이고 있다. 그러나 보다 중요한 것은 『春香이 마음』의 시적 주체가 '춘향이 마음'을 '아가'로 표상되는 '순수'와 동일화하였다는 점, 그리고 끊임없이 '어린 날의 마음'과 현재의 '마음'을 대비시킴으로써 '어린 날의 마음'에 대한 지향을 드러내고 있다는 사실이 될 것이다.

3. 분별의 무화와 심층의 마음

『春香이 마음』의 시적 주체는 이상적인 '마음'을 '어린 날', 더 나아가 '아가'에까지 거슬러 올라가 찾는다. 그렇다면 어린 아이, 내지 '아가'의 마음의 특징은 무엇인가. 여러 가지가 있겠지만 가장 큰 특징을 꼽으라면 분별이 없다는 점이 될 것이다. 아이가 성장한다는 것은 신체적으로 발달함과 함께 세계를 인지해 나가는 것을 의미한다. 인간 성장 과정의 일면으로 설명되는 상징계로의 진입이나 사회화 등의 개념 또한 결국 구분되지 않던 것들에서 차이를 발견하여 분화해 가거나 이미 분류 · 배열된 질서들을 습득해 가는 과정에 다름 아닌 것이다.

자세하게 논의하고자 한다.

세계를 인지하는 데 필요한 사고(思考)의 유형은 분별의 유무에 따라 분화적 사고와 원융적 사고로 나눌 수 있다. 분화적 사고란 어떠한 것에 대한 '앎'을 위하여 그 대(對)가 되는 대상과의 비교 분별을 수행해 나가는 방식을 말하며, 이와는 달리 사물 간의 차이보다는 공통성에 주목하며 서로 간의 공통 근거를 발견하기 위해 표층적인 차이와 분별을 사상해나가는 방식을 원융적 사고라 한다.[8] 각각의 존재는 표면적으로는 유한하고 서로 대가 되는 상대적인 개체로 드러나지만 심층에서는 그 각각이 일체 만물을 포괄하고 있는 전체이며, 전체로서 무한이고 절대이다. 개체는 표층에서는 경계를 따라 구분되는 다(多)이며 전체의 일부분일 뿐이지만 심층에서는 경계가 사라진 무경계의 전체이며 전체로서 일(一)이다.[9]

원융적 사고와 동일한 맥락에 자리하는 '마음'을 본고에서는 '심층의 마음'이라 부르기로 한다. 분별이 강조되고 "차이가 부각되면 공통성은 물러서게 된다. 차이는 표층의식에 드러나서 개념적으로 포착되고 동일성은 표층의 이면으로 배경으로 심층으로 물러서게 되는 것"[10]이다. 심층의 마음이란 "개체들 간의 차이보다는 개체들 간의 공통성에 주목하고 개체들 간의 단절보다는 서로간의 소통"[11]을 지향하는 마음이다. 표층적 현상이 아닌 현상 내면의 더 깊은 심층으로 향하고자 하는 마음이며, 대상 안에서 "인간의 개념적 분별 이전의 공통적인 심

8) 한자경, 「마음의 존재와 그 자각」, 『철학』 제103집, 한국철학회, 2010.5, 49~51쪽 참조.
9) 위의 글, 32쪽.
10) 위의 글, 49쪽.
11) 위의 글, 51쪽.

층의 하나를 포착"[12]하고자 하는 마음이 '심층의 마음'인 것이다.

박재삼이 끊임없이 '어린 날'의 마음을 되새기는 까닭도 이러한 분별 이전의 마음에 대한 지향에서 기인하는 것으로 볼 수 있다. 그러나 박재삼의 시에서 단순히 '어린 날'의 마음에 대한 회감이 자주 출현한다고 해서 이를 '심층 마음'에 대한 지향이라 규정하는 것은 아니다. 박재삼의 시에는 시적 주체가 심층의 마음으로 세계를 인식하는 양상을 보이는 시들이 많다. 상징화 이전의 세계가 현현되고 있는 「무봉천지(無縫天地)」가 그 대표적 예가 될 것이다.

저저(底底)히 할 말을 뇌일락하면 오히려 사무침이 무너져 한정없이 멍멍한 거라요. 문득 때까치가 울어오거나 눈은 이미 장다리꽃밭에 홀려 있거나 한 거라요. 비오는 날도, 구성진 생각을 앞질러 구성지게 울고 있는 빗소리라요. 어쩔 수 어쩔 수 없는 거라요. 우리의 할 말은. 우리의 살과 마음 밖에서 기쁘다면 우리보다도 기쁘게 슬프다면 우리보다도 슬프게 확실히 쟁쟁쟁 아리랑이 되어 있는 거라요. 참, 그때, 아무도 없는 단오(端午)의 그네 위에서 아뜩하였더니, 절로는 옷고름이 풀리어, 사람에게 아니라도 부끄럽던 거라요. 또는 변학도(卞學道)에게 퍼부을 말도 그때의 장독(杖毒)진 아픔의 살이, 쓰린 소리를 빼랑빼랑 내고 있던 거라요. 허구한 날 서방님 뜻 높을진저 바라면, 맑은 정신 속을 구름이 흐르고 있었고, 웃녘에 돌림병이 퍼져 서방님 살아 계시기를 빌었을 때에도 웃마을의 복사꽃이 웃으면서 뜻을 받아 말하고 있던 거라요. 그러니 우리가 만나 옛말 하고 오손 도손 살 일이란 것도, 조촐한 비개인 하늘 밑에서 서로의 눈이 무지개선 서러운 산등성 같은 우리의

---

12) 위의 글, 50쪽.

마음일 따름이라요.

-「무봉천지(無縫天地)」 전문

위 시에는 유난히 '말'이라는 시어가 자주 출현하면서 부각되고 있는데, 이는 위 시가 '말', '생각' 등으로 대별되는 상징계와 이를 초월하는 자연이 대구를 이루는 구도를 취하고 있기 때문이다. 가령 시적 자아가 나지막히라도 할 말을 뇌려고 하면 '말'보다 앞서 "사무침이 무너져 한정없이 멍멍"해져 버리는 것이다. 시적 자아의 심정은 기쁨이라거나 슬픔이라는 '말'로 상징화되는 대신 그 경계를 벗어나 "때까치가 울어오"기도 하고 "장다리꽃밭에 홀려" 있는 등 자아 밖의 대상들과 상호 융화되는 양상을 보이고 있으며 위 시에서 이러한 양상은 반복되어 나타나고 있다.

'빗소리'는 시적 자아의 "구성진 생각을 앞질러" 이미 "구성지게 울고 있"다. '우리' 내면의 마음은 '말'로 규정되기 전 이미 "우리의 살과 마음 밖에서 기쁘다면 우리보다도 기쁘게 슬프다면 우리보다도 슬프게", 우리의 '말'보다도 더 '확실하게' 발현되고 있는 것이다. "단오(端午)의 그네 위에서"의 '아뜩함'은 "절로 옷고름이 풀리"는 현상으로, "변학도(卞學道)에게 퍼부을 말"은 "장독(杖毒)진 아픔의 살"이 내는 "쓰린 소리"로 연결되고 있다. 시적 자아의 마음은 상징화를 거치지 않은 이미지의 세계에 직접적으로 대면하고 있는 것이다.

상징화 이전의 세계, 이미지의 세계는 바로 인간의 분별과 규정에 한정될 수 없는 자연이다. 무엇을 기쁨이라 슬픔이라 규정할 것이며 그 정도는 또 어떻게 나타낼 수 있는가. 기쁨과 슬픔의 경계는 어디이며 그 사이에는 어떠한 '말'들이 놓여 있는 것일까. 사회, 과학의 발

달에 따라 분별 · 분화 · 규정하는 상징화의 작업 또한 더욱 정교해지고 치밀해지게 되었는데 박재삼은 이러한 분별의 한계를 인지해 왔던 것으로 보인다. 「봄바다에서」라는 시편에서도 이러한 인식이 잘 드러나고 있는데 "저것은 꽃핀 것가 꽃진 것가 여겼더니, 피는것 지는것을 같이한 그러한 꽃밭의 저것은 저승살이가 아닌것가 참, 실로 언짢달것가. 기쁘달것가" 대목에서 그러하다. 꽃핀 것, 꽃진 것이 같이하는 꽃밭, 언짢다고 할 수도, 기쁘다고 할 수도 없는, 규정되지 않는 지대가 드러나고 있기 때문이다.

위 시에서도 이러한 자연, 즉 인간의 의식이나 이성이 제어하지 못하는, 불쑥불쑥 의식 속에 틈입해 들어오는 자연이 명징하게 드러나 있다. 가령 "서방님 뜻 높을진저" 기원하는 춘향의 간절한 마음은 "맑은 정신"으로 표상되고 있는데 한없이 맑아야 할 '정신 속'을 '구름'이 흐르고 있다. 또한 "웃녘에 돌림병이 퍼져 서방님 살아 계시기를" 간절하게 기원하고 있을 때에도 그 뜻을 받아 말하는 "웃마을의 복사꽃"은 웃고 있는 것이다.

위 시의 제목, "무봉천지"란 한자 그대로 풀이하면 기운 흔적이 없는 하늘과 땅이라는 의미로 자연의 성질을 잘 드러내고 있는 시어라 할 수 있다. 인위적인 경계가 없는 것, 인간의 이성으로 다 제어될 수 없는 것이 본연의 자연이기 때문이다. 이러한 자연을 그대로 수용하고 또한 스스로도 자연의 일부로 융화되는 마음이 심층의 마음인 것이다.

한편 박재삼의 시에는 '미친다', '정신 나간다' 등의 표현[13]이 자주

13) 이러한 표현이 등장하고 있는 시에는 인용한 「무제(無題)」외에 「한낮의 소나무

나오는 편인데 이러한 행위의 의미 또한 심층 마음의 발현이라는 맥락에서 찾아지고 있다. '미친다'는 행위의 의미가 비교적 구체적으로 드러나 있는 작품이 「무제(無題)」이다.

> 말이 될까 몰라. 가령 하늘 속같이 맑은 기운이
> 마음의 곳간을 넘치는 사람이 몇은 살아서
> 봉사잔치나 본받아서 몰라.
> 미친 사람도 대접할 날 있을까 몰라.
>
> 잘못되어 눈감은 심(沈)봉살까.
> 희안케 눈뜨고 딸 만나고 영화(榮華)한 것 본받아서
> 잘못 미친 사람들도 맑은 기운을 맑은 기운으로
> 바로 받게 할 날이 없을까 몰라.
>
> 하늘 맑고 물 맑고 바람 맑고 수풀 맑고 천만 년을 그럴진대.
> 그것을 서나 누으나 간에 바라보아 어질어질 사람이면 조금은 미칠만도 한 것을.
> 그러나 그렇게 곱게 미쳐가기 전에 철판(鐵板)대기에 햇빛 아울러 마음 꺾이어 미쳐버린 사람들을.
> 그 미쳐버린 사람들을 무성히 두고. 글쎄.
>
> 아직도 성한 사람은 안 게을리
> 마음의 꽃밭에 가끔 손잡고 가서

에」, 「울음이 타는 가을강」 등이 있고, 「남강 가에서」에는 이와 동일한 맥락의 의미로 '마음 홀린다'라는 표현이 쓰였다.

잔치에나 대접하는 마음으로 몰라.
맑은 기운이나 바로 받게 기름 부어줄 날이 있을지 몰라.
-「무제(無題)」 전문

위 시에서 '미친다'는 행위는 '곱게' 미치는 것과 '잘못' 미치는 것으로 구분되어 있다. "하늘 맑고 물 맑고 바람 맑고 수풀 맑고" 자연은 이렇게 "천만 년"을 이어왔다. "그것을 서나 누으나 간에 바라보아" 왔다는 것은 인간 또한 자연에 속해있는 존재라는 의미이다. 시적 자아는 이러한 존재라면 자연에 "조금은 미칠만도" 할 것이라 판단하고 있다. '미친다'는 행위의 의미를 간취해볼 수 있는 대목이다.

'미친다'는 것은 일반적으로도 이성이나 분별에 대한 대타적인 의미로 쓰이는데 이 시에서는 보다 구체적으로 이성을 초월한, 분별 이전의 자연에 동일화 되는 것을 의미하고 있다. 그러므로 '곱게 미친 사람'이란 자연의 일부가 된 사람으로 구체적으로는 "하늘 속같이 맑은 기운이 마음의 곳간을 넘치는 사람"인 것이다.

이와 대조를 이루고 있는 '잘못 미친 사람'은 위 시에서 "곱게 미쳐가기 전에 철판(鐵板)대기에 햇빛 아울러 마음 꺾이어 미쳐버린 사람"으로 표현되어 있다. 금속성, 경직성 등의 속성을 함의하고 있는 '철판대기'는 자연과 상충되는 개념의 총체적 표상으로, 존재로 하여금 대상과 융화하기보다 타자화하도록 추동하는 환경이라 할 수 있다.

시적 자아는 이 세계를 자연의 일부로 "맑은 기운이 마음의 곳간을 넘치는 사람"은 몇 안 되고 자연에서 떨어져 나와 '잘못 미쳐버린 사람들'이 무성한, 그러한 시공간으로 인식하고 있다. "잘못 미친 사람들이 맑은 기운을 맑은 기운으로 바로 받게 할 날"에 대한 기대 또한 그리 긍정적이지 않음을 위 시에서는 반복적으로 드러내고 있다. 박재삼 시에 드러나고 있는 자연 내지 자연과의 동일화에 대한 향일성은 이러한 세계 인식에서 기인하는 것이라 할 수 있을 것이다.

오늘은 언덕 위에 청청(靑靑)한 한 그루 임 같은 소나무에 오를까보다. 학(鶴)같이야 깃을 쳐 못 오른다 할지라도 스미어 스미어서 오를까보다.

강물로 우리는 흘러가다가 마음드는 자리에 숨어 와보면, 머언 그 햇볕 아래 강물만큼은 반짝인다 반짝인다 할 것 아닌가.

솔잎을 보아라, 알 것 아닌가.

우리의 몸이 요모 조모 구멍난 벌집이 되었을 때, 우리는 먼저 마음 가는 데 두고는 그냥 못 있는다.

그리하여 드디어 푸른 것에 녹아가 정신나간 채로 우리는 안 지치는 한 그루 소나무가 될 것 아닌가.

무시(無時)로 낭패하기 쉬운 어지럼병이 우리를 잡아가, 우리는 썩어질 몸밖에 안 남는다 할지라도, 우리의 울음의 구슬 속에는, 문득 반짝이는 소나무가 한 그루 정확하게 서 있던 게 아닌가.

잘 다스려 보아라. 안 그렇던가.

-「한낮의 소나무에」 전문

시적 주체와 '소나무'는 각각 유한한 개체일 뿐이다. 그러나 심층의 마음에서는 표층의 유한성과 분별을 넘어 동일한 하나가 될 수 있다. "썩어질 몸밖에 안 남"게 되는 유한한 존재인 시적 주체가 "안 지치는 한 그루 소나무"와 동일화를 이루는 과정이 위 시에 구현되어 있다.

시적 주체의 시선에 "청청(靑靑)한 한 그루 소나무"가 들어온다. "임 같은 소나무"라는 표현에 '소나무'에로 향하는 자아의 '마음'을 드러내고 있다.

시적 주체는 '학'이 아니므로 '학'과 같이 깃을 치는 방법으로 '소나무'에 오르지 못한다. 그런데 이러한 인식은 시적 주체가 '소나무'와 '학'을 자아가 '아닌' 유한한 개체로 분별함에서 비롯되는 것이다. 심층 마음에서 일어나는 현상은 다르다. 시적 주체의 '마음'은 '임 같은 청청한 소나무'에로 저절로 향하게 된다. "먼저 마음"이 가고 "마음가는 데 두고는 그냥 못 있"게 되며 결국 "정신나간 채로" "푸른 것에 녹아가"는 것이다. 이것이 '우리'가 "청청한 소나무", "안 지치는 소나무", "반짝이는 소나무"가 되는 방법이다. 여기에는 분별하는 '정신'이 틈입할 새가 없다.

분별의 경계를 무화시키고 대상에 '스미고 녹아가는 것'이 이 시의 시적 주체가 구현하고 있는 동일화의 방법이며 이는 자연을 전체로, 하나로 인식하고 감응하는 심층의 마음에서 가능해지는 것이다.

4. 유동과 용융의 동일성

흔히 박재삼 시의 이미지 체계의 주축(主軸)이 되는 자연물로 '물'을 꼽는다. 박재삼의 시어에는 유난히 자연물 시어가 많고 "분포의 범위와 출현회수로 볼 때 자연물 시어 중에서 '물'이 가장 두드러진다"[14)]

14) 이상숙, 앞의 논문, 1994, 84쪽.

는 점도 지적된 바 있다. 『春香이 마음』에도 '비', '눈물', '강물', '바다' 등 '물' 형태의 자연물들이 반복해서 등장하고 있다. 꼼꼼히 읽어보면 햇빛, 달빛, 별빛 등의 '빛'과 '바람', '구름' 또한 '물'만큼이나 자주 등장하는 자연물이다. 천상과 지상의 자연물들이 씨줄 날줄로 엮인 듯 골고루 등장하고 있는 셈이다.

그런데 천상의 것이든 지상의 것이든 이들 자연물들은 무정형 · 비결정질이라는 공통적인 특징을 가지고 있다. 전술한 바와 같이 분별의 경계를 무화시키고 대상에 '스미고 녹아가는 것'이 박재삼 시의 동일화 방법이라 할 때 무정형 · 비결정이라는 성질 또한 이와 무관해 보이지 않는다. 이러한 맥락을 놓고 보면 박재삼이 주목한 대상은 '물' 자체가 아니라 물에 내포되어 있는 성질 내지 속성이었다는 추측이 가능해진다. 천상 서정시인으로 불리는 박재삼은 그의 시에 부단히 서정적 동일성을 구현해 왔는데 그 동일화의 방법이 '물'을 포함한 '바람', '구름' 등의 속성과 긴밀하게 관련되어 있었던 것이다.

마음도 한자리 못 앉아 있는 마음일 때,
친구의 서러운 사랑 이야기를
가을 햇볕으로나 동무삼아 따라가면,
어느새 등성이에 이르러 눈물나고나.

제삿날 큰집에 모이는 불빛도 불빛이지만,
해질녘 울음이 타는 가을강을 보것네.

저것 봐, 저것 봐,
네보담도 내보담도

그 기쁜 첫사랑 산골 물소리가 사라지고
그 다음 사랑 끝에 생긴 울음까지 녹아나고
이제는 미칠 일 하나로 바다에 다 와 가는
소리죽은 가을강을 처음 보겠네.

-「울음이 타는 가을강」 전문

'물'의 대표적인 속성 중 하나로 유동성을 들 수 있을 것이다. 유동성, 즉 흐른다는 것에는 끊임없는 움직임, 변화, 진행, 수용이 전제되어 있으며 특히 자연에서의 '물'의 흐름에는 바다에 대한 향일성이 내재되어 있다. 박재삼의 시에서 '바다'는 삶과 죽음, 이승과 저승이 혼융되어 있고 시간을 초월한 시공간으로 상정되어 있다는 점에서 심층의 하나 혹은 전체로서의 자연을 표상하는 것이라 할 수 있다. 인용된 시는 이러한 특질이 잘 드러나 있는 작품이다.

위 시에 '흐른다'는 표현이 직접적으로 드러나 있는 것은 아니지만 시상이 "산골 물"에서 '강'으로, '강'에서 '바다'로 이어지고 있다는 점에서 '물'의 흐름을 유추할 수 있다. 또한 '산골 물소리'라는 것은 '물' 흐르는 소리를 의미하는 것으로 "기쁜 첫사랑"과도 같은 명랑한 "산골 물소리"가 "사랑 끝에 생긴 울음"과도 같은 '강물'소리로 점점 깊어지다가 바다에 이르러 그 소리까지 사라지는 것으로 드러난다. 이 물소리의 변화 과정은 산골짜기에서 바다에 이르는 물의 흐름을 청각적으로 구현하고 있는 것에 다름이 아니다.

물의 흐름은 '바다'로 표상되는 자연, 심층의 하나로 동일화해 가는 방향과 일치하고 있다. 여기에는 개별적 주체였던 시적 자아와 '친구'의 동일화 과정도 투사되어 있다. "마음도 한자리 못 앉아 있는 마음"

인 시적 자아와 "서러운 사랑"을 하고 있는 '친구'는 각자의 서러움에 침잠해 있는 존재였으나 "등성이"에 이르러 이들의 마음은 상통하게 된다. 시적 자아가 '눈물'을 흘리는 지점이 '등성이'인데 위 시에서는 이 '눈물 흘리는' 행위를 기점으로 인간사가 자연 현상에 오버랩 되고 있음을 알 수 있다. 시적 자아가 흘리는 '눈물'의 원인이 "친구의 서러운 사랑 이야기"에서 "제삿날 큰집에 모이는 불빛"보다도 따듯한 노을 진 '가을강'의 아름다움으로 중첩 혹은 전이되고 있기 때문이다.

"물소리가 사라지고", "울음이 녹아나고", "미칠 일 하나로 바다에 다 와 가는"에서 보는 바와 같이 위 시에서도 차이와 분별을 사상시키고 동일화를 이루는 양태를 표상하는 '사라짐', '녹아남', '미침' 등의 표현을 확인할 수 있다. 또한 이러한 현상들은 모두 물의 유동의 과정에 수렴되고 있다는 점에 주목할 필요가 있다. '바다'에 이르기까지의 물의 유동이 바로 개별적 존재가 심층의 하나로 동일화되는 과정을 표상하기 때문이다.

> 누님의 치맛살 곁에 앉아
> 누님의 슬픔을 나누지 못하는 심심한 때는,
> 골목을 빠져나와 바닷가에 서자.
>
> 비로소 가슴 울렁이고
> 눈에 눈물 어리어
> 차라리 저 달빛 받아 반짝이는 밤바다의 질정(質定)할 수 없는
> 괴로운 꽃비늘을 닮아야 하리.
> 천하(天下)에 많은 할말이, 천상(天上)의 많은 별들의 반짝임처럼

바다의 밤물결되어 찬란해야 하리.
아니 아파야 아파야 하리.

이윽고 누님은 섬이 떠있듯이 그렇게 잠들리.
그때 나는 섬가에 부딪치는 물결처럼 누님의 치맛살에 얼굴을 묻고
가늘고 먼 울음을 울음을
울음 울리라.

-「밤바다에서」 전문

위 시에서도 '바다'는 함께 "슬픔을 나누지 못하는" 시적 자아와 '누님'이 동일성을 획득하는 공간이 되고 있다. 「울음이 타는 가을강」과 차질되는 점은 유동하고 있는 것이 '물'이 아니라 시적 자아의 마음이라는 것이다. 이 시에서 "가슴 울렁이고 눈에 눈물 어리"는 것은 시적 자아의 신체에 일어나고 있는 현상이지만 3연의 "섬가에 부딪치는 물결"의 움직임과 형상과도 중첩되는 이미지이다. 다시 말해 시적 자아가 '바다'의 일부가 되는 과정이 바로 대상 내지는 세계와의 동일화를 이루는 과정이 되고 있다는 의미이다.

'골목'은 경계와 구획에 의해 생성되는 것으로 "질정할 수 없는" '바다'와는 대조되는 공간이다. '골목'은 개별적 주체들의 고단한 인간사가 이루어지는 공간이자 "천하(天下)에 많은 할말"에서 보듯 각각의 사연으로 '슬픔'을 나누지 못하는 세계이다. '바다'는 이러한 경계가 사라지는 공간이다. '괴로움'과 '꽃비늘'이 병치되고 있고 '천하'와 '천상', '할말'과 '별'이 등가에 놓이고 있는 것에서 알 수 있듯 '바다'는 미추(美醜), 고락(苦樂), 성속(聖俗) 등의 분별이 무화되는 공간이다. 골

목'이 "개별자들의 경계가 유동하는 표층"[15]이라면 '바다'는 "일체의 경계가 사라지고 무경계의 하나만이 존재하는 심층"[16]인 셈이다.

'바다'에서 '나'와 '누님'의 동일화가 가능해진 까닭이 여기에 있다. "누님의 치맛살 곁에 앉아 누님의 슬픔을 나누지 못하"던 시적 자아는 바다에 동화되면서 "누님의 치맛살에 얼굴을 묻고 가늘고 먼 울음을" 울게 된다. '골목'에서 바다'로의 물리적 공간의 변화는 바로 표층에서 심층으로의 마음의 변화와 상동의 관계를 이루는 것이다.

'골목'과 '바다'가 표상하는 바나 '골목'에서 '바다'로의 방향성이 동일하게 적용된 시가 「가난의 골목에서는」이다.

> 골목골목이 바다를 향해 머리칼 같은 달빛을 빗어내고 있었다. 아니, 달이 바로 얼기빗이었었다. 흥부의 사립문을 통하여서 골목을 빠져서 꿈꾸는 숨결들이 바다로 간다. 그 정도로 알거라.
>
> 사람이 죽으면 물이 되고 안개가 되고 비가 되고 바다에나 가는 것이 아닌것가. 우리의 골목 속의 사는 일 중에는 눈물 흘리는 일이 그야말로 많고도 옳은 일쯤 되리라. 그 눈물 흘리는 일을 저승같이 잊어버린 한밤중. 참말로 참말로 우리의 가난한 숨소리는 달이 하는 빗질에 빗어져, 눈물 고인 한 바다의 반짝임이다.
>
> -「가난의 골목에서는」 전문

인용한 시에는 '골목'이라는 공간의 의미가 보다 구체적으로 드러나 있다. "우리의 골목 속의 사는 일 중에는 눈물 흘리는 일이 그야말로

---

15) 한자경, 앞의 글, 42쪽.
16) 위의 글, 같은 곳.

많고도 옳은 일"이라는 대목에서 그러하다. '골목'은 '우리의 삶'이 영위되는 공간이며 '사는 일' 중에서도 특히 "눈물 흘리는 일"이 많은 삶의 현장인 것이다. '바다'는 개개의 존재들이 그러한 세상사를 초월하고 "꿈꾸는 숨결들"로 합일되는 공간이다.

그런데 "사람이 죽으면 물이 되고 안개가 되고 비가 되고 바다에나 가는 것"이라는 대목에 주목할 필요가 있다. 박재삼 특유의 동일화 양상은 이러한 자연 인식에서 형성된 것으로 보이기 때문이다. 박재삼은 그의 시에서 꾸준히 인간 뿐 아니라 모든 존재가 자연의 일부이며 자연과 하나임을 드러내었다. 특히 「천지무획(天地無劃)」(『햇빛 속에서』, 문원사, 1970.)에서 명징하게 드러내고 있는데 이 시에서 보면 박재삼은 모든 존재가 "연연(戀戀)한 상관(相關)"관계에 있는 것으로 인식하고 있음을 알 수 있다.

「천지무획(天地無劃)」에 "얼맛동안은 내 뼈녹은 목숨 한 조각이, 얼맛동안은 이들의 변모(變貌)한 목숨 한 조각이, …… 혹은 나와 이들이 다 함께 반짝인다 하여도 좋다"라는 표현이 있다. 또 "머언 먼 훗날엔 …… 나와 이들의 기막힌 분신(分身)이 또는 변모(變貌)가 용하게 함께 되어 이루어진, 구름으로 흐른다 하여도 좋을 일이 아닌가."라고도 하였다. 이에 따르면 자연은 모든 존재의 목숨 내지는 분신이 녹아 있는 전체이다. 또한 모든 존재는 죽음으로 끝나는 것이 아니라 모양을 바꾼 또 다른 "목숨 한 조각"으로 존재하게 된다.[17)]

17) 이는 "우주의 생명이 분화된 것이 개개의 생명이요, 이 개개의 생명의 총체가 우주의 생명"이라고 본 조지훈의 시학과 정확히 일치한다. 조지훈은 "시는 자기 이외에서 찾은 저의 생명이요, 자기에게서 찾은 저 아닌 것의 혼"이라 정의하고 시의 본질은 "대상을 자기화하고 자기를 대상화하는 곳에 생기는 통일체 정신"에 있는 것이며 "인간의식과 우주의식의 완전일치의 체험이 시의 구경"이라 하였다. (조지

"사람이 죽으면 물이 되고 안개가 되고 비가 되고 바다에나 가는 것"이라는 인식도 동궤에 놓이는 의미인 것이다. 이러한 맥락에서 '바다'는 모든 존재가 용융되어 있는 자연 혹은 우주의 표상이 된다. 이러한 대상이 「천지무획(天地無劃)」에서는 '구름'으로 체현되어 있는 셈인데 박재삼의 인식대로라면 '구름'은 '바다'의 '변모'된 모습에 해당되므로 다른 의미가 아니게 된다. '바다'에서 모든 분별이 무화되는 이유도 여기에 있다. 하나는 전체이고 전체가 개개의 하나인 세계에서 분별이 있을 까닭이 없는 것이다. 박재삼 시의 '마음'이 궁극적으로 지향하는 바는 이와 같은 "분리된 각각의 표층의식 너머 심층에 존재하는 전체로서의 하나의 마음"[18]이라 할 수 있겠다.

박재삼 시의 동일성의 세계가 지닌 특성이 이러하기에 동일화의 방법이 스미고, 녹아들고, 흘러드는 양상을 띠게 된 것이다. 이러한 맥락에서 무정형에 유동성, 용융성이라는 속성을 지닌 '물'이미지가 동일성의 세계에 이르는 방법적 의장으로 쓰인 것은 필연적인 귀결이라 할 수 있겠다.

5. 심층의 마음과 서정적 동일성의 세계

이 글의 목적은 '마음'과 '물'이미지가 박재삼 시의 동일성 세계에 어떻게 관련되는지를 밝히는 것이다. 박재삼의 시세계를 관류하는 주

훈, 『시의 원리-조지훈전집2』, 나남출판, 1996, 26쪽.
18) 한자경, 앞의 글, 42쪽.

요 모티프인 '마음'과 '물'이미지가 특히 첫 시집인 『春香이 마음』에 가장 농밀하게 발현되어 있다는 점에 착안하여 『春香이 마음』을 대상으로 '마음'과 '물'이미지를 고찰하였다.

박재삼의 시에서 '마음'은 주로 감정, 심정, 심리나 이것들이 깃들어 있는 공간으로 의미화 되어 있고 그 외 다양한 의미로도 쓰이고 있는데 중요한 것은 이 '마음'이 궁극적으로 지향하는 바가 '심층의 마음'이라는 점이다. 심층의 마음이란 "개체들 간의 차이보다는 개체들 간의 공통성에 주목하고 개체들 간의 단절보다는 서로간의 소통"을 지향하는 마음이다. 표층적 현상이 아닌 현상 내면의 더 깊은 심층으로 향하고자 하는 마음이며, 대상 안에서 "인간의 개념적 분별 이전의 공통적인 심층의 하나를 포착"하고자 하는 마음이다.

이러한 심층 '마음'의 세계가 바로 박재삼 시의 동일성의 세계와 등가임을 확인할 수 있었는데 주로 '바다'로 표상되고 있는 이 세계는 모든 분별이 무화되어 일체의 경계가 사라지고 무경계의 하나만이 존재하는 심층의 세계로 드러난다.

한편 박재삼 시에서 동일화의 방법은 스미고, 녹아들고, 흘러드는 양상을 띠고 있는데 이는 박재삼의 동일성 세계가 내포하고 있는 하나가 전체이고 전체가 개개의 하나인 세계, "분리된 각각의 표층의식 너머 심층에 존재하는 전체로서의 하나의 마음"인 세계라는 정체성에서 기인하고 있는 것으로 보인다. 무정형에 유동성, 용융성이라는 속성을 지닌 '물'이미지가 동일화의 방식과 긴밀하게 연결되는 것은 이 때문이다.

박재삼의 시에서 '마음'이 궁극적으로 지향하는 바는 바로 심층 '마음'의 세계임을 확인하였다. 박재삼 시의 동일성 세계를 구현하는 바탕이 되고 있는 것이 바로 심층 마음의 세계이며 이는 동일성 세계의 특질을 규정하는 연원으로 작용하고 있다. 또한 박재삼의 시에서 '물' 이미지는 동일성 세계에 이르는 방법적 의장으로 기능하고 있는데 그것은 동일성 세계의 특질과 관계된 것으로, 무정형성, 유동성, 용융성이라는 물의 속성에서 기인하는 것으로 판단하였다.

연/구/문/헌/목/록

강경애, 「박재삼 초기시에 나타난 '물'이미지 연구」, 동국대학교 문화예술대학원 석사학위 논문, 2006.

강영기, 「박재삼의 시 세계를 이루는 두 개의 축」, 『문예연구』62, 문예연구사, 2009.

강영환, 「박재삼의 「울음이 타는 가을 강」」, 『신생』33, 전망, 2007.

강효정, 「박재삼 시에 나타난 자연의 의미 연구」, 세종대학교 석사학위논문, 2017.

강희안, 「현대시의 「춘향전」 패러디 수용 양상 : 김소월 · 서정주 · 박재삼의 시를 중심으로」, 『한남어문학』27, 한남대학교 국어국문학회, 2003.

고 은, 「실내작가론 (10) - 박재삼」, 『월간문학』, 월간문학사, 1970.

고형진, 「시와 시인을 찾아서 - 박재삼 시인 편」, 『시와시학』19, 시와시학사, 1995.

고형진, 「박재삼 시 연구 - 초기시의 시적 구문을 중심으로」, 『한국문예비평연구』21, 한국현대문예비평학회, 2006.

공혜란, 「박재삼 〈수정가〉, 〈한낮의 소나무〉, 〈포도〉에 드러나는 밝음 이미지 연구」, 『한국어문학연구』33, 한국외국어대 한국어문학연구회, 2011.

구지숙, 「박재삼 시의 바람의 이미지 연구」, 『경상어문』16, 경상어문학회, 2010.

권정우, 「박재삼 시에 나타난 슬픔 연구」, 『한국시학연구』37, 한국시

학회, 2013
권진희, 「박재삼 시에 나타난 인물에 관한 연구」, 고려대학교 인문정보대학원 석사학위논문, 2012
김 현 , 「시와 시인을 찾아서 - 박재삼편」, 『심상』6, 1974.
김강제, 「박재삼 시에 나타난 시간의식 연구」, 『국어국문학』17, 동아대학교 국어국문학과, 1998.
김강제, 「박재삼 시의 공간의식 연구」, 『동남어문논집』9, 동남어문학회, 1999.
김강제, 「박재삼 시에 나타난 서정시학의 의미」, 『국어국문학』18, 동아대학교국어국문학과, 1999.
김강제, 「박재삼 시 연구」, 동아대학교 박사학위논문, 2001.
김강태, 「박재삼 그 서러운 아름다움」, 『현대시』, 한국문연, 1997. 6.
김경숙, 「박재삼 시 연구 : 원형적 인물을 중심으로」, 고려대학교 인문정보대학원, 석사학위논문, 2009.
김귀희, 「박재삼과 그의 시」, 『문예운동』134, 문예운동사, 2017.
김명희, 「박재삼 시론 : 바다와 저승 이미지」, 『새국어교육』35, 한국국어교육학회, 1982.
김보람, 「박재삼 시와 시조의 전통수용 양상 연구」, 고려대학교 석사학위논문, 2013.
김보람, 「박재삼 시조에 나타나는 신체화된 마음의 자리」, 『문예연구』89, 문예연구사, 2016.
김성욱, 「박재삼의 시예술 : 서정의 큰 강물 되어」, 『비평문학』2, 한국비평문학회, 1988.
김성희, 「박재삼 시의 서사적 고찰」, 『문예시학』18, 문예시학회, 2007.

김성희, 「박재삼 시의 자연 이미지 고찰 : 『춘향이 마음』을 중심으로」, 『인문학연구』72, 충남대학교 인문과학연구소, 2007.

김승환, 「명동시대, 그 낭만과 좌절, 7 : 아름다운 한의 시인 박재삼」, 『문학시대』85, 문학시대사, 2008.

김양희 ,「박재삼 시 연구 – 초기시의 이미지를 중심으로」, 한양대학교 석사학위논문, 1996.

김양희, 「박재삼 초기시의 상상력과 시세계」, 『인문학연구』72, 충남대학교 인문과학연구소, 2007.

김양희, 「박재삼의 시와 전후 현대시의 "전통"–《춘향이 마음》(1962)을 중심으로」, 『순천향인문과학논총』34(4), 순천향대학교 인문학연구소, 2015.

김영미, 「갇힌 시간과 그 해체 : 박재삼론」, 『한국언어문학』53, 한국언어문학회 , 2004.

김영민, 「박재삼론 – 서정시의 새로움을 위한 구도」, 『문학사상』188, 문학사상사, 1988.

김원경, 「박재삼 초기시에 나타난 장소성 고찰」, 『국어문학』69, 국어문학회, 2018.

김윤경, 「박재삼 시의 이미지 연구」, 명지대학교 석사학위논문, 2002.

김재혁, 「박재삼 초기시의 특징과 교육적 가치 연구 : 시어의 '다의성'을 중심으로」, 고려대학교 석사학위논문, 2015.

김재홍, 「순간과 영원의 사이에서 : 「박재삼 시전집1」 서평」, 『서평문화』31, 한국간행물윤리위원회, 1998.

김제현, 「박재삼론」, 『시조시학』, 1995. 3.

김종태 · 강현구, 「박재삼 시의 죽음의식 연구」, 『우리어문연구』21,

우리어문학회, 2003.

김종호, 「박재삼 시의 여성성 고찰」, 『어문연구』108, 한국어문교육연구회, 2000.

김종호, 「설화의 주술성과 현대시의 수용양상 - 서정주와 박재삼을 중심으로」, 『한민족어문학』46, 한민족어문학회, 2005.

김종호, 「한국 현대시의 원형 심상 연구 : 박재삼 · 박용래 · 천상병의 시세계를 중심으로 」, 강원 대학교 박사학위 논문, 2006.

김종훈, 「박재삼의 「울음이 타는 가을강(江)」연구」, 『어문논집』59, 민족어문학회, 2009.

김주연, 「한과 그 이후」, 『千年의 바람』 해설, 민음사, 1975

김준경, 「박재삼론 : 「허무에 갇혀」를 중심으로」, 『계절문학』6, 한국문인협회, 2009.

김지연, 「박재삼 초기시에 나타난 이미지 연구」, 한국교원대학교 석사학위논문, 2006.

김지연, 「박재삼 시에 드러난 자연의 불교생태학적 의미 : 『千年의 바람』을 중심으로」, 『통일인문학』59, 건국대학교 인문학연구원, 2014.

김형영, 「시인 박재삼」, 『시안』 61, 시안사, 2013.

김혜련, 「박재삼 시 자세히 읽기 - 『춘향이 마음』을 중심으로」, 『한국문학연구』21, 동국대학교 한국문학연구소, 1999.

김효중, 「자연인식과 전통적 서정성 - 박재삼의 경우」, 『한민족어문학』15, 한민족어문학회, 1988.

남궁선, 「박재삼 시 연구 : 박재삼 시에 나타난 여성의 죽음과 의미」, 『한국근대문학연구』18, 한국근대문학회, 2017.

류순태, 「박재삼 초기 시에서의 '슬픔'에 대한 심미적 탐색 연구」,『우리말글』80, 우리말글학회, 2019.
리헌석, 「박재삼론(朴在森論)」, 『월간문학』470. 월간문학사, 2008.
맹문재, 「박재삼의 시에 나타난 가난 인식 고찰」, 『비평문학』48, 한국비평문학회, 2013.
문흥술, 「한(恨)의 질적 변용과 절대 세계로서의 자연 : 박재삼 론」, 『인문논총』17, 서울여자대학교 인문과학연구소, 2008.
박명자, 「빛과 어둠의 콘트라스트, 한 - 박재삼 초기 시에 나타난 눈물 이미지 연구」, 『한국문학이론과 비평』3, 1998.
박미정, 「한국 현대시에 나타난 자연관 연구 - 박남수, 이형기, 박재삼을 중심으로」, 신라대학교 석사학위 논문, 2006.
박미정, 「박재삼 시에 나타나는 바다의 공간성 고찰」, 『동남어문논집』32, 동남어문학회, 2011.
박유미, 「박재삼 시의 전통 서정성 연구」, 『성신어문학』10, 성신어문학회, 1998.
박유미, 「1950년대 전통서정시 연구 : 이동주 · 박용래 · 박재삼 · 이성교 시를 중심으로」, 성신여자대학교 박사학위논문, 2002.
박재삼기념사업회, 『박재삼시연구 : 박재삼 문학세미나 발표 원고 모음 2003 ~ 2009』, 경남, 2009.
박주택, 「박재삼 시의 존재론적 인식 연구 — 후기시를 중심으로 —」, 『현대문학이론연구』71, 현대문학이론학회, 2017.
박지학, 「박재삼 시 연구 : 시의식의 변모양상을 중심으로」, 전북대학교 석사학위논문, 2008.
박진환, 「박재삼 시의 매력과 본질」, 『조선문학』, 1997. 8.

박진환,「박재삼의「무제」」,『시와비평 & 시조와비평』103, 시 · 시조와비평사, 2004.

박진환 ,「박재삼론」,『시와비평 & 시조와비평』130, 시 · 시조와 비평사, 2011(가을).

박진환,「박재삼론2」,『시와비평 & 시조와비평』131, 시 · 시조와 비평사, 2011(겨울).

박진희,「박재삼 시에 나타난 사랑의 구현양상 연구」, 대전대학교 석사학위논문, 2008.

박진희,「박재삼 시의 '심층 마음'의 세계 :『춘향이 마음』을 중심으로」,『인문과학논문집』52, 대전대학교 인문과학연구소, 2015.

박진희,「박재삼 시의 연민의 정서 연구」,『어문연구』83, 어문연구학회, 2015.

박진희,「박재삼 시에 드러난 온전성에 대한 지향으로서의 슬픔」,『어문연구』90, 어문연구학회, 2016.

박진희,「박재삼의 삶과 문학」,『인문과학논문집』57, 대전대학교 인문과학연구소, 2020.

박현수,「전후 초월주의의 그늘과 그 극복 — 박재삼론」,『한국민족문화』35, 부산대학교한국민족문화연구소, 2009.

박현수,「전후 초월주의와의 호응과 길항 - 박재삼론」,『문예연구』62, 문예연구사, 2009.

박효정,「박재삼 시 연구 : '물'의 이미지와 이를 통한 '한'의 반영」,『전농어문연구』17, 서울시립대학교 국어국문학과, 2005.

배한봉,「현대시의 물 상상력에 나타난 노자적 사유 연구」,『비교한국학』22(2), 국제비교한국학회, 2014.

배한봉, 「박재삼의 시와 원형적 상상력」, 『문예운동』134, 문예운동사, 2017.

백미경, 「박재삼 시 연구 - 이미지와 주제를 중심으로」, 중앙대학교 석사학위논문, 1999.

백미나, 「고전소설에서 변주시킨 서정적 자아 : 박재삼의 시집 「춘향이 마음」을 중심으로」, 『고황논집』29, 경희대학교대학원, 2001.

백운복, 「서정적 한의 형상 : 박재삼의 서정과 시세계」, 『비평문학』2, 한국비평문학회, 1988.

백인덕 ,「〈춘향가 · 전〉 주제의 시적 변용 양상 연구 : 서정주, 전봉건, 박재삼의 시에서」, 『한민족문화연구』1, 한민족문화연구학회, 1996.

손미나, 「박재삼 시에 나타난 정서의 양상과 그 의미」, 충북대학교 석사학위논문, 2009.

손진은, 「박재삼 시조의 이미지 구현방식과 의미화 과정 연구」, 『시조학논총』44, 한국시조학회, 2016.

송현지, 「박재삼 시에 나타난 유년 체험 연구 - 놀이 행위를 중심으로」, 『현대문학이론연구』58, 현대문학이론학회, 2014.

송희복, 「우리 시의 정체성을 생각한다11〈대담〉/박재삼」, 『현대시학』261, 현대시학사, 1990.

송희복, 「정한의 깊이를 보여준 박재삼의 시와 시조」, 『좋은시조』4, 책만드는집, 2016.

신 진, 「가난의 한에 관한 회상적 미학 : 박재삼의 「追憶」」, 『문학과 비평』14, 문학과비평사, 1990.

신규호, 「전통정서의 진솔성과 그 한계의 극복」, 『현대시』1,5,5, 한국문연, 1990.
신현락, 「물의 이미지를 통해 본 박재삼의 시세계」, 『비평문학』12, 비평문학회, 1998.
심재휘, 「먼발치의 슬픔과 이중의 거리」, 『문예연구』62, 문예연구사, 2009.
심재휘, 「박재삼의 시집 『춘향이 마음』에 나타난 상상력의 구조」, 『상허학보』28, 상허학회, 2010.
안성길, 「박재삼 시 연구」, 창원대학교 석사학위논문, 1999.
안수환, 「우주율의 현(弦) 3 : 박재삼의 시세계」, 『시문학』309, 시문학사, 1997.
양혜경, 「박재삼 시의 설화 수용 양상」, 『수련어문논집』25, 수련어문학회, 1999.
양혜경, 「비애미와 설화 수용 - 박재삼」, 『한국현대시인론』, 새문사, 2003.
여지선, 「1950년대 시의 전통성 연구」, 건국대학교 석사학위논문, 1998.
여지선, 「1950년대 시조의 역사인식의 다층성」, 『시조학논총』31, 한국시조학회, 2009.
여태천, 「박재삼의 시와 서정의 문법」, 『한국어문학연구』52, 한국어문학연구학회, 2009.
오덕애, 「박재삼 시에 나타난 생태계 위기와 극복 방안」, 『문창어문논집』53, 문창어문학회, 2016.
오덕애, 「박재삼 시의 심층생태주의적 연구」, 부산대학교 박사학위논문, 2016.

오세영, 「아득하면 되리라」, 『현대문학』19,11, 현대문학, 1973.

오세영, 「한의 윤리와 그 역설적 의미」, 『문학사상』51, 문학사상사, 1976.

오세영, 「고전의 시적 변용」, 『현대시와 실천비평』, 1983.

오세영, 「아득함의 거리 : 박재삼론」, 『현대시』2,7, 한국문연, 1991.

오용기, 「박재삼의 시와 한(恨)」, 『한국언어문학』45, 한국언어문학회, 2000.

오용기, 「한국 현대시의 한에 대한 연구 : 김소월 · 서정주 · 박재삼의 시를 중심으로」, 우석대학교 박사학위논문, 2001.

오정국, 「한국 현대시의 설화 수용 양상 연구」, 중앙대학교 석사학위논문, 2002.

오정석, 「박재삼 시 연구 - 세계인식의 변모 양상을 중심으로」, 경희대학교 석사학위논문, 1998.

오탁번, 「모성(母性) 이미지와 화합(和合)의 시정신」, 『현대문학』512, 현대문학, 1997.

우한용, 「슬픔으로 빛나는 水晶빛 庵子 : 박재삼 시의 특질」, 『동서문학』239, 동서문학사, 2000.

유성호, 「사랑의 원리, 실재적 자연 : 박재삼 시의 변모」, 『시와 시』11, 푸른사상, 2012.

유성호, 「박재삼 후기시에 나타난 '사랑'과 '자연'의 원리」, 『한국언어문화』54, 한국언어문화학회, 2014.

유영희, 「박재삼의 시 의식과 서정성」, 『우리말글』77, 우리말글학회, 2018.

유임하,「『춘향전』의 계승과 시적 변용 : 박재삼의 『춘향이마음』의 경우 」,『동원논집』4, 동국대학교대학원, 1991.

육근웅,「한의 승화 : 박재삼론」,『한민족문화연구』1, 한민족문화연구학회, 1996.

윤병로,「시인 박재삼 : 청빈한 시인의 추억」,『문학예술』26, 문학예술사, 2008.

윤석진,「'춘향이 마음' 연작시의 소통구조 연구」,『현대문학이론연구』34, 현대문학이론학회, 2008.

윤석진,「박재삼 시의 문체 연구 : 초기 시를 중심으로」, 전남대학교 석사학위논문, 2005.

윤재근,「박재삼론」,『현대문학』 269, 현대문학사, 1977.

이건청,「한국 정통 서정의 계승과 발전 : 박재삼의 시세계」,『현대시학』33, 현대시학회, 2001.

이건청,「한국 정통 서정의 계승과 발전 - 박재삼의 시 세계」,『해방 후 한국 시인 연구』, 새미, 2004.

이경수,「서정주와 박재삼의 춘향 모티프 시 비교연구 - 시선과 거리를 중심으로」,『민족문화 연구』29, 고려대학교 민족문화연구소, 1996.

이경철,「눈물과 한(恨)의 서정적 원형 : 삼천포 갈매기 박재삼 시인」,『시와시학』91, 시와시 학사, 2013.

이곡주,「박재삼 시 연구」, 창원대학교 석사학위논문 , 2004.

이광호,「박재삼 시 연구 : 초기 시의 어조와 운률 분석」, 고려대학교 석사학위논문, 1988.

이광호,「한과 친화력 - 박재삼 시의 자리」,『현대시학』340, 현대시학사, 1997.
이기서, 「균형과 슬픔의 미학 - 박재삼론」, 『한국학 연구』15, 고려대학교 한국학연구소, 2001.
이명희, 「현대시에 나타난 신화적 상상력 : 박재삼과 서정주를 중심으로」, 『겨레어문학』26, 겨레어문학회, 2001.
이명희, 「한국 현대시에 나타난 신화적 상상력 연구 : 서정주, 박재삼, 김춘수, 전봉건을 중심으로」, 건국대학교 박사학위논문, 2002.
이명희, 『현대시와 신화적 상상력 : 서정주, 박재삼, 김춘수, 전봉건, 신동엽을 중심으로』, 새미, 2003.
이상숙, 「박재삼 시의 이미지 연구 - 초기시에 나타난 〈물〉을 중심으로」, 고려대학교 석사학 위논문, 1994.
이상숙, 「박재삼 시에 나타난 '마음'의 의미」, 『비평문학』40, 한국비평문학회, 2011.
이성희, 「박재삼 시에 나타난 연금술적 상상력 연구」, 서울대학교 석사학위논문, 2003.
이순호, 「박재삼 시 연구 - 상징유형에 나타난 의식현상」, 단국대학교 석사학위논문, 1994.
이숭원, 「박재삼 시의 자연과 생의 예지」, 『문학과환경』 6(2), 문학과환경학회, 2007.
이연아, 「박재삼 시 연구 : 초기시에 나타난 물 이미지를 중심으로」, 원광대학교 석사학위논문, 2009.
이운진, 「박재삼 시의 운율 연구」, 동덕여자대학교 석사학위논문, 1995.

이유식, 「동양정신에서 본 자연과 인생의식 : 「울음이 타는 가을강」 서평」, 『서평문화』15, 한국간행물윤리위원회, 1994.

이은실, 「박재삼 시의 남평문씨(南平文氏) 연작 연구 – 시집 『춘향이 마음』을 중심으로」, 『한 국시학연구』60, 한국시학회, 2019.

이지엽, 「아름다운 슬픔과 탄력의 미학」, 『한국 현대시조 작가론』, 태학사, 2007.

이태희, 「현대시의 전통과 율격 : 김소월, 서정주, 박재삼의 시를 중심으로」, 『우리문학연구』12, 1999.

이현정, 「박재삼 시 연구 : 담화 구조를 중심으로」, 숙명여자대학교 석사학위논문, 2001.

임정택, 「박재삼 시에 나타난 미의식 연구」, 울산대학교 박사학위 논문, 2013.

장려홍, 「현대시에 나타난 한국어의 미적 특질 연구 : 김영랑, 박재삼 시를 중심으로」, 건국대학교 석사학위논문, 2013.

장만호, 「박재삼 시의 공간 상상력 연구 : 초기시를 중심으로」, 고려대학교 석사학위논문, 2001.

장만호, 「박재삼 초기 시의 공간 유형과 의미 : 박재삼 시집 『춘향이 마음』을 중심으로」, 『한국 문학이론과 비평』30, 한국문학이론과비평학회, 2006.

장만호, 「박재삼 시의 시적 주체와 타자 : 첫 시집 『춘향이 마음』을 대상으로」, 『우리문학구』41, 우리문학회, 2014.

장만호, 「1960년대의 동인지와 『육십년대사화집』의 의의」, 『우리문학연구』48, 경인문화사, 2015.

전기철, 「역사와 전통이 다시 중요하게 된 세대에 들리는 몇몇 전통

적 목소리 : 서정춘 『죽편』 박재삼 『다시 그리움으로』 이성부 『야간 산행』」, 『실천문학』 43, 실천문학사, 1996.

전미정, 「현대시에 나타난 한글의 의미 : 구자운, 박재삼, 송수권, 신경림, 유승우의 시를 중심으로」,『인문학연구』7, 인천대학교 인문학연구소, 2004.

전영주, 「1950년대 시의 전통주의 연구 - 김관식, 박재삼, 이동주의 시를 중심으로」, 동국대학교 박사학위논문, 2001.

정공량, 「정한의 세계에서 마음껏 춤추던 언어의 마술사 : 박재삼의 시에 대한 몇 가지 분석」, 『시선』10, 시선사, 2005.

정광수, 「특유한 가락의 서정 : 「해와 달의 궤적」 서평」, 『동양문학』 23, 동양문학사, 1990.

정미진, 「박재삼 시에 나타난 물의 이미지 연구」, 대전대학교 석사학위논문, 2002.

정분임, 「박재삼 시의 공간인식 연구」, 중앙대학교 석사학위논문, 2001.

정삼조, 「박재삼의 시에 나타난 설움과 그 극복 양상」, 『경상어문 2집』,경상어문학회 ,1996.

정삼조, 『박재삼 시의 울림 : 박재삼 문학과 예술 공감』, 박재삼기념사업회, 2011.

정영애, 「박재삼 시의 상상력 연구」, 조선대학교 박사학위 논문, 2009.

정영애, 『박재삼 시의 상상력과 동일성의 시학』, 경진, 2011.

정영애, 『박재삼의 전통 서정 시학과 근원적 상상력』, 글모아출판, 2014.

정진선, 「박재삼 시의 전통성 연구」, 경남대학교 석사학위논문, 2005.
정창범, 「의식적인 아나크로니즘 : 박재삼의 풍토」, 『세대』16, 1964.
정환철, 「박재삼 시의 전통 서정성 연구 : 근대인식과의 관련양상을 중심으로」, 대전대학교 박사학위 논문, 2014.
조남익, 「박재삼-김관식의 시」, 『현대시학』, 현대시학사, 1987. 4.
조남익, 「박재삼론-대표작을 중심으로」, 『오늘의 문학』, 1997, 가을.
조동구, 「박재삼의 초기시 연구 : 시집 『천년의 바람』을 중심으로」, 『배달말』33, 배달말학회, 2003.
조병춘, 「한국 서정시 연구」, 『새국어교육』62, 한국국어교육학회, 2001.
조상경, 「박재삼 시의 시간의식 연구 - 기억의 구조를 중심으로」, 서울여자대학교 석사학위논문, 1996.
조춘희, 「박재삼 시조 연구」, 『사림어문연구』20, 사림어문학회, 2010.
조춘희, 「박재삼 시의 전통 구성방식 연구 : 『춘향이 마음』을 중심으로」, 『한국문학논총』59, 한국문학회, 2011.
조춘희, 「전후 서정시의 전통 담론 연구 : 조지훈, 서정주, 박재삼을 중심으로」, 부산대학교 박사학위논문, 2013.
진순애, 「박재삼 시의 낭만적 거리」, 『한국문예비평연구』9, 한국현대문예비평학회, 2001.
차영한, 「박재삼의 삶과 문학 : 절망의 그림자 밟고 다시 핀 달개비꽃」, 『경상어문』9, 진주경상대학, 2002.
차호일, 「소월 시와 박재삼 시 비교 연구 : 한을 중심으로」, 『비평문학』18, 한국비평문학회, 2004.
채수영, 「순수주의자의 허무와 그리운 햇살 : 박재삼 시집 「허무에 갇혀」를 중심으로」,『비평문학』8, 한국비평문학회, 1994.
채수명,「한을 심미로 승화시킨 언어연금사」,『지구문학』53, 지구문학사, 2011.
최동호,「1950년대의 시적 흐름과 정신사적 의의」,『현대문학』, 현대문학사, 1989. 1.
최명란,「박재삼 시 연구」, 세종대학교 석사학위 논문, 2002.
하재연,「설화 문학의 환생 모티프와 문학적 전통의 재창조 : 한국 현대시의 변용 사례를 중심으로」,『한민족문화연구』53, 한민족문화학회, 2016.
한귀은,「박재삼 시를 통한 한의 내면화 학습」,『어문학교육』 23. 한국어문교육학회, 2001.
한명희,「박재삼 시 연구 - 성찰적 허무주의의 미학」,『한국 시학 연구』15, 한국시학회, 2006.
한미훈,「박재삼 시의 모성적 세계 연구」, 공주대학교 석사학위 논문, 2007.
허금주,「김종삼과 박재삼 시에 나타난 물 이미지 비교 분석」,『한국문예창작』37, 한국문예창작학회, 2016.
허만욱,「아름다운 풍광과 시혼의 공간」,『시와산문』86, 시와산문사, 2015.
허순희,「박재삼 시 연구」, 동아대학교 석사학위논문, 2000.
홍성란,「박재삼 시 연구 : 죽음 인식과 죽음 이미지의 변모양상을 중심으로」, 경기대학교 석사학위논문, 1998.
홍승희,「박재삼 시의 사랑의 문법」,『국제어문』, 국제어문학회, 2012.
황사랑,「박재삼 초기시의 시간의식 연구 : 베르그손의 '지속'을 중심으로」, 아주대학교 석사학위논문, 2015.
황인원, 「박재삼론」, 『한국서정시와 자연의식』, 다운샘, 2002.
황인원 ,「1950년대 시의 자연성 연구 - 구자운, 김관식, 이동주, 박재삼 시를 중심으로」, 성균관대학교 박사학위논문, 1999.

연/보/

1933년(1세) 4월 10일 아버지 박찬홍(朴贊洪)과 어머니 김어지(金於之) 사이에서 둘째 아들로 일본 동경부(東京府) 도남다마군(稻南多摩郡) 성촌실야구(城村失野口) 1004번지에서 태어났다. 형 박봉삼(朴鳳森: 1931년생)과 여동생 박순애(朴順愛: 1937년생), 박순엽(호적상 이름: 朴順業, 1942년생)이 있다. 그 밑으로 남동생 박수삼(朴樹森: 男, 1948생), 박성삼(朴成森: 男, 1951년생)이 있었으나 태어나서 각각 2년과 3년이 되는 해에 질병으로 죽었다.

1936년(4세) 가족이 모두 귀국하여 어머니의 고향인 경남 삼천포시 서금동 72번지에 정착했고, 고등학교 졸업할 때까지 이곳에서 성장하였다.

1940년(8세) 삼천포 히노데(日出)국민학교에 입학. 이 학교는 뒤에 수남(洙南)국민학교로 개칭했고, 현재 명칭은 삼천포초등학교이다.

1946년(14세) 수남국민학교 졸업 후 등록금(당시 기부금) 3천원이 없어 삼천포중학교에 진학하지 못했다. 신문배달을 하던 중 삼천포여자중학교의 가사 담당 여선생의 도움으로 그 학교 사환으로 들어가게 된다. 그때 삼천포여자중학교에서 교편을 잡고 있었던 시조시인 김상옥 선생을 만나 감화를 받고 시를 쓸 결심을 굳힌다.

1947년(15세) 삼천포중학 병설 야간중학교에 입학. 낮에는 여중에서 급사로 일하고 밤에 수업을 들었지만 성적은 전교 수석이었다. 김상옥 선생의 첫 시조집 『초적(草笛)』을 살 돈이 없어, 그것을 공책에 베껴 애송하는 등 시에 더욱 심취하였다.

1948년(16세) 교내신문《삼중(三中)》창간호에 동요 「강아지」와 시조 「해인사」를 발표한다. 「해인사」는 유일한 시조시집 『내 사랑은』(영언 문화사, 1985)에 수록되어 있다.

1949년(17세) 경영부진으로 야간 중학교가 폐쇄되면서 주간 중학교로 흡수된다. 이때 야간 중학교에서 전교 수석을 한 덕택에 학비를 면제받고 주간 중학교로 옮기게 된다. 제1회 영남예술제(개천예술제) 〈한글시 백일장〉에서 시조 「촉석루」가 차상으로 입상. 당시 장원이던 진주출신 이형기와 친교를 맺었다.

1950년(18세) 진주 농림에 다니던 김재섭(金載燮), 김동일(金棟日)과 함께 동인지《군상(群像)》을 펴낸다.

1951년(19세) 4년제 중학 졸업 후 삼천포고등학교 2년에 편입학. 이때 처음으로 술을 시작하였다.

1953년(21세) 삼천포고등학교 수석 졸업(제1회). 이때가 가장 부지런히 시작을 한 시기였다. 피난지 부산 동광동 2가 8번지에서 제2대 민의원이었고 중학교 시절 교장이었던 정헌주(鄭憲住) 선생의 집에서 식객노릇을 하였다.

모윤숙 추천으로 시조 「강물에서」가《문예》지 11월호에 발표되었다.

1954년(22세) 은사 김상옥 선생의 소개로 현대문학사에 취직, 창간 준비를 시작하였다. 당시 주간은 조연현, 편집장은 오영수, 편집사원으로는 임상순, 김구용이 있었다.

1955년(23세) 《현대문학》에 시조 「섭리(攝理)」(6월호, 유치환), 시 「정적」(11월호, 서정주)이 발표되어 김관식, 신동준 등과 함께 등단하였다. 이 해에 고려대학교 국문과에 입학하였다(3학년 중퇴).

1957년(25세) 시 「춘향이 마음」을 발표하고 제2회 《현대문학》신인문학상을 수상하였다.

1958년(26세) 육군에 입대하여 1년 6개월 동안 근무하고 예비역으로 편입되었다.

1961년(29세) 구자운, 박성룡, 박희진, 성찬경 등과 함께 〈60년대사화집〉 동인으로 활동.

1962년(30세) 김정립 여사와 결혼. 하숙을 하던 서울 종로구 누상동 166의 20번지에서 신접살림을 차렸다.
첫 시집 『春香이 마음』(신구문화사) 출간.

1963년(31세) 장녀 소영(召英) 출생.

1964년(32세) 현대문학사를 그만두고 《문학춘추》창간과 함께 입사하였으나 《문학춘추》의 판권이 다른 곳으로 넘어가자 입사 1년 만에 퇴사한다.

1965년(33세) 경우당(景友堂) 발행의 월간 《바둑》지 편집장으로 입사했다가 6개월 만에 그만두고 《대한일보》기자로 입사, 3년 근무하였다.

1966년(34세) 장남 상하(祥夏) 출생.

1967년(35세) 남정현의 '분지' 사건 공판을 처음 보고 충격을 받아 고혈압으로 쓰러져 6개월가량 입원하게 된다.《대한일보》에서 퇴사하였다.
문교부 주관 문예상 수상.

1969년(37세) 삼성출판사 입사. 서울 동대문구 답십리동 11-83번지에 처음으로 집을 마련하게 되었으나 다시 고혈압으로 쓰러진다.

1970년(38세) 한국시인협회 주관으로 제2시집 『햇빛 속에서』(문원사) 출간.
이 무렵부터《서울 신문》,《대한일보》,《국제신보》등에 요석자(樂石子)라는 필명으로 바둑 관전기를 쓰기 시작하였다.
차남 상규(祥圭) 출생. 이듬해(1971년) 상규가 뇌막염으로 메디칼 센터에 입원했다가 17일 만에 퇴원하였다.

1972년(30세) 직장 생활에서 완전히 벗어나 원고료로 생활비를 충당하게 된다.

1973년(41세) 일본어를 번역하여 생활을 꾸려갔다.

1974년(42세) 한국시인협회 사무국장 피선.

1975년(43세) 제3시집 『천년의 바람』(민음사) 출간.
대한기원 이사가 되었다.

1976년(44세) 제4시집 『어린 것들 옆에서』(현현각)가 국민학교 동창 김욱상의 도움으로 출간되었다.

1977년(45세) 제1수필집 『슬퍼서 아름다운 이야기』(경미문화사) 출간.
제9회 한국시인협회상 수상.

서울 묵동 177의 3번지로 이사하였다.

1978년(46세) 제2수필집 『빛과 소리의 풀밭』(고려원) 출간.

1979년(47세) 제5시집 『뜨거운 달』(근역서재) 출간.

1980년(48세) 제3수필집 『노래는 참말입니다』(열쇠) 출간.
위궤양으로 한양대학병원에 약 보름간 입원했다.

1981년(49세) 제6시집 『비 듣는 가을나무』(동화출판공사) 출간.
고혈압, 위궤양으로 40여 일간 한양대학병원에 다시 입원하였다.

1982년(50세) 제4수필집 『샛길의 유혹』(태창문화사) 출간.
제7회 노산문학상 수상.

1983년(51세) 제7시집 『추억에서』(현대문학사) 출간.
수필선집 『숨 가쁜 나무여 사랑이여』(도서출판 오상) 출간.
『바둑한담』(중앙일보사) 출간.
제10회 한국문학작가상 수상.

1984년(52세) 자선시집 『아득하면 되리라』(정음사) 출간.
제5수필집 『너와 내가 하나로 될 때』(문음사) 출간.
자랑스러운 서울시민상 수상.

1985년(53세) 제8시집 『대관령 근처』(정음사) 출간.
제9시집(시조집) 『내 사랑은』(영언문화사) 출간.

1986년(54세) 제10시집 『찬란한 미지수』(오상사) 출간.
제6수필집 『아름다운 삶의 무늬』(어문각) 출간.
제7수필집 『차 한 잔의 팡세』(자유문학사) 출간.
제8수필집 『울밑에 선 봉선화』(자유문학사) 출간.

시선집 『간절한 소망』 출간.
중앙일보 시조대상 수상.

1987년(55세) 시선집 『바다 위 별들이 하는 짓』, 『울음이 타는 가을강』, 『가을 바다』 출간.
제11시집 『사랑이여』(실천문학사) 출간.
제2회 평화문학상 수상.
삼천포시청(현재 사천시 삼천포청사) 내에 '젊은 삼천포'가 새겨진 박재삼 시노래비 건립.

1988년(56세) 시선집 『햇빛에 실린 곡조』 출간.
제7회 조연현문학상 수상.
삼천포 노산공원에 「천년의 바람」이 새겨진 박재삼 시비 건립.

1990년(58세) 제12시집 『해와 달의 궤적』(신원문화사) 출간.
제9수필집 『미지수에 대한 탐구』(문이당) 출간.

1991년(59세) 제13시집 『꽃은 푸른 빛을 피하고』(민음사) 출간.
한국대표시인100인선집 52번으로 『울음이 타는 가을江』(미래사) 출간.
인촌상 수상.

1992년(60세) 삼천포 문화상 수상.

1993년(61세) 사랑의 테마시 100편을 담은 시선집 『사랑하는 이의 머리칼』(동서문학사) 출간.
제14시집 『허무에 갇혀』(시와시학사) 출간.
제1회 겨레시조 대상 수상.

1994년(62세) 시선집 『울음이 타는 가을강』(한미디어) 출간.

	제10수필집 『아름다운 현재의 다른 이름』 출간. 『박재삼 시 전작선집』(영하출판사) 출간.
1995년(63세)	백일장 심사 도중 신부전증으로 쓰러졌다.
1996년(64세)	제15시집 『다시 그리움으로』(실천문학사) 출간.
1997년(65세)	6월 8일 새벽 5시경, 10여년의 투병 생활 끝에 영면에 들다. 유택은 강경훈 시인의 호의와 고인의 유지에 따라 충남 공주군 의당면 도신리에 마련되었다. 은광문화훈장 추서.
2008년	박재삼문학관 개관.
2017년	문인들과 유족의 뜻을 모아 충남 공주에 있던 묘지를 사천시로 이장하게 되었다.

찾/아/보/기

박진희

대전대학교 국어국문과에서 박사학위를 받고
대전대학교 국어국문창작학부에서 문학과 이론을 가르치고 있다.
2009년 『시와정신』으로 비평 활동을 시작하였고,
2013년 청마문학연구상을 수상하였다.
저서로 『유치환 문학과 아나키즘』, 평론집으로 『문학과 존재의 지평』,
『서정적 리얼리즘의 시학』, 수필집으로 『낯선 그리움』 등이 있다.

박재삼 문학 연구

초 판 인 쇄 | 2020년 4월 29일
초 판 발 행 | 2020년 4월 29일

지 은 이 박진희

책 임 편 집 윤수경

발 행 처 도서출판 지식과교양
등 록 번 호 제2010-19호
주 소 서울시 강북구 우이동108-13 힐파크103호
전 화 (02) 900-4520 (대표) / 편집부 (02) 996-0041
팩 스 (02) 996-0043
전 자 우 편 kncbook@hanmail.net

ISBN 978-89-6764-155-9 93800 정가 24,000원